毛主席和我们这些孩子

金戈◎著

孩子眼中的领袖与前辈
生活点滴　感人肺腑
大量历史照片值得珍藏

中国人民大学出版社
·北　京·

目录

毛主席和我们这些孩子 / 001

孩子们的怀念

——写在杨尚昆伯伯逝世五周年的日子里 / 021

胡耀邦叔叔

——义薄云天的真人 / 030

永远的歌声

——怀念百岁薄一波伯伯 / 043

寻找前辈的足迹

——河南行 / 050

一片丹心照汗青

——悼念沈雁冰伯伯 / 059

好一位得大自在之菩萨

——怀念恩师赵朴初 / 065

未能亮相的“左联”作家宣侠父
——现代文学史不应忘却 / 076
心灵，燃烧着爱与美的火焰
——柯岩的创作与生活 / 087

海滨聆教诲 终生益无穷
——忆 1961 年暑假徐特立老人和青少年的亲切会见 / 097
书生报国志 朝夕力传薪
——记香港杰出教育家钟期荣 / 102
雪蕾明素志 佳果惠天涯
——拜读胡华遗诗并忆师友情 / 108
教授的人格与风骨
——忆胡明扬老师 / 120

捷报飞去当纸钱
——怀念我们的爸爸廖鲁言 / 126
家事 家教 家风
——怀念百岁爸爸金城 / 138
跨出闺门的黄埔女兵
——洞庭女杰陶桓馥（上）/ 165
上海滩“女剑客”出生入死 老虎桥女囚徒忠贞不屈
——洞庭女杰陶桓馥（下）/ 178
无名英雄杨黄霖和淮安杨门忠烈 / 195

注 释 / 215
后 记 / 217

毛主席和我们这些孩子

在孩子们心里，延安是个大家庭，西柏坡和中南海也是大家庭，毛伯伯也只是千千万万个伯伯叔叔中的一位，当年的毛主席是伯伯，是老师，更是大朋友。在毛伯伯诞辰110周年到来之际，当年的孩子们均已年逾花甲而退休，每当聚会或见面时，常常情不自禁地讲出一两个和大朋友毛伯伯亲密交往的童年故事……

有礼（理）有栗（利）

1942年冬，抗日名将续范亭伯伯住在延安交际处养病，续伯伯曾参加辛亥革命，担任国民党陆军新编第一军中将总参议，他主张积极抗日，1935年为抗议国民党政府卖国投降政策，在南京中山陵剖腹自杀，遇救。1939年任山西新军抗日决死队总指挥，后来多次到延安，是毛伯伯的尊贵客人。毛伯伯曾请苏联医生阿洛夫、米洛夫和美国医生马海德给他医病。休养期间经常住在交际处，他有时读读书报，有时作作诗。由于家人不在身边，难免寂寞，两岁的小渊渊（笔者乳名）便成了他的朋友。渊渊每天去看他，他就早早在碳火盆里煨好三个毛栗子，等渊渊来时，便剥给她吃。在延安，栗子是个稀罕物，小渊渊有栗子吃，便每天去问候续伯伯，破了交际处不准家属进客房的规矩。有一天上午，渊渊照例推开了续伯伯的房门，看见爸爸陪着毛伯伯也坐在那里谈话，爸爸平时就要求孩子要有礼貌，毛主席常来，渊渊便很习惯地问候道："续伯伯好！毛伯伯好！"一边说着，一边向续伯伯跑去，亲热地依偎在续伯伯怀里，眼睛盯着

爸爸金城怀抱金戈在延安交际处

火盆上裂了缝、窜出甜丝丝香气的栗子。续伯伯从火盆边沿上拿起一个煨熟了的栗子，一边剥栗子，一边对毛伯伯说："现在大家都很忙，只有我一个闲人，我就交了这个小朋友，她每天来问候我，我就喂她三个毛栗子吃……"

毛伯伯听了，哈哈大笑，把小渊渊抱起来放在自己膝盖上，也拿了一个栗子，剥了喂她，毛伯伯说："你这个娃娃很聪明，这么小就懂得我们党统一战线的策略方针，真是有礼（理）有栗（利）呀……"毛伯伯一句话说得大家都哈哈大笑起来。小渊渊也笑了，她津津有味地咀嚼着栗子，这栗子可真甜，她吸了一下小鼻子，满屋氤氲着栗子香，木炭火红红的…… 爸爸金城笑着把小女儿抱起来说："好了，已经有礼（理）有栗（利）了，还应当'有节'，自己去玩儿吧……"说着把渊渊放到了屋门外……

从此，这就成为这个家庭里爸爸常讲的一个故事。

"我和您叫一样的名字……"

1946年，胡宗南军队要进攻延安。中央决定暂时放弃这座古城，第一批准备撤出延安的就是老弱妇孺。阳光和煦的一个冬日，毛伯伯来到了洛杉矶托儿所，他关心着生活在这里的百多个烈士子女和前方将士的孩子，他仔细地检查了撤退工作的方方面面，对所长和老师们千叮咛万嘱咐一番，就走向了操场上正在游戏的孩子们。延安的孩子们少有不认识毛主席的，见毛主席笑吟吟地走来，小朋友们一拥而上，叽叽喳喳像小鸟一样，这个说："毛伯伯好！"那个说："伯伯抱抱。"毛伯伯蹲下来，一一问着："你叫什么名字啊？你爸爸是谁啊？"

"我叫苦苦，"一个小姑娘自我介绍着，"妈妈是在新疆监狱里生的我，我的名字就叫苦苦……"毛伯伯把苦苦抱过来，在她冻得红红的小脸蛋上亲了一下，心疼地说："你小小年纪，已经受了不少苦啊……"

一个小胖墩男孩儿眨着大眼睛迫不及待地叫道："毛伯伯，我要告诉您一件重要的事情！"毛伯伯睁大了眼睛，点了点头。小胖墩一本正经地说："我和您叫一样的名字……"毛伯伯饶有兴趣地说："噢？你说说，我听。""您的名字叫毛—主—席，我—叫—席—毛。"小胖墩很自豪地一字一顿地说。毛伯伯笑了起来："噢，果然是件重要的事情……"小胖墩又转着眼珠思考着说："就是……就是……您的名字先说'毛'，我的名字先说'席'……"小席毛的话把老师、阿姨和小朋友们全逗笑了，毛伯伯抱着他站起来说："好啊，今天我认识了一个和我叫一样名字的人。席毛，告诉伯伯，你长大以后想做什么？"席毛毫不犹豫地说："我长大了当八路军，打日本鬼子。""日本鬼子已经打败了呀。""那，我就打胡儿子（陕北人民对胡宗南军队的鄙称），把他们赶出延安去！""啊，那你就要快快长大才好啊！"

延安洛杉矶托儿所的孩子们，右三为席毛

一个人演出《兄妹开荒》

1947年初，机关和学校撤出了延安。林伯渠伯伯在路上遇见了抗小的队伍，发现个子矮小的远征也在其中，很心疼，就把她抱上了自己的马背。走了两天，又碰上了因脚扭伤而掉队的远志，把她也收容了。

有一天，到了一个小村，林伯伯高兴地对任远征说："远征啊，你爸爸住在王家湾，这下子我可以交差了。"原来那时，任远征的爸爸史林（任弼时的化名）跟化名李得胜的毛伯伯、化名胡必成的周恩来伯伯一起率领一支队伍住在王家湾。在一个小小院落里，远征记得毛伯伯和江青阿姨住在西边那孔窑洞里，周伯伯和陆定一叔叔住在中间那孔窑洞里，爸爸带着两个女儿住在东边的小偏窑里，一进屋右边一个小炕，只能睡下爸爸一个人，远征和姐姐只能爬过小炕，从里边炕沿翻下去，在炕下的小炕洞里睡觉，姐姐个子高，只能蜷缩着将就睡下，远征将将能躺直。小远征白天在山沟山坡上戏耍，晚上睡得很香，每天清晨姐姐起来了，远征还睡得香香的，姐姐只好自己到灶上去吃饭，然后带回一个窝头给远征。有一次忘了带，远征醒来没的吃，肚子饿，就哭了起来，周伯伯看见了问道："小远征，你怎么了？谁欺侮你了？""我饿，我要吃窝头……"姐姐说："她每天睡懒觉，叫都叫不醒。"周伯伯听了，就叫警卫员到厨房要了一个窝头，远征挂着眼泪的小脸漾起了笑容，狼吞虎咽地把窝头吃掉了……

在王家湾住了半个月，真是童年不识愁滋味，远征认为那是解放战争时期她最快乐的15天。她哪里知道王家湾当时有20多万敌军围追堵截，差一点遭敌偷袭，是陕北战争时期最艰苦最危险的一段时间啊。

长征路上出生的远征，十岁撤离延安时，也有过骑马的机会，多么神气！

一天上午，通宵达旦工作的毛伯伯走到院子里来喊道："快来看，好消息啊！"原来是毛伯伯刚收到电报，陈毅、粟裕的华东野战军在山东孟良崮大捷，毛伯伯笑呵呵地说："前几天是陕北战场的蟠龙大捷，现在是陈粟在山东的大捷，一举歼灭了汤恩伯的三万两千人，张灵甫也丧了命……"这时小远征唱着秧歌跑进院子来——延安娃娃会走路就会跳秧歌，会说话就会唱秧歌。远征天天高高兴兴，跑出跑进唱呀扭呀。毛伯伯说："远征，叔叔们在前方打了大胜仗，你和姐姐给我们演一个《兄妹开荒》，庆祝一下，好不好哇？"姐姐有点腼腆，扭扭捏捏不肯演。远征自告奋勇地说："你不演，我一个人来！"说着嘴里学着秧歌的锣鼓点："咚！咚！锵咚锵……"在院子里大大方方扭了一个圆场，然后，一会儿模仿着《兄妹开荒》中的哥哥，一会儿又模仿着剧中的妹妹，连唱带比划地表演起来。

只见远征一会儿跑到东边，脆生生、急切切地唱道："哥哥你听我言呐/我对你有意见呐/大白天/你来睡觉/误事真不浅！"随着最后一句唱腔，小远征举起右手，伸出食指狠狠点了一下对面的"哥哥"，同时跺了一下脚，伯伯叔叔们见状忍不住笑了起来，小院里观众越来越多，远征更带劲了，赶忙跑到西边，模仿着哥哥，懒洋洋、慢吞吞地拖着长腔唱道："妹妹你听我言呐/我也有意见呀/昨夜晚开大会（我）睡觉睡得晚……"唱着还双手举过头，伸了一个懒腰，打了一个哈欠……周围观众笑声不绝。

远征又跳回东边唱道："昨晚开大会呀/我也去参加呀/刘区长讲的话/难道你忘了吗……"然后又跳到西边故作愚钝地唱道："区长讲的话呀/问题太复杂呀/一点，两点，第三点（作扳手指头状）我一满解不下/一满解不下"（陕北方言"听不懂"之意）。远征边唱着，边摊开双手，摇着头，叹着气，慢慢地蹲了下去……看着小远征惟妙惟肖的表演，大人们乐得前仰后合，毛伯伯夸奖道："唱得好！演得好！真精彩！"

远征受到了表扬，演得更起劲儿了，随着剧情的发展，小远征脸上都冒汗了，周伯伯轻轻拍着掌帮着远征唱了起来："……加紧生产，不分男女/加紧生产，不分男女……"更多的叔叔们也唱了起来："努力，努力靠咱们自己…… 哪哈哪哈依儿呀哈，哪哈依呀咳！"小远征可没想到，她天真活泼的表演给日夜忙于指挥战争，紧张又疲劳的大人们带来多么大的快乐和欣慰啊！从此，《兄妹开荒》成了小远征的保留剧目，而且越演越精彩，一直到 15 天后她被送往河东。

"我听见小鸟在唱歌"

1948 年的春天来了，毛伯伯和孩子们先后来到了河北省建屏县（今平山县）西柏坡，孩子们有的是跟着父母来的，有的是跟着托儿所或学校来的。院子里、山坡上、柏树林里、小河边……到处洋溢着孩子们的欢声笑语。战争在进行，可是去年下半年以来青风店大捷、石家庄大捷；这一年 5 月，延安也收复了，捷报频传，孩子们怎么能不像小鸟一样快乐地歌唱呢？

放暑假了，任远征从小学回到爸爸任弼时、妈妈陈琮英身边，一天上午，她去找李讷、燕燕和二娃玩，一到毛伯伯家门口，伸头看见毛伯伯正躺在床上看报纸，好像还没起床。她和燕燕一起跳进门去，一边一个拽着毛伯伯的胳膊，远征喊道："毛伯伯，您太不像话了，都快中午了，您还睡懒觉，快起来，快起来！"毛伯伯乐呵呵地说："哦，原来是我的'老朋友'来了……"说着，便顺从地由着她们俩拽了起来。

过了两天，从北平来了个京剧团，有著名的演员李世济等。他们演出了程派名剧，还演了几个折子戏。孩子们在延安看过延安评剧院演出的京剧《逼上梁山》、《打渔杀家》等，但是由于战事频仍，已与京剧久违了。这回连着看了几天，别提多高兴了，一高兴，就忘记了毛伯伯晚上工作、上午睡觉的习惯，竟在院子门口演起剧来。

毛主席与（左起）李讷、燕燕、二娃在延安

燕燕、李讷披上了床单，是主演；二娃和胜利跑龙套，嘴里边唱锣鼓点边跑圆场："呔呔呔呔……"李讷扮青衣，来到场子中心，像模像样地亮了个相，细声细气地喊了一声："丫——环——掌——灯……"随着"呔呔呔呔"清脆的小锣声，扮花旦的燕燕踩着细碎的脚步急匆匆跑上场来，应了个长腔："来——啦——"……孩子们演兴正浓，没想到江青阿姨出现在院子门口，她板着面孔，冲着李讷低声责备道："怎么回事儿啊？又要把爸爸吵醒了！"孩子们顿时鸦雀无声了，燕燕还不好意思地吐了吐舌头。江青阿姨厉声说："胜利是小客人，二娃还小，她们俩就免了。"又指着李讷和燕燕说："你们两个向后转，到墙根底下去站着——面壁思过。"两个大孩子乖乖去罚站了。她俩刚刚站定，二娃看见大门里又走出一个人来，"啊，毛伯伯！毛伯伯！"只见毛伯伯笑吟吟地说："我都听见了，演得不错嘛。为什么不让演了呢？"又对江青说："你就饶了她们吧！"江青阿姨也无奈地笑了，燕燕和李讷遇到了救星，一边一个拉着毛伯伯的胳膊，笑着跳了起来。

孩子就是孩子，凡孩子都好动，都顽皮，都快乐，也都健忘——常常忘记了毛伯伯上午睡觉的习惯。几年后，在中南海，燕燕、二娃、娇娇很爱跟警卫员叔叔开玩笑，爱给人家起外号，比如她们管一个叔叔叫"狗牙叔叔"。一天，在院子外面碰见了"狗牙叔叔"，二娃调皮地叫了一声"狗牙叔叔"，狗牙叔叔不高兴了，瞪着眼睛跺了一下脚，"叔叔就是叔叔，乱叫什么！"二娃、燕燕、娇娇看他生气了，就更来劲，顽皮地齐声大喊："狗——牙！狗——牙！……"这次可真把毛伯伯吵醒了，毛伯伯穿着睡衣走到房门口，边抽烟，边欣赏这群小淘气，狗牙叔叔还在跺脚，她们几个乐弯了腰……娇娇无意中一扭头，发现了爸爸，不知他什么时候出来的。她立即意识到了什么，忙跑到爸爸跟前："爸爸，我们又犯错误了……"她低下了头……毛伯伯轻轻拍了一下她的头说："哦？你们犯什么错误了？""我们又把您吵醒了……"娇娇后悔地说。"啊？是吗？我可是只听见小鸟在唱歌啊。"毛伯伯慈祥地说……

"我就喜欢调皮的娃娃"

有一次，二娃在院子里玩儿，忽听见院子外面有人在训话："怎么搞的！这么调皮，再这样……小心我打你们屁股！"接着又听见"咚咚咚咚"逃走的脚步声。二娃想：准是那两个调皮鬼又干什么坏事了，这下可让叔叔逮住了，训一顿，该！该！该！……这时，毛伯伯从屋里走了出来，大声问道："谁在外边训人呐？""是我！"警卫员叔叔走进院子说："报告主席，侯侯和毛毛站在房顶上往院子里尿尿，比赛谁尿得高。我训了他们一顿，吓跑了。"二娃和毛伯伯一听，都哈哈大笑起来，毛伯伯问道："他们两个几岁了？"二娃说："侯侯跟我一样大，七岁了。""是啊，我们家乡有句话：七岁八岁狗都嫌……"二娃跳着拍着手说："啊，狗都嫌！狗都嫌！"可是，二娃万万没想到，毛伯伯却说："哎，我偏偏就喜欢调皮的娃娃。调皮娃娃才聪明，才有出息呢。"

在西柏坡，毛伯伯不再骑马，因为打了胜仗，缴获了美国造的吉普车，每天晚饭后，毛伯伯就乘着吉普车到远处的小河边去散步。毛毛、侯侯、良明、远远等几个小男孩儿一看见吉普车停在门口，便不管三七二十一，七手八脚爬到车里，汽车一开，孩子们雀跃欢呼："好啊！到河边去玩儿喽！"到了河边，毛伯伯散步，孩子们有的下河捉"蛤蟆咕嘟"，有的打水漂，有的在岸上摔跤比武，玩儿得可开心了……可是，有一天，警卫员叔叔事先早早站在吉普车边，告诫小淘气们说："你们记着，从今天起，谁也不准再扒主席的车了！"不一会儿

（前排左起）远远、侯侯，（后排左起）海安、廖玉、王毛毛、小南，当年的调皮娃娃 20 年后在万寿路海安家

毛伯伯出来了，他上车后突然看见小淘气们都站在那里，无奈地看着他。毛伯伯问道：“咦？毛毛、侯侯，你们几个怎么不上来呀？”“他们太皮了，我们不准他们来捣乱……”“哎，快叫他们上来，孩子嘛，哪有不皮的，又不是老头子……”听到这话，这群快乐的小鸟儿立即张开了翅膀，飞到了吉普车上，回到了毛伯伯身边……

“蝉是捉不得的”

1949年3月，孩子们跟中央机关来到了北平，由于城里还不安全，国民党残兵败卒和隐藏的特务有时抢铺子，有时打冷枪，中央机关暂住香山。毛伯伯正在指挥渡江战役，指挥解放全中国的战争，还要筹备政协会议，频繁和民主人士磋商国家大事。

夏天的香山，草木繁茂。讨厌的知了“吱——吱——”地叫个不停，孙勇叔叔说：“这些家伙成天叫，主席怎么睡觉呀？”二娃说：“咱们赶它们走，可是……树那么高，够不着哇。”“看我的！”孙勇说着脱了鞋，抱着树，三下两下就爬到了大树上，找了一根结实的树干坐稳后说：“哈，这么多，来，我抓了扔下去，你们在下面捡。”说着一只只知了就被扔了下来，其中有机灵的振振翅膀飞跑了，笨的便被孩子们捉住了。“噢……噢……”孩子们一高兴，又忘乎所以地欢呼起来。

“呀，翅膀真好看，还是透明的呢。”二娃说。

“咦，知了是哪儿叫呢？是嘴吗？可嘴不大，能叫得那么响？”李讷毕竟是大一点儿，爱刨根问底。燕燕把知了翻过来调过去地看着，自言自语道：“不对，肚子一鼓一鼓的——是不是里边响啊？”“知了，你叫一个！快叫呀！”留着小辫的娇娇刚从苏联回来，中国话说不大好，只是歪着头很好奇地猜测着，没做声。

一只知了在二娃手里挣扎着，“呀，它想飞。”二娃换了一只手捏紧了知了的翅膀，不过知了自有办法，突然“吱——”地大叫一声。二娃没有提防，吓了一跳，一松手，知了向树上飞去了。二娃跺着脚喊道：“孙勇叔叔，我的知了跑了，再扔一只下来吧！我还不知道知了是怎么叫的呢。”“唉，你不知道，知了有的叫，有的不会叫……”孙勇叔叔在树上卖着关子。“真的？怎么回事？”“说呀，快说呀。”“你要再不说就是骗人。”孩子们用了激将法。“好，等我再捉几只……”“你快下来吧！”孩子们迫不及待地跳着脚。

孙勇叔叔从树上溜下来，穿上鞋子，从地上拿起一只正“吱——吱——”挣扎的知了，清了清嗓子，说："来，你们过来看，听叔叔给你们上一课……"又故意咳嗽了一声："你们猜，知了怎么叫的？""放开嗓子叫！""你们仔细看看，知了能张嘴吗？""可知了的嘴为什么像根针呀？""是啊，这么尖的嘴怎么张开呢？""对了，你们仔细看啊！"孙勇叔叔捏了捏知了肚子两侧，知了肚子一鼓，腿一挣扎，突然"吱——吱——"地大叫起来。"咦？怎么好像是肚子在叫啊？""是吗？让我看看。""让我摸摸它的肚子……"

孩子们专心致志地看着、摸着……谁也没发现毛伯伯已经站在了他们背后："噢，你们在上生物课啊。孙勇讲得不错……""爸爸，你知道知了是哪儿叫吗？真好玩……"李讷惊喜地说。知了把肚子一鼓一鼓地叫着。"让我拿着，看它还叫不叫？"二娃伸出了小手……"它的嘴这么尖，怎么吃东西呢？"大家又争着问孙勇。"知了吃树干里的汁，它把尖嘴扎进树干里，吸树的汁，"又说，"知了还吵人睡觉，讨厌不讨厌？""真讨厌，真讨厌，孙勇叔叔，你再上树捉吧！""快上快上。"……

"蝉是捉不得的，"毛伯伯却劝阻道，"把蝉放了吧……""不，不，不放！要把它们消灭光，不让它们吵您……""香山的夏天怎么能没有蝉叫呢？蝉叫吵不醒我……没有蝉叫，就不像夏天了。"毛伯伯又说："你们知道吗？蝉会蜕壳，那个壳子叫做蝉蜕，是中药，可以治病的，你们去找找看……""蝉蜕？在哪儿啊？"孩子们睁大了好奇的眼睛。"树干上，草丛里都有，找找看……""真的？"孩子们的眼睛更亮了，立刻放了手中的知了。"蝉蜕是什么样子的？""走，我们去找找。""多好玩啊！""真奇怪！"……孩子们心里装满了问号。毛伯伯听了孩子们充满好奇的话语，会心地笑了，带着他们向旁边的杨树林走去……

小路上留下了问号……

住在香山，毛伯伯可忙啦。可是，刚搬进城的荣臻（后改名八一小学）和育英两所小学还没有安顿好，所以孩子们成天玩耍。吃晚饭时，毛伯伯常跟孩子们一起走下山去吃饭，饭后又散步上山，孩子们在毛伯伯身前身后跑上跑下……

一次，燕燕和李讷比赛爬山，跑累了，站在山坡上呼呼喘气，转过身来等着后面的人，毛伯伯说："你们知道怎样爬山才不累吗？"孩子们喘着气摇摇头，"毛伯伯，您快说！"燕燕请求道。"要像这样……"毛伯伯边说边走，他从路的右边向左前方走了条斜线，又转向右前方走了条斜线，再折向左前方……"你们知道吗？我走了个什么字啊？"二娃摇了

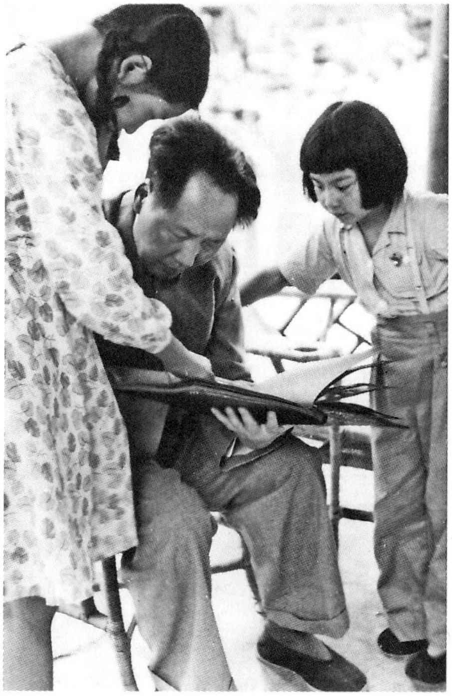
毛主席与李敏、李讷，1949 年夏于香山

摇头，期待着小学生姐姐回答，燕燕没有把握地说："好像……好像是个'之'字，可是……少一个点儿啊。""对了，就是'之'字，走'之'字上山才不累。"毛伯伯高兴地说。"怎么搞的呀？爸爸？"这回李讷刨根问底了……"嘿嘿，我不说，你们去猜吧……"毛伯伯给孩子们又留下了一个问号。

一次散步时，毛伯伯边走边用浓重的湖南口音吟起诗来："白日依山尽，黄河入海流。欲穷千里目，更上一层楼。"孩子们一句也听不懂，好奇地听着，等毛伯伯吟完诗，二娃问："毛伯伯，你唱的什么歌呀？怪里怪气的……""我这是读诗呢，我来教你们读诗，你们学不学呀？""学呀，您快教我们学！"于是，毛伯伯一句一句地教孩子们读起诗来，教了几遍，又要求孩子们背下来，孩子们很快记住了，比着背给毛伯伯听。从此以后，一有空，几个孩子就缠着毛伯伯教诗。毛伯伯有时吟诵，有时讲解，李讷总是背得最快，还常常赞叹："这诗真美！"毛伯伯欣慰地说："我们的新中国马上要诞生了，你们也长大了，不能总是玩，该好好读书了，你们应该上学了……要学好本领，建设一个富强的新中国。"

是啊，只有上学，才能明白：为什么蝉蜕能治病？为什么走"之"字上山才省劲儿？才能学更多的诗歌，才能……实际上，还是在慢慢长大以后，孩子们才渐渐体会到毛伯伯给他们留下问号的意义。

"看菜吃饭，量体裁衣"

1995 年的《东方少年》上，叶燕（即前文提到的燕燕）曾写过这样一个故事：

……为提高我们的书法水平。老师给每个学生布置了一项任务，星期天回家请毛笔字写得好的长辈写一张大字帖，以供铺在用黄麻纸钉的大字本下临摹。

回家路上，我琢磨着如何完成任务，我想："毛伯伯的毛笔字写得特棒，我就请他给我写张大字帖吧。"

我知道毛伯伯一般是上午休息，下午和夜间办公。所以星期日下午我就在院子里玩耍，等啊等啊，我终于看见毛伯伯从菊香书屋出来活动了。他一边挥动着双臂，一边在院子里漫步，我站在走廊柱子后边静静地等候。过了一会儿，毛伯伯准备回房间办公啦，我赶快跑过去说："毛伯伯，您好，我有件事情想请您帮忙，行吗？""小燕子，你从什么地方钻出来的？让我给你帮忙？那得看是什么事，我能不能帮上忙喽。"毛伯伯诙谐地说。我急忙将老师布置的任务说了一遍，毛伯伯听后微笑着说："练字，好嘛，我就帮你一次。走。"

（左起）于海燕、李敏、金戈、吴小平，1963 年于北海公园

我紧跟毛伯伯走进了办公室，他铺开白纸，饱蘸浓墨，沉思了一会儿，挥毫题写了："看菜吃饭，量体裁衣"八个大字。然后问我道："小燕子，你明白这几个字的意思吗？"我那时认得的字不太多，边读边猜道："看菜吃饭，是不是看见菜就想吃饭？"毛伯伯听后哈哈大笑："你这个小丫头，嘴真馋，光想着吃饭。看菜吃饭是指大家在一起吃饭，你要根据菜的多少来吃饭，菜多你可以多吃些，菜少时你要想到别人，少吃点。明白了吗？"我点点头说："明白了。"接着毛伯伯又耐心地讲解道："量体裁衣，就是要按照你的身体做衣服，才合适，你这么小的个子，要是穿上我的大衣服，那就太难看了，也太浪费，这八个字连在一起的意思是，根据具体情况来处理问题，办理事情，也就是要实事求是。比方说，新中国刚成立，还很穷，办什么事情都要考虑这个情况，你说对吗？"

说实话，当时我对这八个字的深刻含义似懂非懂，后来通过毛伯伯的言传身教，才加深了对它的认识。

提到这段文字，又引出二娃的一段回忆：

听说毛伯伯给姐姐写了字，我也吵着让毛伯伯给我写字，毛伯伯给我写了十六个字："二娃住在中南海（海）里有鱼有虾可好玩了。"从此，我就心满意足地拿着这张字帖去临摹了……我非常珍惜这幅字帖，用过后把它夹在一本地图册里，可后来还是不知被谁拿走了，真可惜！

叶燕的字帖也禁不住一位魏姓同学的百般讨要，只好割爱给了她，但愿她至今还能珍藏着吧……

水中的大朋友和小朋友

我们和所有的孩子一样，都喜欢戏水；人人皆知，毛主席最爱游泳，无论在游泳池，还是在大江大海里。水，让毛伯伯和孩子们结下不解的情缘……

在中南海，有一个用毛主席稿费建成的游泳池。但毛伯伯可没把游泳池当成私有财产，相反，倒成了大家的乐园。

按规定，只准许我们这些孩子在中午时间去游泳，下午，在"首长"来游泳之前，警卫员叔叔们照例要"清场"。这时，游泳场内总会演出一场类似"老鹰捉小鸡"的游戏，叔叔们叫起了这一个，那一个又"扑通"跳下水去，老实的被赶走了，淘气的东躲西藏……女孩子们三五成群地躲进了女更衣室，气得叔叔在门外跺脚，也无可奈何。只听见她们在里面嘻嘻哈哈，不知谁嚷了一句："好了，毛伯伯来了，有救了……"她是从门缝里看见的，毛伯伯出现了，穿着白布缝的游泳短裤——是二娃家的阿姨用手工缝制的。等毛伯伯来到游泳池边上，女孩子们突然从更衣室一窝蜂冲了出来，倒把毛伯伯吓了一跳，他一把抓住远征的胳膊："老朋友，你们搞什么名堂，躲在里面不游泳？"

"警卫叔叔要赶我们走，我们才……"

"哎，不要赶她们，让她们玩嘛。"毛伯伯对警卫挥挥手，又问远征："老朋友，你会跳水吗？""我？会跳冰棍儿！"说着，毛伯伯和孩子们一起走到深水处，大家知道，毛伯伯向来是从深水处下水的。只听“扑通”一声，远征跳了个冰棍儿。“我也会!”几个小男孩儿也不知从哪儿钻了出来，一个个跳下了水……

毛伯伯也抓紧时间下了水，毛伯伯的泳姿很独特，不属蛙泳、自由泳或蝶泳之中任何一类。他双手同时下划，双腿也同时夹水后蹬，身体就向前一冲一冲，游得很快，很娴熟，而且不断变换姿势。他一会儿蛙泳，一会儿侧泳，最令人叫绝的是，一会儿，他又躺在水上休息了，手脚一动不动，平平躺着，却不沉底，真是自由自在。

廖侯与吕彤羽 1959 年拍摄的毛主席与孩子们游泳

侯侯像一只小青蛙，跟在毛伯伯身边游来游去，暗自和毛伯伯比赛。他也企图模仿毛伯伯躺在水面上，可是却怎么也躺不平，怎么也做不到像毛伯伯那样手脚不动。侯侯只要手脚一停止划水或打水，人就往下沉……“哎，毛伯伯本事真大!”侯侯暗自赞叹着……毛伯伯游到池边，略作休息时，侯侯追过去说：“毛伯伯，你游得真快，就是姿势不好看，好像孙猴子……”说着把两个胳膊向后缩，模仿京剧中的孙悟空，两只手在胸前抓挠着。毛伯伯开心地笑了：“是吗？你自己是小猴子，就说我也像猴子。”侯侯说：“不过，您怎么能躺在水上一动不动呢？我为什么一躺就往下沉呢？您看!”说着侯侯就躺给毛伯伯看，他用双脚轮流打水，水溅了毛伯伯一脸，可一停止打水，身子就真往下沉……毛伯伯用手背抹去脸上的水珠说：“啊，你原来不会运气呀，来，跟我学……”毛伯伯又深深吸了一口气悠然地躺了下去，很自在地在水面上漂着，边做示范边给侯侯讲要领：“先要深吸一口气，再……”可侯侯怎么也没学会这一绝招，至今回忆起来，还觉得很遗憾呢。

毛伯伯游了个把小时，便上岸坐在藤椅上休息，晒太阳。孩子们有的上了岸，有的还在水中嬉戏。上了岸的，有的围坐在毛伯伯椅子周围的地上，有的在旁边站着，有的给毛伯伯从烟盒里取香烟（那时的香烟是没有过滤嘴的），有的给毛伯伯递火柴……毛伯伯烟瘾大，这是战争时期养成的。毛伯伯深深吸了一口烟，看见了站在身边的小林，忽然问：“你叫小林，你爸爸姓林，你为什么姓孙呢？”“我是跟我妈妈姓，从小就这样。”“呵，原来是这样，你很有造反精神呐，从小就反传统！……”

毛伯伯晒着太阳，跟孩子们聊着天，看见胜利、幸福、和平三姐弟走了过来，就说：“胜利，这个名字好；幸福么，也还可以；你，为什么叫和平呢？”毛伯伯指了指小和平问道，“现在世界上有什么和平呢？不是这里打，就是那里打，冷战也很激烈，一点儿也不太平啊，孩子……”毛伯伯摸了摸小和平的头，感慨万千地说。

毛伯伯休息了一会儿，又下水去游泳了，孩子们也“扑通扑通”跳下水去，像一条条小鱼，在毛伯伯身边自由自在地游来游去……

毛伯伯更喜欢搏击风浪。有一年暑假，凶猛的台风袭击北戴河海滨，刮起了台风，海风呼啸，浊浪排空，彤云密布，天低云黯，海水涨潮，漫过了沙滩，漫上了大路，甚至漫进了离海较近的院落。成群的蜻蜓在阴暗的林间飞舞，一伸手就可以抓到几只。路边的大树有的也被连根刮倒了……二娃和姐姐一起在院子里逮蜻蜓，忽然看见毛伯伯穿着白色游泳短裤，身上披一条大毛巾向浴场走去，后边跟着李讷和娇娇，还有几个工作人员。“这么大的浪你们还去游泳啊？”二娃很吃惊地叫道。只见毛伯伯头也不回地向海边走，也许风太大，李讷她们只听见二娃喊，却听不清说什么，就用手指了指走在前面的爸爸，又做了个蛙泳的手势。二娃明白了，原来是毛伯伯命令她们到大风大浪中去游泳。

二娃和姐姐也跟着向海边走去，天下起雨来，云更黑了，浴场旁边的一条沟里山水汹涌而下，翻着波浪涌向大海，很快形成了山洪，水中有冲下来木头、杂草、死了的小鸡、小兔……二娃禁不住打了个寒战，走到浴场，雷声隆隆，雨也如天河决口般倾泻下来，海水变成了黑色，黑得怕人。海中的巨浪汹涌澎湃，卷着黄浊的巨浪一浪接一浪地涌向岸边，发出排山倒海般的巨响。可是毛伯伯却迎着巨浪从容地下海去了，哗——一个巨浪，毛伯伯被巨浪推倒了，但他又从浪谷里跳了起来，随着波峰跃起，人也跃起，波谷涌过来时，人也用脚顺势点一下海底，毛伯伯在浪峰浪谷间跳上跳下了几个回合，就跃身向翻腾的巨浪搏击而去……警卫员们也跃向了大海，李讷和娇娇也随着爸爸冲向了翻滚的巨浪……浴场的晾台上站满了人，二娃和姐姐也在人群中，冒着大雨，揪着心，观看着这惊心动魄的一幕，着实为毛伯伯，也为李讷和娇娇捏着一把汗。这惊心动魄的一幕，深深震撼着两个小姑娘的心，永远地留在了两个小姑娘的记忆里……

辣椒炒苦瓜和“八宝饭”

我们这一代孩子从小过着供给制生活，在1953年以前，我们一直都穿着公家发的一样的衣服，吃着一样的饭菜，小学的前两年，甚至师生同桌吃饭。回到家里，则根据孩子们的不同年龄，分别在机关里的大、中、小灶饭厅吃饭。

毛伯伯虽然有厨师做饭，有人骑车买菜，但他严格要求按标准吃饭，严格要求记伙食账，有时还亲自查账。毛伯伯招待亲戚吃饭，也是从自己稿费中开支，从不准用公款请客。

金戈、李敏、廖玉2011年于中山公园

每到周末，娇娇、李讷、远新和他们的表哥博文从学校回来，全家一起吃晚饭。毛伯伯因为喜欢孩子，也常常叫上燕燕和二娃一起吃。

这顿饭往往是一周中最热闹的时刻，毛伯伯询问孩子们在学校的生活、学习，有时也教他们背诗，有时也讲小故事，话题海阔天空，言笑百无禁忌，气氛十分活跃。这是毛伯伯在日夜紧张工作之余，精神最放松、心情最愉快的时刻。身边工作人员们发现，孩子们不但不是“小淘气”、“小捣蛋”，反而往往能起大人们起不到的作用。他们是毛主席的“开心果”。可是，吃晚饭的时间，却总是没准儿的，有时8点，有时10点。孩子们肚子早都咕噜咕噜叫了……还是要等到毛伯伯工作告一段落，宣布开饭，这时孩子们才能喜出望外地坐到桌边来……

读者可能会认为，毛主席家的饭菜一定尽是鸡鸭鱼肉，美味佳肴，一定常常能吃上红烧肉，那可就是误解了。其实，毛伯伯家的饭菜，从数量上是够吃而不浪费，菜谱以家常菜为主，特色是湖南风味，辣而咸，口味较重，辣椒是每顿饭必不可少的。毛伯伯爱吃米饭，大多是糙米饭，也常吃大米加小米的二米饭，爱吃苋菜、苦瓜等蔬菜。

远征曾说过：“我家住在毛伯伯家旁边，我妈妈的湖南菜做得好，有时毛伯伯馋了，会让人拿一个碗来要一碗腊八豆，有时又来要一碗泡椒……每次妈妈都欣然赠送。这和民间左邻右舍互赠吃食的习俗是一样的。二娃爸爸自己做的湖南风味的拿手好菜如豆腐乳之类，也常常被毛伯伯讨去吃。”李讷曾跟远征开玩笑说：“我爸爸快成乞丐了，老到你们家讨饭。”后来远征妈妈还教毛伯伯的炊事员做豆豉，帮助他掌握湘菜的烹调技艺。

那时，蔬菜种类很少，只有夏天才能买到苦瓜，有一次吃饭，二娃夹起一筷子辣椒炒苦瓜，尝了一口，就直皱眉头，“哟，又苦又辣……”毛伯伯问道：“二娃，你会写‘辣’字吗?”“会，一个‘辛’字右边一个……”，二娃用手指在桌上写了一个‘辣’字，毛伯伯又问大家：“你们谁知道‘辛苦’这个词的意思?”“知道，辛苦就是累。”“爬香山辛苦……”“农民伯伯很辛苦……”大家七嘴八舌。“粒粒皆辛苦，”李讷想起了跟爸爸学过的《悯农》诗。毛伯伯点了点头，“对，辣就是辛，我们今天吃的菜就是一个‘辛苦’菜，又辣又苦，”顿了一下，又说，“做一个人，吃一点苦，是有好处的，不要老想吃蜜糖……”

有时孩子们跟毛伯伯到郊外去，在地里发现了马齿苋或野苋菜，毛伯伯就叫孩子们挖回来，于是餐桌上便加了一盘野菜。那马齿苋滑溜溜的，还有点酸呢，可毛伯伯和大家吃得很香。

毛伯伯家常吃杂粮，在米里放上各种杂豆，有时放点红薯，一起煮成饭，不过可没有放过什么果脯之类的，有时放点家乡亲友送的莲子，就是好东西了。毛伯伯指着掺着杂粮的饭说：“这，叫做‘八宝饭’，多吃一点，营养丰富。”说着，呼噜呼噜吃得很香。

毛伯伯家的前后院，每年都种一些蔬菜，西红柿长得挺好。到三年困难时期，院子里再也找不到一株花，全种上了菜，毛伯伯带头减了自己的工资，高级干部也都随之自动减了1～2级工资，毛伯伯家饭桌上很少看见肉和蛋了，粗粮比例增加了，每到寒暑假，毛伯伯都让李讷到设在东八所的机关干部用餐的大食堂去排队买饭吃。

毛伯伯那么爱孩子，当然也爱自己的儿女，但并不娇惯他们，对他们要求很严，不准他们倚仗权势搞特殊化。1949年4月，育英小学从西柏坡附近的下东峪搬到北京西郊万寿路，校舍安排在傅作义的一所旧兵营里，周围是农村和庄稼地。那时我们每天三顿饭都要从南院排队到北院去吃，中间要越过一条深深的战壕，营房周围和战壕边上有许多战时留下的扎人的铁丝网，那时，从学校进城有十多里路，却没有一趟公共汽车，加上家长们忙于筹备建国大计，孩子们很少回家。新中国成立以后，各方面工作逐渐步入正轨，学校规定两周放一次假，各机关开始派车接孩子，李讷和远新也和中南海其他孩子一起乘大轿车

（左起）李讷、王景清、叶利亚（二娃）、梁红五、金戈、任远、陈伟力、金矛 、胡木英、孙小林、刘小远，摄于 1985 年 6 月

回家。后来通了公共汽车，主席身边的工作人员发现了孩子们的“开心果”作用，于是征得毛主席同意，在育英学校不准接孩子的那个周末，搞了一点小小的特殊，把李讷、远新和二娃都接回来，但是毛主席规定，只准孙勇带他们 3 人乘公共汽车回家，不准用公家的小汽车接送。他们回来后，很认真地承担了陪毛伯伯休息的任务，常常“奉命”去拉毛伯伯看电影，出席舞会，或到郊外去走走……1953 年李讷考上了师大女附中，孙勇就改骑自行车到育英去，再找个三轮车把远新和二娃接回家。李讷和姐姐到女附中上学，一人一辆飞鸽牌自行车来来去去。后来孩子们都上了大学，李讷上了北大，周末仍是骑车回家。三年困难时期，粮食减了定量，吃不饱饭，骑不动车，李讷周末就挤乘驮着大煤气包的公共汽车到西直门，再倒车回家。在北大，李讷常穿着学生蓝的衣裤，颜色洗得都发白了，裤子上还常有补丁。至今，在我们同学聚会时，李敏、李讷也永远是衣着最朴素的。毛伯伯对子女的严格要求，潜移默化地影响了我们这一代人。公私分明，不占公家便宜，厌恶特殊化，更憎恶以权谋私，这些，成为我们终身信守的做人准则。

一张珍贵的老照片

不知什么时候开始，有一条严格的规定，毛主席身边的工作人员及其子女均不准擅自要求与毛主席合影。所以许多孩子虽生活在毛主席身边，但是再淘气也没敢破坏过纪律。同时，毛伯伯也就是一个伯伯，谁也没有意识到：留下一张和他的合影会多么重要，多么珍贵。所以今天要找到一张与毛伯伯单独合影的照片，还真成了难事。

可是，并不常住中南海的太北却保存着两张跟毛伯伯合影的珍贵照片，其中有一张居然是自己单独和毛伯伯的合影，太北可真幸运！那是 1951 年 5 月下旬的一天，在中南海毛主席家的院子里拍的，小太北和自己的同学曾有幸作客毛主席的家。

八一小学少先队员在儿童节向毛主席汇报，（左起）董良羽、叶燕、左太北、李敏、宋勤、毛主席、范跃荣、雷蓉蓉，1951 年于中南海菊香书屋

那一天，快要过新中国第二个“六一”儿童节了，毛伯伯在自己家里会见了八一小学的 7 个小学生代表，除了李敏、燕燕、太北之外，还有蓉蓉、宋勤、良羽和小跃荣。孩子们给毛伯伯献上了鲜花，还送了一个镜框，镜框里是反映八一小学学生们学习和课外活动的照片，孩子们指着照片，向毛伯伯汇报了自己丰富多彩的学校生活……

毛伯伯边听边乐，边招呼着孩子们来到院子里，他坐在一株龙爪槐边的椅子上，孩子们围坐在周围。毛伯伯和孩子们拉起家常话，一一询问着孩子们个人的情况……

“你叫什么名字？”毛伯伯问一个小姑娘。“叫太北，”眉清目秀，额头宽宽的小太北很自然地回答着，因为同学们相互之间都是直呼其名，早已习惯成自然了。

“为什么叫太北呢?”毛伯伯问。“是我爸爸起的名字，我生在太行山北边。”“你爸爸是?”“我爸爸是左权。”小太北的话语很平静。她出生 3 个月，因为爸爸要参与指挥百团大战，妈妈就把她抱回了延安。她不到两岁，爸爸就牺牲在抗日前线，成为无人不敬仰的抗日烈士，抗日名将。爸爸左权的故事——她是在懂事后听妈妈和老师们告诉她的。

“噢……”毛伯伯没有说话，沉默了片刻，毛伯伯伸出手去，把小太北的手紧紧握在了自己一双温暖的大手间，小太北天真无邪，满脸稚气……所有的孩子也都没有说话，空气似乎凝固在了这一瞬间……

然而，孩子毕竟是孩子，童心，总是宛如那蓝莹莹的天空，那样明澈、纯净、清亮。蓉蓉终于忍不住，把想了好几天的一个愿望说了出来：“毛伯伯，我们想跟您照相。”毛伯伯似乎没有听见，仍然拉着小太北的手。其实，刚才孩子们给毛伯伯送镜框的时候。《中国青年报》的记者晓白已经给他们抢了一张相了，现在蓉蓉又一次请求道：“毛伯伯，我们想每人跟您照一张相……”毛伯伯这回听到了，他缓缓地站了起来，拉着小太北的手，小太北站在了毛伯伯的右侧，毛伯伯又用双手抚摸着她的双肩，让她贴近自己，往前站了站，记者晓白按下了快门……

毛主席和八路军副总参谋长左权烈士之女
左太北 1951 年在中南海菊香书屋

照完相以后，毛伯伯又把太北拉过来，详细询问了她离开延安到北平这一段的经历，关切地询问：“你星期六回哪里去?”太北回答：“回东总布胡同的妈妈家。”毛伯伯又询问了太北妈妈的工作和生活情况……最后临别时，毛伯伯还特别叮嘱边老师说：“八一小学有不少烈士子弟，他们是烈士的骨血，要好好抚育他们，培养他们……”

不久，这张照片送到了小太北手中。照片上不谙世事的小太北憨憨地笑着，可是毛主席却那么严肃，那么认真。跟一个小孩儿照相，那么认真——太北不止一次这样想。一年又一年，太北就是这样阅读毛伯伯的表情的……

一直到 20 世纪 80 年代初，经历了历史沧桑的太北见到了父亲生前一位战友，他向太北讲述了一段往事：

……那是在延安住的时候，什么时候想见毛主席就见了，吃了饭，散散步，就上了杨家岭……1942年5月末的一天，天比较热，我想到毛主席那儿看看，信步走上了山坡，毛主席正在窑洞外边乘凉，好像在思考问题，还叼着烟。我过去说了两句问候的话。毛主席当时就说道："左权同志牺牲了。前两天他还给我来过一封信，提到他的问题。我正要着手给他解决问题，他就……牺牲了……"主席的心情是很沉重的，眼睛里含着眼泪，很动感情。

后来，太北进一步知道了连她，甚至妈妈都从不知道的，爸爸左权多年戴罪指挥作战的沉重经历：左权受王明、康生诬陷，被打成"托派"，自1932年2月起，就背上了"留党察看"的沉重的十字架。可是，他依然一直在指挥大大小小的战役，一次次反"围剿"，长征路上，华北前线……直至牺牲。太北，一直为爸爸自豪的太北，这时，为爸爸的悲剧命运不平……

这以后，再看自己跟毛伯伯的照片，太北似乎才渐渐读懂了毛伯伯眉宇间那丰富又复杂的表情。毛伯伯的心，似乎在流泪……为战友，为烈士，为小太北，为历史，也似乎为自己……

（2003）

孩子们的怀念

——写在杨尚昆伯伯逝世五周年的日子里

2003 年 9 月 14 日是杨尚昆伯伯逝世五周年的日子，我们这些在尚昆伯伯眼皮底下长大的孩子们，陪着他的跟我们一起长大的一双儿女小二和妞妞，一起来到重庆市潼南县为尚昆伯伯和伯钊妈妈扫墓，并瞻仰了杨闇公烈士（尚昆伯伯的四哥）的故居，献上了鲜花，表达了我们对革命先辈的怀念与景仰。

2007 年 7 月杨尚昆铜像揭幕

我们这些孩子的父母，有的是尚昆伯伯的老领导、老战友，有的是他的老同学、老同事或老部下。我的爸爸也曾长期在尚昆伯伯的直接领导下工作。我们这些孩子们从小一起长大，情同手足。我们一起经历过战争岁月的苦难，一起经历过“文革”的十年浩劫，我们又是同学，甚至同事或战友，为了祖国的繁荣富强和人民的幸福，继承老一辈的遗志遗风，在平凡的工作岗位上，奉献了各自一生的力量，现在大都年逾花甲而退休。这次重聚，大家情不自禁地回忆起尚昆伯伯对我们这些孩子们的关怀，谈起一桩桩、一件件往事……

二娃子是中直机关小学（北京育英学校的前身）最早的几个学生之一，后来也成为育英的学生，她的爸爸叶子龙曾给毛主席当了 27 年的秘书，所以她和在中共中央办公厅当了 22 年主任的尚昆伯伯很熟也很亲。她回忆起尚昆伯伯对育英的关怀时说：“咱们小学就是

1937 年“七七事变”后，杨尚昆奉命赴山西协助刘少奇领导中共北方局工作，曾在我公公婆婆家小住，婆婆陶桓馥当时在北方局组委工作，她与尚昆夫妇是留苏同学

在毛主席的关怀下建立的。”尚昆伯伯亲自着手创办学校，那是在 1948 年下半年，在西柏坡附近的下东峪村。我妈妈蒋英也曾被派到小学任老师。后来育英小学随着中央机关一同来到北京，把西郊万寿路傅作义的老兵营旧址确定为育英的校址，也是中办主任尚昆伯伯亲自拍板的。后来，又根据尚昆伯伯的要求，为育英挑选了最好的师资，他们中许多人是解放前后参军参干的大学生，对革命满腔热情，又有着丰富的文化知识。他们中有的人不甘心当小学老师，尚昆伯伯就给他们讲培养革命后代的重要意义，鼓励他们热爱教育工作，热爱孩子。所以那时，老师们对我们特别关心，那时过着供给制生活，开始时连吃饭师生都在一桌，老师们白天给我们上课，晚上讲故事，熄灯后还来检查孩子们是不是盖好了被子。由于老师们的教学质量特别好，小学毕业时我们大多数都考上了师大女附中，101 中学、男四中、男八中等重点中学……尚昆伯伯对老师们的辛勤工作很满意。

二娃子还回忆说：“1983 年，育英建校 35 周年时，学校领导想请党和国家领导人题词，我受委托去找尚昆伯伯，他很高兴地给咱们学校题了词。”

二娃子继续说：“尚昆伯伯 90 岁生日时，咱们这帮孩子去给他老人家拜寿，他老人家看见咱们特高兴，后来育英的同学要求和他合影，他高兴地说：‘我还是育英小学的名誉校长呢，好，和你们一起照张相。’那时，他已步履蹒跚，我们搀扶着他老人家，走出客厅，走到院子里，由杨小二给大家照了一张合影。尚昆伯伯和咱们就是亲。”

给毛主席长期担任秘书的乔木伯伯的女儿胜利回忆说：“1996 年 4 月 8 日是‘四·八’烈士遇难 50 周年。王若飞、邓发、叶挺、秦邦宪等烈士的遗孤决定回延安扫墓。我们这些同窗好友大多是延安出生的娃娃，也决定自费回一趟延安，而在延安活动的费用是老同学王军（王震伯伯的儿子）赞助的。一是为烈士扫墓，二是寻找自己当年的出生地和居住地，三是回去看看延安的父老乡亲，寻找用各自的方式为延安的发展做点实事的机会。临行前王若飞烈士的儿子毛毛给尚昆伯伯打了电话，告诉他我们的行踪。大家用不同的交通方式集结到西安，又乘汽车回延安。”

尚昆伯伯对50年前遇难的战友非常怀念，也很想念烈士遗孤和我们这些延安娃，于是他老人家不顾年迈，以89岁高龄于4月7日乘飞机专程来到了延安。4月8日，尚昆伯伯和我们一起参加了延安各界群众祭悼烈士的仪式。亲自给修葺一新的烈士墓敬献了花圈。下午，尚昆伯伯在宾馆的小礼堂里专门接见了我们60多个延安娃，特别一一慰问了“四・八”烈士的后代：王若飞之子王毛毛；叶挺之子叶正大、叶正光、叶正明、叶华明等；邓发之子女邓北生、邓金娜；秦邦宪之子女秦钢、秦铁、秦及玛……询问了他们的工作和生活情况。

1980年初杨尚昆、李伯钊夫妇与王兴、叶子龙、张延忠、李讷、叶利亚等亲友，右一为杨尚昆长子杨绍京

因为尚昆伯伯是当时处理“四・八”烈士善后事宜的主要领导人，作为历史的见证人，他给我们详细介绍了50年前的情景：

日本投降后，毛主席赴重庆和蒋介石签订了《双十协定》，1946年1月国共双方又签订了停止双方军事冲突的协定。但到了3月上旬，国民党单方面大幅修改了政协刚通过的《宪法草案修改原则》。我党出席政协的代表王若飞、秦邦宪乘美军观察组的飞机回延安向中央汇报工作。我们接到重庆发来的电报，说除王、秦两人外，还有刚被国民党放出白公馆监狱的叶挺夫妇及女儿扬眉和黄齐生老先生及其孙黄晓庄等一行人，将于4月8日返回延安。毛主席想见叶挺将军心切，我便组织安排毛主席等领导同志和群众到机场迎接，那天上午，延安党政军代表都齐集延安飞机场等候，大家怀着喜悦的心情耐心翘首以待。但那一天天低云暗，还下着小雨，等到10时左右，我们似乎听到了透过厚厚云层传来的飞机声，却看不见飞机穿过云层降落。又过了一阵儿，飞机的引擎声越来越远，渐渐听不见了。毛主席和大家都抬头焦急地望着天空，时间一分一秒地过去，却再也听不见飞机的响声。等到中午，飞机还没有来，我们以为飞机转飞北平了，毛主席、朱总司令和大家都怀着焦虑不安的心情，默默地离开了延安机场……

1996年4月8日，杨尚昆与王若飞之子王毛毛（左一）一家于王若飞墓前

周恩来(前排中)与杨尚昆(后排中)于1947年7月在延安与美军观察组成员合影，前排左右分别为金城(作者父亲)及叶剑英

到了午夜零时过后，美军观察组突然打来电话告诉我说飞机没有到北平，也没回重庆——失踪了！他们准备派两架飞机到延安附近搜索（后来他们果然很认真地搜索了3天）。我接了电话都惊呆了，立即报告毛主席，又马上通报西北局和边区政府，让他们通知所有县区，询问他们是否在8日看到了一架飞机？是否曾听到飞机的声音？是否发现失事的飞机？让他们发动军民搜寻飞机的行踪。后来晋绥分局发来了电报：兴县黑察山下几个村子的农民报告说，我们开始听见了飞机的声音，后来听到山上

传来了很响的一个大炸雷，可是没下雨，不知咋回事。我立即请李井泉同志（时任晋绥分局书记）下令组织军民上山搜寻，中央也责成晋绥分局保卫部组织搜寻。到11日，来电报说发现了一架烧毁了的飞机残骸……我得知这个消息后心情沉重，立即报告了毛主席，毛主席很悲痛，指示一定要尽最大努力找到烈士遗体。因为黑察山海拔2 000多米，山上林木茂盛，方圆几十里内无人烟，上千民兵搜索了三天，才找到了烈士们的遗体。其后当地又组织军民修路，把烈士遗体搬运到兴县附近一个旧飞机场。4月18日，美军观察组帮助用飞机将遗体运回延安。晋绥地方政府和军队曾在兴县开了追悼会。延安组成了由毛主席、朱总司令等参加的治丧委员会，在延安机场迎灵。毛主席本来执意要去，我们极力劝阻才作罢，但他亲笔题词："为人民而死，虽死犹生"。在机场，任弼时、蔡畅和我主持了遗体入殓。4月19日，举行了有3万多人参加的安葬仪式，烈士遗骸被安葬在飞机场附近……

说到这里，我们看到尚昆伯伯面带忧戚，陷入对往事、对烈士的回忆怀念之中……他顿了一下又说："历史是曲折的，又是公正的。你们缅怀先烈，人民也不会忘记对人民事业有功的人。他们的英灵与山河同在……"

尚昆伯伯讲完以后，又分别与王若飞、秦邦宪、邓发、叶挺的子女一家一家合影留念，询问他们的工作生活情况，然后又和我们这群延安娃集体合影。大家都感受到亲人般的温暖与关切。

1947年，杨尚昆怀抱儿子小二和夫人李伯钊怀抱妞妞在山西临县三交镇双塔村

随后，尚昆伯伯又带我们去杨家岭和王家坪，参观了毛主席、朱总司令等老一辈革命家住过的窑洞。由于我们在延安时比较小，只知道自己在杨家岭、王家坪住过，可谁也找不到自己家住过的窑洞，尚昆伯伯便充任了我们的向导和讲解员。他老人家对延安充满深情，对当时的情况记忆犹新，带着我们走上一个又一个山坡，走到一排排窑洞前，一一指点着说："胜利，你们家就住在这间窑洞，二娃子，你们家就住在那间窑洞……"小二当时已经是国内外有名的摄影家了，每到一处，就给我们

拍照，为我们留下了珍贵的镜头，在杨家岭和王家坪的山坡上，我们和尚昆伯伯又一次合影留念。

参观完以后，尚昆伯伯当天就乘飞机离开延安返回了北京。

任弼时一家：（前左起）远芳、任弼时、远远，（后左起）远征、陈琮英、远志，摄于 1950 年夏

说起尚昆伯伯对我们的关心，每个人都有说不完的话。任弼时伯伯的女儿远征说："自从我爸爸去世后，我们家大事小事有问题就找尚昆叔叔。有一次，在广州，尚昆叔叔叫我们去坐船游珠江，我和姐姐就去了，到天黑也不回家，在船上睡着了，我妈派人来叫我，让我们回去照看弟弟，我们也不回去，我妈特生气。后来不知道为什么事我们不听话，我妈没办法，就给杨主任写信告我们的状……后来我和朱尔瑾结婚，还是经尚昆叔叔批准的呢。"刘少奇伯伯的女儿涛涛也回忆说："那时我爸爸妈妈出国时间长，星期天杨叔叔就把我们接到他那里去，还带我们划船，对我们可关心了。"

在延安时，我的爸爸在延安交际处工作了 10 年，许多工作是直接在尚昆伯伯领导下顺利完成的，例如 1944 年接待美军观察组的任务。那时我党中央尚无外交机构，据《杨尚昆回忆录》记载：中央决定成立外事组，"毛泽东、周恩来在七中全会的主席团会议上提议由我兼组长，王士英和金城为副组长。"所以那时，尚昆伯伯几乎天天到交际处来。

我母亲曾说过，她和我爸结婚还是尚昆伯伯促成的。战争间隙，他们两人给尚昆伯伯写了订婚报告，明确了恋爱关系，并约定三年以后再结婚。尚昆伯伯看了报告，考虑到当时的情况，就对母亲说："为什么要等三年呢？现在就结婚吧，结了婚工作生活都方便些。”就这样，他们把俩人的棉被抱到一个窑洞里，举行了简朴的婚礼。

上世纪 80 年代末，当爸爸病重住院时，尚昆伯伯派当时的主席办公厅主任和杨伯伯的侄外孙女刘幼雪一起，带着鲜花到北京医院去看望爸爸。杨伯伯还在百忙中看完了爸爸撰写的《延安交际处回忆录》，并在书的扉页上写道：“金城同志：读了你的回忆，使我想起了你在延安时的辛勤工作。”并派人把他题了字的书送给病床上的爸爸，让重病中的爸爸受到莫大安慰。

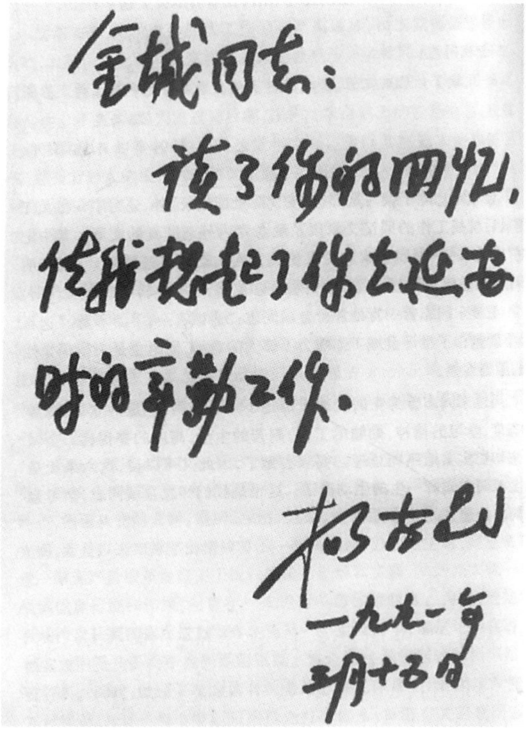

杨尚昆 1991 年 3 月 15 日读完《延安交际处回忆录》后在扉页上题字送金城

我们初上育英小学时，平时住校，寒暑假回家则按机关大院或地区编成少先队小队，每周过一次小队活动。我曾担任过中南海小队的队长。记得大约是 1950 年或 1951 年暑假里的一个星期天，尚昆伯伯带我们中南海小队的红领巾们到玉渊潭去过队日。尚昆伯伯说：“我来给你们红领巾当辅导员，好不好？”“好！”大家欢呼雀跃。玉渊潭那时还是一个比较荒凉的公园，山坡上长满了高大的槐树，遮天蔽日。微风中摇曳的槐花散发出阵阵香气。我们在山坡上玩起了打仗的游戏。中午时尚昆伯伯用战争中缴获来的美国罐头请我们野餐，那是我第一次吃到午餐肉、奶酪和压缩饼干，大家吃得津津有味，尚昆伯伯和伯钊妈妈看着我们慈祥地微笑着……至今，这童年幸福的一幕还常让我们回味不已。

尚昆伯伯离开我们已经五年了，回顾他的一生，他对革命是那样的忠诚、坚定，对战友是那样的诚恳、热情，对我们这些孩子，又是无微不至的关怀、疼爱。记得“四人帮”被打倒后，听说他回到了北京，我曾随父母去协和医院和中组部招待所看望他。虽然他在“文革”中受尽折磨，面容清癯，但他精神焕发，一点也没有提及“文革”中的种种磨难。当爸爸问到他将来准备做什么工作时，他呵呵笑着说：“我的问题还没有做结论，我还是一个‘罪人’，怎么会叫我工作呢？”又说：“等有了明确的结论，组织分配我做什么，就

尚昆伯伯和青少年在一起笑逐颜开

做什么工作嘛!”这就是尚昆伯伯宠辱不惊、威武不屈的品格，总是把生死与名利置之度外，一生听从党的安排。

“廉洁奉公，一生清白”是尚昆伯伯一生的写照。正如我们在潼南县双江镇杨家旧居堂屋看到的那块匾额，上面题写着“清白传家”四个大字。那是尚昆伯伯为官祖先的家训，也是他一生的写照。他长期在毛主席身边工作，却从未挟天子以令诸侯，作威作福。他最后担任国家主席，却从不以权谋私，而是两袖清风。尚昆伯伯的长子绍京英年早逝，其余两个孩子也既非高官，又非富商。小二从北大毕业后先在中学里教书，后来凭自己的兴趣和执着努力，成为一名优秀摄影师，一名艺术摄影家；他唯一的女儿妞妞只是一个普通的机关干部，孩子们都凭自己诚实的劳动立足于世。

尚昆伯伯离开我们已经五年了，但他的音容笑貌，他作为一代真正共产党人的风范，却永远留在我们这些孩子们的记忆里，留在人民的记忆里。

(2003)

余音：2007年，在尚昆伯伯诞生百年之际，我们这些曾经的中南海里的少先队员，到重庆潼南县双江镇长滩子杨氏故里，参加杨尚昆铜像揭幕仪式，再一次在尚昆伯伯和伯钊妈妈两位老人墓前汇报我们无愧无悔的平凡人生。

2012年8月18日，尚昆伯伯之子杨绍明邀请叶燕和我到广州参加他发起并主持的“大地情——中国风光摄影爱心捐助行动”。他的摄影作品《静谧》也参加拍卖，作品拍的是中南海毛主席故居颐年堂到南海岸边静谧的景色。叶燕和我结合作品讲了我们童年时代

2012 年 8 月 18 日，广州，（后排左起）金戈、杨绍明、叶燕在“大地情——中国风光摄影爱心捐助行动”活动现场与赣州受助孩子代表合影

杨绍明捐助摄影作品《静谧》，金戈、叶燕给受助孩子讲毛主席与颐年堂内外孩子们的故事

在颐年堂内外发生的故事，与到会的孩子分享了树立远大理想、继承优良传统的欢乐。最终，绍明的作品拍出 20 万元，这次活动共拍得 200 万元善款，全部捐给江西赣州地区共青团委，用以解决部分贫困儿童的午餐问题。

（2012）

胡耀邦叔叔

——义薄云天的真人

1989年4月19日，一个细雨霏霏、乍暖还寒的日子，料峭的寒风中，哀乐低回，是谁离开了这个世界？怎么也没有想到竟是您——敬爱的耀邦叔叔……“听时不敢信，信时心已碎！”您不该离去，实在不该离去啊！我差不多十年没有去看过您，原因是您身负重任，非常之忙，而我，作为一个普通教师，也在忙。1987年初，当您突然从重要领导岗位退下来时，我曾多么想去看看您，但又想，我去做什么呢？安慰吗？不，您不需要这些！我坚信您的坚毅的人格，早在十年浩劫时期，在您人生之旅的更早时期，您就将个人荣辱得失置之度外，您将个人的命运和民众的命运融于一体，无论身进身退，您都有一颗为民众操不完的心，您都会揽来为民众干不完的事，您哪有工夫顾及自己？哪有闲情为个人叹息？后来我从德平处得知，您仍然身体健康、精力充沛地工作，且有不少人去看您，我更放下了心。我和父母兄弟相约，等抽出时间一起去看望您……没想到今日的噩耗，如闷雷击心，令我和我的亲人们承受不起，我从悲痛中挣扎起来，骑车进城，来到您的灵堂前，面对您亲切的面容，抛洒我痛楚的泪水，耀邦叔叔，您实在不该离去！

我知道，像我这样一个普通大学教师，没有可能去参加您的追悼会，我无法冲破这森严的等级之网，像悼念一位尊敬的师长和朋友那样，去参加您的葬礼，这更使我悲上加悲！所幸的是，自您起过重大作用的十一届三中全会以来，政治开明，氛围宽松，给知识分子以思想和言论的自由，我尚可用我这支笔，用一颗普通知识分子的心，写一点纪念您的文字。

我不想把您当做一尊神来膜拜。因为您，从来就不是神；还因为，在我结识您并与您交往的那段岁月里，用您自己的话说，您也是“一个普通百姓”。我心目中的您，是一个人，一个真正的人！您充满活力和热情，精力永远充沛，您自信、自尊而绝不自负；您待人平等、宽容、友善，没有官气而富有人情味。最令人钦佩的是您的真诚和正直，您对知识的渴望、尊重、孜孜以求，您视野开阔，胸怀宽广，与那种小生产者的自私、狭隘心肠根本不沾边…… 想起您，就让我想起《国际歌》——“满腔的热血已经沸腾，要为真理而斗争!”这正是您的形象——一个义薄云天、捍卫真理的真正共产党人的形象。

胡耀邦

回忆往事，我多么不幸，在十年浩劫时期经历了那么多磨难；而我又多么有幸，在不幸的境遇中结识了一个具有人格魅力的“老百姓”——耀邦叔叔。当年我这样称呼您，今日还这样称呼您!

“文革”之初，我从北大毕业，到部队农场劳动，又被分回北京教书，在这三个地方均被当做“修正主义苗子”、“炮打谢富治的反革命嫌疑分子”，“五·一六阴谋分子”而受私设公堂的酷刑拷打，受批判，受审查，过了一关又一关。加之我的父亲和公公都被列入“中央专案”隔离审查，我更被视为株连不赦的罪人——“黑帮子女”，受尽歧视和屈辱，无形的压力像沉重的磨盘一样碾压着我，同时也砥砺着我，我用一个肩膀挑起劳动、工作和生活的重担，用另一个肩膀去承受个人和两个家庭遭遇的政治磨难，在人生旅途中艰难跋涉。我看到了许多恶人，他们的虚假、邪恶和丑陋，令我作呕而唾弃；也遇到更多善良的心，慰藉着我的心，许多温暖的手，扶助我前行，而耀邦叔叔是这些善者和智者之中最让我敬佩和感激的一位。他那峻洁的人格光辉，伴随我渡过劫难的深渊，也伴随我度过漫长的人生之旅。人，应该这样生；路，应该这样行——这就是铭刻于我心间的耀邦精神。

记得上世纪70年代初的一个春天，在中央统战部所在地府右街人行道上，看守“牛棚”的老王——王宝璇同志遇到了我，他不安地看看四周，没有熟人，便小声对我说：“你爸爸最近犯过两次心脏病，快想办法救他，不然就怕活不出去了!”说完便匆匆走开。爸爸被“隔离审查”已四年，一不准探视，二不准通信，三不准送钱物，爸爸的情况我们一无所知。听了老王的话，我的心顿时紧缩起来，好心的老王，我真谢谢您，可我又如何救助爸爸呢？面对中南海的红墙，我感到毛主席和周总理离我是如此的近，又是那样的远，我曾经为下放干校的婆婆（陶桓馥）给总理送信，送到西门，西门不收。支我跑到陶然亭信访办，还是不收，万般无奈，只好将信投入邮筒，从此石沉大海了无消息。我爸爸关押之处，和中南海只隔一道红墙，然而这墙是如此之高，我仰望飞进中南海的鸟群，真想插翅飞进中南海，然而我只有望鸟兴叹……我和弟弟相对无计，我们曾去找驻中央统战部军代表，军代表说我爸爸属中央专案组管，他们无权过问；我们想到尚在工作的爸爸的战友（已寥寥无几），我们去找吧，会牵连别人，不找，又别无他法，想起爸爸的病情，我们不得不硬着头皮找上门去，试图乞求帮助，当我们试探着说出来意时，得到的却是这样的回答："你们要相信群众，相信党，要耐心等待，中央一定会做出正确的结论。"这无疑是普遍真理，无可挑剔！然而却救不了爸爸的命……我们的内心无比的屈辱、寒冷，退出那高楼深院，顶着那胡同里阴冷的卷着雪花的寒风，咀嚼着人性泯灭，世态炎凉，求告无门的滋味……

在我们走投无路之时，母亲的学生胡小炜回京探亲，她知道我爸爸的情况后热情地说："我带你们去找一个人——胡耀邦，他会帮助你们！"胡耀邦？我们共青团的书记，我们认识他，可他并不认识我们啊，而且他自己也处在被打倒的状态，我们怎么能连累他？他又如何能帮助我们呢？我们带着一连串的疑虑，跟着小炜来到富强胡同2号——耀邦叔叔的家。小炜将我们径直带往耀邦叔叔的书房，那是夜晚，耀邦叔叔正在灯下看书，见我们进来，便热情地走过来和我们握手。他身材矮小精干，十分精神。他招呼我们坐下，用和善而又自信的目光看着我和弟弟。"文革"五年以来，我看到过多少凶狠的眼神，歧视的脸色，冷漠的表情，至多也只能见到怜悯的一瞥，所以在第一次见到耀邦叔叔那友善而又自信的目光时，这目光给我留下了终生难忘的印象，这目光使我忐忑的心逐渐安定下来，这颗冷漠而孤寂的心，似乎找到了一个归宿。耀邦叔叔点燃一支香烟吸着，烟雾缭绕，更增添几分温馨。我不知耀邦叔叔是否认识我爸爸，便将爸爸的经历及被当做叛徒和"走资派"列入"中央专案"的情况，尽量客观地做了介绍，最后讲了爸爸生病的情况，我怕耽误耀邦叔叔的时间，又怕惹他不耐烦，想尽量讲得简要一些，而耀邦叔叔却听得十分专注，他的笑容消失了，表情显得严峻和忧虑，我的心好像更贴近了他，禁不住将积压心头四年的疑问向他倾诉："中央专案组调查了四年，为什么还不做结论？我爸爸究竟有没有问题？问题到底有多大？"从小接受正统教育的我，把相信党和毛主席放到至高无上的地位，达到迷信的程度，对自己的亲人反而产生疑问。加上四年来千万次"要划清界限！"的"再教育"，更叫我无所适从。今天面对耀邦叔叔，我似乎是来寻找答案，更似乎是在宣泄情绪。在那噤若寒蝉的岁月，即使是几十年的战友，也不敢随便讲一句公道话，而耀邦叔叔和我家素无来往，我对他自然不敢抱有什么奢望，他能同情我们也就很好了。然而，出乎我和弟弟意料之外，耀邦叔叔低头掐灭了香烟，抬起头来，斩钉截铁地对我们说："你爸爸有什么问题？他没有问题！他要是有问题，中国共产党就没有好人了。你爸爸是抗大第二期十三队的支部书记，我是总政治部副主任，我了解他。他长期在白区工作，最忠诚，最老实，处理问题非常谨慎。他胆子小，夸张一点讲，树叶掉下来都怕砸破头。他跟我们当兵出身的不一样。"他很激动，站起来走了几步，又停住说："这样的人，也审查四五年，整他干什么？他是一个大好人，在延安交际处，做了很多工作。"多少年来，我们第一次听到对爸爸的肯定评价，态度是那样的鲜明，那样的实事求是，这需要怎样的信任、了解和勇气啊，只有将个人一切置之度外的人，才敢于跟有权有势的中央专案组分庭抗礼！耀邦叔叔一语值千金，那滚烫的话语，使我们姐弟多年的积虑顿消，我们那冰冻的心，因注入了暖流而热血沸腾，泯灭已久的自信心和尊严感开始复苏起来……

胡耀邦 1937 年在延安

耀邦叔叔重新坐了下来，他关切地问我们："你们为什么不给毛主席、周总理写信？"我真诚地说："一想到毛主席那么忙，那么大年纪，就不忍心麻烦他，想给周总理写信，可没有地方收信……"我将为婆婆送信无门的事告诉了他，他询问了我婆婆的情况，更加忧心忡忡。他又点燃一支烟，边吸烟，边对我们说："你爸爸的处境很不好，这不是你们自家的私事，这是关系到党的干部政策的大问题，审查了这么多年还不做结论，人都要整死了。你们有义务向党中央毛主席反映情况，这不是找麻烦，应该让中央了解有关情况，下决心尽早解决干部问题。"他想了一想又说："你们还是给周总理写信吧。你爸爸从 30 年代起就做上层统战工作，周总理对他很了解。写信不要提过多要求，只写一个问题，写你爸爸身体有病，心脏病老发作，眼睛患白内障已失明，你们只提一个要求，要求住院治病。这个要求一点也不过分。国民党的监狱还可以保外就医嘛！这封信先不提做结论的要求，要求太多，反而不易解决，留得青山在，不怕没柴烧。只要保住身体，就可以熬到作结论。”我们听了他恳切而又切实可行的建议，真如暑天饮冰，头脑立即清醒起来，我们姐弟如获至宝，就站起来告辞：“谢谢您，耀邦叔叔，我们现在就回去写信。”可耀邦叔叔伸手示意要我们坐下说：“不要急，不要急！我们再一起研究研究，这封信怎么写？怎样才能让周总理亲自看到？这是最重要的。”我和弟弟面面相觑，无计可施，便同时向耀邦叔叔投去期待的目光，相信他一定会授予锦囊妙计，耀邦叔叔十分认真地说：“你写信一定要言简意赅，言辞恳切。只写一页信纸，三四百字就够了。因为周总理很忙，秘书一看见长信，就要做摘录，一摘录难免表达不准确，又要拖好几天时间。你们的信如果只有一页纸，简明扼要，就会被直接送到总理手中。你写字要一笔一画，要尽量规矩，字要写得大，让总理看起来省一点力气。”停了一下他又叮咛说：“信封上要写明落款，写明寄信人是统战部副部长金城之子。字也要写得大，写得规矩，这才能引起传递信件人的注意。他会尽快把信转递到总理手上。”耀邦叔叔为我们这封信，从内容到形式出了最周到细微的主意。他对老干部的爱护，对周总理的信赖和爱戴，对我们这些素昧平生的年轻人的关怀体贴，令我们十分感动。初次结识，我们内心就在庆幸，我们结识了一位最热情、最真诚、最正直无私的良师益友。

第二天，我将写好的信稿送给耀邦叔叔看，他连连称赞说：“写得好，言辞恳切感人，不愧为北大中文系毕业的学生。”我受到了称赞，既欣慰又辛酸，忍不住说：“可惜我大学毕业不能研究文学，尽给爸爸写申诉了。”耀邦叔叔笑笑说：“这是暂时的，将来你能有机会研究你的专业的，我们国家大学毕业生不是太多，而是太少。”这些话今天看来已很平常，但在当时那种知识贬值、读书无用的年代，是令人惊奇而新鲜的。耀邦叔叔看了信封上的署名是“金矛”，便问：“怎么只签一个名字？”我解释说：“我弟弟怕信落到造反派或专案组手里，怕连累我挨整，不让我署名。”弟弟金矛说：“我姐姐是党员，这几年挨了很多整；我是平头百姓、白丁一个，学的是舰艇设计，受牵连转业回来，现在在一个工厂当工人，再整也把我整不到哪去了，所以由我来署名。”耀邦叔叔称赞弟弟的自我牺牲精神，也称赞我们家庭内部的团结。他说：“堡垒容易从内部攻破，你们家还没有被攻破，你们经受了考验，你们要团结，还要和广大群众团结，群众不讲话，但心里很清楚，对人对事都有公论。”然后，他又兴奋地告诉我们：“我打听到了给周总理送信的门路，你们到中南海北门，北门对面有一排木板墙，墙内是正在施工的工地，板墙有一处缺口，你们走进缺口就会看见木板墙后面站着一位解放军同志，你们把信交给他，请他务必把信转交周总理。你们去试试看，我知道有人曾从这里给周总理送信，总理收到了。那位解放军战士会收下你们的信的。”迷津一经指点，我们惊喜交加，遵嘱将信送去，果然被收下。

后来经爸爸回忆，在我们送出信后不久的一天，有两位身穿军装的同志来看他，态度非常和气，主要询问他的健康状况，谈话后一直目送爸爸，看着他步履蹒跚地拄杖上楼，他们甚至还过来搀扶了他一把…… 不久，爸爸就被送进了北大医院。如果没有耀邦叔叔的直接指点和帮助，没有周总理的关怀，爸爸可能逃不出“四人帮”的魔爪。如今爸爸尚在，而充满活力的耀邦叔叔却匆匆离去，怎不叫我们全家悲痛欲绝！

胡耀邦 1970 年在干校插秧

当我们的信被收下时，我们曾经惊奇，耀邦叔叔本人正处在受迫害、半幽禁的状态之中，何以能够做到“秀才不出门，全知天下事”呢？从那以后，我们姐弟经常到耀邦叔叔家里去，这个迷也就逐渐解开了。我们不再望着中南海的红墙，望着那可望而不可即的圣殿叹息，富强胡同 2 号成了我们这些“孤儿”们的归宿，也成了我们与中南海联系的桥梁。在那里，我遇到过郑律成叔叔、王昆阿姨、王定国阿姨……遇到过许多“黑帮子女”、民主人士子女和著名文化人的亲属。虽然我们知道，在您的院子的上方，有被“四人帮”控制的专政机关的眼睛，日日夜夜，虎视眈眈监视着您和来往人员的行动。但您毫不畏惧，像关心我们姐弟那样为所有求助于您的人主持正义，指点迷津，给所有来访者以信心、力量、斗争的勇气和策略。富强胡同 2 号，像磁石一样吸引着越来越多的受难者，您的名声越来越大，找上门来的人越来越多，当我们遇到一些受难而走投无路的人时，就告诉他：“去找耀邦叔叔，只有他会帮助你！只有他不怕受牵连，只有他刚直不阿，主持正义，敢讲真话……”我们给您找了许多麻烦，可您从不嫌烦，您总说：“我现在也是一个老百姓。”而我们却认为您是与人民同患难、共忧乐的“不管部部长”。您揽了许多事，处理了许多棘手的问题，为党分忧，为民操劳。冬天，你那间正房就是接待室，中间有一面墙横隔开，里面是您的卧室，外间是书房兼客厅，无人来时您就读书，有人来时，您就接待，两边的厢房，是孩子们的卧室和饭厅，经常有人等候您的接待，遇到吃饭的时候，您和李昭阿姨就招呼来访者吃饭。夏天，那座小小的院落就成了接待室，您经常坐在一把椅子上，穿着圆领汗衫，摇着蒲扇和大家谈天，我们则坐在院子四周的石台阶上，和您平等地、无拘束地探讨各种问题，又十分倾心地聆听您的教诲…… 富强胡同2号，是航行在惊涛骇浪中的小舟，它将许许多多落难之人救助上船，同舟共济，破浪前行，船上的舵手是那样富于远见，富有胆识，又是那样坦诚、率直而富有同情心，在他身上，共产主义和人道主义融为一体，赢得了人们的衷心爱戴和尊敬。

1972年冬天，接二连三的灾难又向我袭来。由于过分劳累，我的第二个孩子早产一个月，产后我的妊娠高血压一直降不下来，更不幸的是，在孩子出生第七天，我那被关押在北京卫戍区的公公，突然病故。第八天，我那在干校中风半身不遂的婆婆（她在农机部部长陈正人同志突然病故后，承蒙总理关怀，于那年5月回京，和我同住）又因肺炎发高烧41℃，住进了医院，我丈夫既要对付公公的专案组的刁难，料理公公的后事，又要去照顾婆婆，无暇顾及我和儿子，由于没有奶吃，儿子严重营养不良，出生35天也得了肺炎、佝偻病，因高烧抽风住进了北大医院新生儿病房。我为公公的死而忧愤，又为婆婆和儿子担心，严重失眠头痛，导致血压更高，当我挣扎着到医院去探视生病的儿子时，街上来往的汽车都让我头晕目眩，举步维艰，每走过一根电线杆都要靠着歇息一下，才能继续前行，这个产假是真正的“惨假”！当我重回学校去上课时，人们惊讶地问：“你怎么过了一个产假，一下子老了十岁?!”我为了避开划不清界限的嫌疑，家里的一连串遭遇对谁都不敢提。我只能投入紧张的工作，投入学生中去，说不清是为了献身教育事业，还是为解脱心中的郁闷和精神上的痛苦，也许二者兼而有之吧。到了夏天，我的精神才从崩溃的边缘逐渐恢复过来，应该说是我的学生和我的工作拯救了我。但我心中的抑郁始终不能消除。我丈夫从干校回京后，远在房山工作，我们怕婆婆受不了公公逝世噩耗的刺激，将公公去世的消息瞒了她近三年，从来不会说谎的我，也不得不天天编谎话来隐瞒真情，这就更让我忧上加忧，愁上添愁。心中的不平能向谁去诉说？我们自然而然想到的就是耀邦叔叔。

1973年初夏的一个夜晚，我和丈夫廖玉一起来到富强胡同2号——那熟悉的小院，院子里围坐着不少人，耀邦叔叔坐在椅子上摇着扇子和大家闲谈。见我们进来，便招呼我们在石头台阶上坐下，询问了我爸爸和婆婆的情况，又问起我公公去世的情况，我们告诉他公公死后，造反派不准保留骨灰，经过力争，我们将骨灰存进了老山骨灰堂，但是专案组又不准用公公的真实姓名存放，我们就用公公带职下放当石家庄地委书记时的化名去存放……耀邦叔叔听了这些情况，沉默了一阵说："我最后见到你公公是在'文革'初期，我们都在北京医院住院，我没有烟抽，就到他那里去讨烟，他给了我一条中华烟，后来，他被关起来，我也挨批斗，就再也没有机会还给他香烟。唉，我还欠着他一条香烟呢！……"说到这里，他又陷入了沉思。这件小事，我已听耀邦叔叔讲过不止一次，每次讲都是充满了感情，充满了遗憾。这次讲到这里，他又久久不语。后来我们说："公公被关在卫戍区五年多，一直到死也没做结论。我们想给中央写信，要求给公公做出明确的结论。"耀邦叔叔想了想说："关于薄一波他们出狱的情况，在延安召开七大的时候，审查代表资格，有人提出过疑问，中央有过明确的结论，他们是经组织营救出狱。这次'文化大革命'，又搞什么'叛徒集团'！现在人已不在了，可以要求专案组做结论，但是写信要不卑不亢，不要用刺激性语言，我们要的是解决问题，不是出气，讲气话无助于解决问题。"临走时他又叮咛我们把爸爸照顾好，把我婆婆照顾好，要让他们多活几年。拳拳之心，溢于言表。

正如耀邦叔叔所料，干部政策的落实是一个十分艰巨的过程，一直到"四人帮"倒台后两年，几经斗争和反复，爸爸、婆婆的结论都留有尾巴，公公的案子是属于刘少奇大案的组成部分，而刘少奇已被戴上三顶帽子开除党籍，公公的案子也就遥遥无期地拖下去。沉重的包袱实在压得我们喘不过气，抬不起头。但我们始终相信，历史是不容歪曲的，水落就会石出，真相一定会大白于天下，我们反复地帮助老人们一遍又一遍地写申诉材料，和专案组进行了一次又一次不懈的斗争，这不仅是为了维护几个人的名誉，更是为了维护尊严、正义和真理。

十一届三中全会前夕，我又来到耀邦叔叔家，问他关于"叛徒集团"的案子是否可能在全会上了结？耀邦叔叔说："十年动乱留下很多冤案，'天安门事件'、'刘少奇事件'、'叛徒集团'事件，都是大案、要案。这些问题都会解决，但是斗争很复杂，中央专案组还在，他们辛辛苦苦整了十来年，罗织种种罪名，要全部推翻，他们不甘心；'四人帮'的残余还在起作用，有些要害部门，像中央组织部还被他们把持着，干部问题的解决要有一个过程，我也寄希望于这次会议，寄希望于叶帅等老一辈革命家，我也会努力去讲话，但是斗争是艰巨的，我不能保证这次会议一定能解决‘叛徒集团’的问题，但我相信最终是要解决的，你们要有信心，要有韧性的斗争精神，你们的心情我是非常理解的。”耀邦叔叔始终是如此，讲话坦诚、实在，从不空许愿，从不打包票，从不给人不切实际的幻想。他宁可讲七分话，干十二分事，而得到十分成绩，绝不像有的人那样，讲十二分话，干三分事，空口许诺，一事无成，哗众取宠。他总是言传身教，带领我们脚踏实地去与邪恶战斗。如果说今天我们在工作岗位上能有一点实干精神的话，那是和耀邦叔叔等老一辈革命家的人格熏陶分不开的……

胡耀邦在 1978 年十一届三中全会上

“十一届三中全会开得比预料的好，好得多!”这是全会结束后，耀邦叔叔对去拜访他的人讲的第一句话。那天阳光明媚，虽是冬日，但院子里并无寒意，站了许多人，有几位扶杖老者被请到椅子上坐下，“小字辈”的人全都站着。耀邦叔叔像召开新闻发布会似的，容光焕发，精神振奋，从我结识他以来，从未见过他如此高兴。他说：“三中全会开得出乎意料的好，九大、十大不用讲，这次会开得比八大好。可以和七大相比，是真正的团结胜利的大会……”当人们称赞耀邦同志对这次会议所起的作用时，他谦逊地说：“主要是小平同志他们这些老一辈革命家起了决定性作用……”接着他请李昭阿姨把他的亲戚从新疆带来的西瓜切给大家吃，冬日的阳光下，大家吃着脆甜的新疆瓜，真是甜到了心里。人多瓜少，每人吃了一块就没有了。耀邦叔叔让李昭阿姨再拿点出来，李昭阿姨说：“一共只有一个瓜，全切了拿出来了。”耀邦叔叔伸着两只手遗憾地小声说：“真是，还没有吃够呢，就没有了……”大家都笑了起来，他此时真是坦率，纯真得像一个儿童。襟怀坦白，毫不做作，更无矫饰，这正是耀邦叔叔人格的魅力之所在。小院，像它的主人一样，从来没有像今天这样快活而轻松……

（1989）

补记：上文一气写成后，才觉长舒了一口气，没想到竟存于箱底17年。如今翻出，又想起几件事补写于后。

大约是在1978年，听说耀邦叔叔调到中央党校担任领导，我便骑着自行车飞奔到党校去找耀邦叔叔，请求他把我调进党校任教。耀邦叔叔让我坐下，对我说：“我知道你专业不对口，很苦恼，我对你很同情。虽然你的专业在党校也有用，但不是我们目前最急需的，我们现在最需要的是搞马列主义的，这十年‘四人帮’把马列主义践踏得一塌糊涂，在理论上要拨乱反正，正本清源。我们急需的是真正研究马克思主义哲学、政治经济学和科学社会主义的老师……”他点上一支烟，又叹了一口气说：“可是现在‘四人帮’的残余还把持着许多部门，郭玉峰把持的中组部还卡着我们的脖子，我打报告问他要几十个名额的编制，想调一批专业人才，可他只给了我很有限的几个名额。按理说，党校也需要你的专业，但是我手中名额有限，我只能用这有限的名额调最急需的专业人才，所以目前不能调你来，你应当理解我。”顿了一下，他又说：“我很同情你，但是不能帮助你，我知道你的愿望，我会想办法介绍你到需要你的专业的单位去的……”接着他说了几个单位，并表示他愿意推荐我去。

我知道耀邦叔叔所面对的百废待兴、举步维艰的境地……对他的理解和同情之心油然而生，我觉得不能再耽误他的宝贵时间了，便告辞出来。当我骑上车子回家时，我想，耀邦叔叔不但没有架子，而且还那么坦率真诚。他对一个年轻人的多次求助，行就是行，不行就是不行，能办的事就热情帮助，办不到的事也如实相告，讲清道理，让我心服口服。

十一届三中全会后，中央终于给“薄一波等61人叛徒集团案”平了反，公公廖鲁言的冤案得以昭雪，可惜他老人家没有活到这一天。想到他以59岁“病故”于冤狱之中，我们总是义愤难平。平反后，有关部门决定给他和另外三位难友补开追悼会。追悼会准备在政协礼堂举行，那是1979年1月，得此消息，我们跑去找耀邦叔叔，他那时已担任党中央的领导职务。我们提出希望他能代表党中央致悼词，他低头沉思了一会说：“好！……唉，

胡耀邦 1979 年 1 月 25 日在政协礼堂为廖鲁言等五人举行的平反昭雪追悼会上代表中共中央和国务院致悼词

我还欠廖鲁言一条中华烟啊!”几年来，只要谈起廖鲁言，他就会回忆起在医院向他借烟的往事……后来，追悼会由李先念同志主持，耀邦叔叔代表中央和国务院致了悼词。这迟到了6年的追悼仪式，终于使我们这些生者的累累伤痕之心得到了些许抚慰。耀邦叔叔真是一个充满情意的人啊!

公公廖鲁言死得实在突然，而且疑点丛生。比如，公公的病历上面清楚地记录着：公公住院后，曾经被注射了大剂量的葡萄糖，而他在“文革”前就早已患有糖尿病。这种“注射”是否属于谋杀？公公是自己走进医院的，入院时还因肚子饿，向看守他的解放军战士借过二两粮票买了点心吃，怎么入院不到 8 小时就被切开了气管，就这样不治身亡了？对此我们怎能善罢甘休？如果是谋杀，一定要找出凶手，绳之以法，为公公报仇雪恨。于是，在追悼会开过之后，我和丈夫廖玉拿着公公的病历去向耀邦叔叔求助。请他指点我们如何才能查出凶手绳之以法？耀邦叔叔沉思了片刻说：“你们的心情，我很理解，杀父之仇，怎么能善罢甘休呢？……”顿了一下，他又说：“要说罪人，最大的罪人就是‘四人帮’，他们已经被抓起来了，还要进行审判；他们犯下的罪行是死有余辜的，对他们绳之以法，就是替你们，替刘少奇、陶铸、彭老总、贺老总……替千千万万死于非命的老干部和老百姓报了仇。”他吸完一支烟，又点上一支烟，说：“十年动乱，那是一段残酷的历史，问题很多，对历史问题宜粗不宜细，擒贼先擒王嘛！至于下面的那些人，真正心甘情愿跟着‘四人帮’的铁杆分子也有，但那是少数，真正的坏人、投机分子，总是要暴露出来的，人民不会放过他们的！下面的那些人，包括专案组的人、医生、警卫……大多数都是执行者，其中多数人是认识问题，经过教育可以转变的；有些人，他们是被迫执行的，对这些人，要教育帮助，也要等待，你们对他们要宽容一点。如果也像‘四人帮’那样，打击面很大，斗来斗去，是不利于革命大局的，你们在‘文革’中表现得很好，很坚强，但是还要学会宽容。我们的国家现在千疮百孔，百废待兴，全国人民应当团结起来，向前看，把国家建设富强。我们要多向前看，不要老是向后看。你们都有专业技术知识，现在可以大显身手了。所以，我劝你们就不要再去追究下面的那些人了，你们看怎么样?”我们听了，觉得有道理，一个国家要建设，要发展，不能总是斗来斗去，应当顾全大局，向前看；一个革命者，不能总是陷于私我的小圈子里，应当有开阔的胸襟……耀邦叔叔又问了我婆婆的健康情况，嘱咐我们要照顾好她老人家。

我们每次去看耀邦叔叔，都会从他那谆谆教诲中深受教益，他总是那么谦和，一点架子都没有，所以我们才敢向他敞开心扉，无所顾忌地谈出自己的想法。即使说错话，也不会受到训斥，而是得到循循善诱的纠正和引导，他真是一位良师益友。

胡耀邦在延安读书

经耀邦叔叔的指点，我们给周总理写信求助，终于使我的爸爸金城得以住院治疗，保住了一条命。1976 年，他查出恶性肿瘤时又再次得到了及时治疗。当爸爸终于亲眼看到了“四人帮”垮台，看到了三中全会的胜利时，爸爸精神大好，一天欣喜之际，他命我陪他去看望并感谢耀邦叔叔。当爸爸拄着拐杖在我的搀扶下跨入小院的门槛时，拐杖点地的笃笃声惊动了正在书房看书的耀邦叔叔，他开门出来，跑下台阶，把我爸爸搀扶进了书房，坐定之后，他问候了爸爸的健康情况，又讲了形势，他情绪盎然，对我爸爸治病的疗效也很乐观，说了许多安慰和鼓励的话。他对爸爸说：“你是一位老同志，是大革命时期的老同志，为党做了许多工作，这十年受了很多折磨，头发都白了。你身患沉疴，但是很顽强，很乐观…… 你今后的任务有两条，一是好好治病，休养生息，延年益寿；第二，就是写一本回忆录，把你在延安交际处的工作好好回忆一下，记录下来，延安时期是我们党的成熟时期，党的统一战线工作也成熟了，你帮助毛主席、周副主席做了大量具体工作，应当总结一下，留给后人研究，那是党史很重要的组成部分，是党的宝贵财富。你那段工作非常重要，也很有成绩，应当把它写出来，出一本书。你的问题中央专案组还留有尾巴，但一定会彻底解决的，落实政策以后，你就不要再担任实职了，做做顾问就行了。主要是完成那两个任务，主要是延年益寿!”他又说：“这十年，‘四人帮’把中国推向了灾难的深渊，要拨乱反正，清理政治思想界的混乱，要恢复和振兴经济，我们党有很多事要做。现在急需要把年轻人提拔起来，叫他们挑重担，你要支持年轻人，帮助他们走上领导岗位，接好班……”爸爸原本就是个淡泊名利的人，听了这番话，频频点头。当我们跟耀邦叔叔告别时，他一直送到院子门口，并拱手对爸爸再三祝福说：“延年益寿，延年益寿！”

从此后，爸爸除了治病，就全力以赴写回忆录，他多次亲自到中央档案馆查阅历史档案，还亲自登门拜访延安时期的老同事、老战友。1986 年，爸爸写的《延安交际处回忆录》由中国青年出版社出版。我们给耀邦叔叔送了一本书去，耀邦叔叔非常高兴。

胡耀邦在延安窑洞前

在爸爸担任统战部顾问和政协常委期间，还抱病到上海等地，亲自搞调查研究，发现基层统战工作在十年动乱中受到极大破坏，许多党外同志冤案没有平反，要清除“极左”思潮的影响，处处遇到阻力，真是问题成堆，困难成堆。为了拨乱反正，正本清源，爸爸给中央写了一份调查报告，他总结归纳了统战工作面临的几个重大问题，又提出了解决问题的办法和建议。这份报告得到了耀邦叔叔的高度重视，他在报告中做了多处批示，最后又把这份报告批转给当时中央统战部负责人，请他们重视采纳爸爸的意见和建议，这使爸爸很受感动。

后来耀邦叔叔虽然很忙，但当他得知我爸爸身体欠安时，还曾派儿子德平来我家中看望……

记得有一次我到北京医院去看望爸爸，不知怎么回忆起延安生活，爸爸又告诉了我一件事，他说：“我跟你妈妈结婚时，在延安新市场摆了一桌酒，耀邦同志也来喝了喜酒，他还是我们的证婚人呢！”那时我父母都刚从抗大毕业不久，这也是我原来不知道的事。怪不得，耀邦叔叔对我爸那么了解，那么熟悉！原来，他们相识的年岁比我的岁数还大呢！

真诚、坦率、重情义，这就是耀邦叔叔……

（2005）

永远的歌声

——怀念百岁薄一波伯伯

薄一波伯伯在草岚子监狱中已是我的公公廖鲁言的领导，后来在山西太原创建新军和西盟会时又成为我们父母的领导，“文革”中康生一伙制造所谓“61人叛徒集团”冤案，我的公公又跟薄伯伯一起蒙难，公公在“文革”中被迫害致死，“文革”后，薄伯伯对我的婆婆陶桓馥及我们全家多方关照。在几十年风雨历程中，薄伯伯是我们父母辈的领导和同舟共济的战友，他对敌人，对邪恶势力横眉冷对，坚强如钢；对战友，对晚辈言传身教，关爱有加，常常是雪中送炭，让我们倍感温暖。在薄伯伯百年寿诞来临之际，写下几件往事，表达我们的怀念之情。

廖玉、金戈携次子廖开心给薄老拜年，摄于1998年2月1日

一件毛衣

1948年，我先生廖玉在河北省平山县古贤村的八一小学上学，新年来临之际，学校放几天假，廖玉便跟着同学何三红和李继宣及薄熙英到位于烟堡的华北军区司令部玩儿。到了烟堡，几个小孩成天跟着队伍跑来跑去，看警卫班的战士训练。廖玉最爱看解放军叔叔擦枪，他们把枪拆卸下来擦拭干净又装上去，廖玉也跃跃欲试，总是把拆下来的零件拿在手

中看来看去。他们想把枪要过来玩玩，便成天泡在警卫班。肚子饿了到大灶食堂吃饭，晚上困了，就在警卫班屋子里拉开一张帆布行军床睡觉，玩儿得好不快活。一天，忽然来了一位四十多岁的伯伯，他看了看廖玉问道："你是谁家娃娃？"廖玉抬头看了看他，不认识，回答："廖鲁言家的。"

"你住在哪儿？"

"就住在这儿。"他指了指警卫班宿舍。

"这怎么行？走，跟我走，到我家去。"说着拉起廖玉的手就走。

"我不去，我就在这儿，这儿挺好。"

那人拉着廖玉，一边走一边说："这怎么行，跟我回家去吧，到我家过年。"

"我不认识你……"

"你不认识我，我认识你爸爸妈妈，走，跟我走。"

到了他们家，看见了自己的同学薄熙英，廖玉才恍然大悟，原来这是薄一波伯伯家。是薄伯伯拉着廖玉的手到他家过年，廖玉才第一次认识了薄伯伯和胡明阿姨。胡明阿姨留着齐耳短发，十分慈蔼亲切，她一手抱着蹦蹦，一手拉着三岁的安安，欢迎廖玉的到来，床上放着一件织了一半的毛衣……

晚上睡觉时，廖玉脱了棉袄，胡明阿姨发现他赤膀露臂，连件衬衫都没穿，就空心穿一件棉袄，心疼地说："这娃娃，怎么搞的？衬衣毛衣都没有，冷不冷？"

"不冷，我原来有毛衣。"

"为什么不穿上？"

"毛衣上虱子太多，同学说把毛衣放到房顶上就能冻死虱子，我就把毛衣放到老乡家房顶上了……"那时，八一小学的学生都分散住在老乡家，9 岁以上的孩子都是自己洗衣服，廖玉已经 10 岁了……

"虱子冻死了没有？"

"不知道。后来，傅作义部队来进攻了，老师带上我们紧急疏散，我跟着队伍跑了，忘了上房拿毛衣，毛衣……就丢了。"廖玉有点惋惜。

薄伯伯和胡明阿姨听了廖玉毛衣的故事，哭笑不得。第二天早起，廖玉看见胡明阿姨正坐在床前织毛衣，双手织得飞快。

廖玉每天跟何三红他们一起疯玩，晚上回来睡觉时，总看见胡明阿姨在煤油灯下飞快地织着毛衣……

一天早上廖玉起床时，胡明阿姨笑吟吟地拿来了那件刚织好的新毛衣，一定叫廖玉穿上，廖玉看见他们家孩子多，不好意思要，薄伯伯过来命令道："穿上，快穿上！冻得直流鼻涕，还不快穿上！"廖玉这才穿上了这件红色的新毛衣，看那毛线，不像是过去妈妈用自己纺的粗羊毛线织的，很扎。这毛衣穿上一点也不扎，廖玉暖暖和和地过了个年。

后来长大以后，每当回想起这件事，廖玉总是说，那件毛衣可能是用战利品毛线织的，而且可能是胡明阿姨给他们的女儿——廖玉的同班同学薄熙英织的，所以他穿起来才正好合身。原是准备给自己女儿过年的新衣服，竟然变成了送给廖玉的新年礼物。战争岁月里薄伯伯和胡明阿姨给予的温暖是我们终生难忘的。

一份冰激凌

20 世纪五六十年代，暑假随父母到北戴河去，我们家和薄伯伯家都住在保一路四号院，他们家孩子多，很热闹，廖玉常到他们家去玩儿。有一天，孩子们正打扑克，薄伯伯忽然说："走，咱们上起士林吃冰激凌去。""起士林"是天津有名的西餐馆，在北戴河有一家分号。那里的冰激凌一份有两个球，味道特别好，虽然父母从未带廖玉和弟弟去吃过西餐，但吃冰激凌的次数并不算少，当年，那就是孩子们最高水平的享受。所以一听说吃冰激凌，安安（洁莹）、蹦蹦（熙勇）、贝贝（熙诚）、喜来（熙来）……都高兴得跳了起来，于是他们全家 7 个孩子，加上廖玉共 8 个，跟着薄伯伯和胡明阿姨，浩浩荡荡地走向"起士林"。到了"起士林"坐定，薄伯伯给每人要了一份冰激凌，贝贝吃得最快，不一会儿就吃完了，一双大眼睛盯着别人盘子里的冰激凌，露出一副馋样，廖玉看了忍不住说："薄伯伯，给贝贝再来一份吧！"

"那可不行，我家不比你家，你家两个部长养两个娃娃，人少钱多……我家，你看看，我和你胡阿姨要养一个班的人马呀！"廖玉看看那一桌孩子，又看见贝贝那双可怜巴巴的眼睛，十分同情，没再说什么。是啊，薄伯伯家 7 个孩子，九口人过日子，负担重。别看是副总理家，生活过得非常节俭，他家饭菜比不上我们家。衣服鞋子是大孩子穿过小孩子穿，而且是新三年，旧三年，缝缝补补又三年。能到"起士林"吃冰激凌是他们家暑假中

春节给薄一波（前坐者）拜寿。后立者左起：廖玉、金戈、廖海青、廖开颜

一次奢侈的享受，所以兄弟姐妹好像过节一样喜庆。廖玉回到家，把这事说了一遍，弟弟廖侯也非常同情贝贝，过了两天，侯侯带着贝贝又去了一次“起士林”，给贝贝买了两份冰激凌，终于让这个馋小弟吃了个够。

清正廉洁，节约俭朴是老一辈革命家的集体品质，也是薄家的家风，是薄家的好传统。记得“四人帮”倒台后，廖玉到国务院第二招待所去看望薄伯伯，薄伯伯留饭，点的就是最普通的饭菜，菜量也就刚刚够吃，等大家放下筷子时，盘子里还剩下一个小馒头，薄伯伯指着说：“玉，你把这吃了，咱家不许浪费。”接着又打趣道：“你也知道，我是山西人。”这句话意味深长，大家都笑起来。

一封唁函

“文革”以后，党的十一届三中全会上所谓“61人叛徒集团”冤狱平反，中央决定给我的公公廖鲁言和徐子荣、王其梅、胡锡魁、刘锡五等五位在“文革”中被迫害致死的部级干部平反，在政协礼堂补开追悼会，李先念副主席主持追悼会，胡耀邦同志致悼词，刚刚获得平反的薄伯伯、杨献珍伯伯等幸存者都亲率子女前来出席了追悼会，对死难的战友表示哀悼，对婆婆和我们这些子女及各家家属表示慰问。

为了向“文革”中被蒙蔽的群众、被利用过的青年学生说明历史真相，薄伯伯在中央顾问委员会副主任岗位上不顾工作繁忙，年事高迈，在查阅历史档案、史料的基础上，亲自主持编写了《草岚风雨》等书，追忆记录了当年国民党北平草岚子监狱中，薄伯伯担任支部书记领导狱中志士顽强与敌人斗争的光辉史实，还组织编纂了10卷16册本的《山西新军历史资料丛书》，并曾送给过我家一套，这套书已成为我们家的革命传统教材。这些书让我们为父辈的革命气节，历史功勋而深受感动。他们为实现共产主义理想，坚定不移、坚贞不屈的威武节操，敢于斗争的勇气和善于斗争的谋略，充分显示出他们是真正的、鲁迅所赞扬的“中华民族的脊梁”。这套书不仅为中国革命史留下了珍贵史料，也为年青一代留下了宝贵的精神财富。

我的婆婆陶桓馥在干校劳动时曾中风倒地，留下了半身不遂的毛病，但是她在“文革”结束平反后仍出任农业部顾问，积极参加社会活动。1938年，婆婆曾在山西薄伯伯领导的军政训练班女生连（11连）担任过政治工作员，和刘亚雄阿姨一起做女生连的政治思想工作，培养了一批女干部。“文革”后，11连的女同学庆祝劫后余生，请婆婆去参加聚会，薄伯伯也出席了，并发表了热情洋溢的讲话，还和大家合影留念。

薄伯伯对我的婆婆十分尊敬，见面总是“陶大姐，陶大姐”叫个不停。他曾来到我们在木樨地的家中看望她，嘘寒问暖。当他得知婆婆的住房未达标，住得比较挤时，又让国管局给妈妈分了补差房。1997年2月27日，婆婆于96周岁病故，薄伯伯听到噩耗，写了一封吊唁信，让安安送给我们，表达了他对婆婆的哀悼之情。信中写道：

> “痛悉陶桓馥同志逝世，谨请转达我对她的孩子们及亲属的慰悼！
>
> 桓馥同志是一九二七年初加入中国共产党的老同志，参加过北伐战争。入党后，曾赴莫斯科东方大学学习。一九三〇年回国后，在上海、河南等地做党的组织、宣传工作及妇女工作，表现很好。一九三六年她来到山西，与廖鲁言同志都在太原工作，桓馥同志任我党领导的山西军政训练班女生连政治工作员，为我党抗日工作培养大批女干部做出了成绩。从此我们也就成为亲密的战友和同志……一九三七年十月以后，桓馥同志又到四川、延安等地，一直从事党的工作，兢兢业业、勤勤恳恳。
>
> 桓馥同志对抗日救亡、对中国人民的解放事业做出的贡献，人们是不会忘记的。我们将永远怀念桓馥同志！”

薄伯伯回顾了婆婆的革命生涯，表达了对战友的追念之情，使我们这些晚辈感到温暖与慰藉。

陶桓馥同志治丧办公室：

痛悉陶桓馥同志逝世，谨请转达我对她的孩子们及亲属的慰悼！

桓馥同志是一九二七年初加入中国共产党的老同志，参加过北伐战争。入党后，曾赴莫斯科东方大学学习。一九三〇年回国后，在上海、河南等地做党的组织、宣传工作及妇女工作，表现很好。一九三六年她来到山西，与廖鲁言同志都在太原工作，桓馥同志任我党领导的山西军政训练班女生连政治工作员，为我党抗日工作培养大批女干部做出了成绩。从此我们也就成为亲密的战友和同志。毛泽东同志对我们这一时期的工作，作过这样的评价："你们以少数人团结了多数人，取得了胜利，这是我们党统一战线政策的一个成功的例证。"一九三七年十月以后，桓馥同志又到四川、延安等地，一直从事党的工作，兢兢业业、勤勤恳恳。

桓馥同志对抗日救亡、对中国人民的解放事业做出的贡献，人们是不会忘记的。我们将永远怀念桓馥同志！

薄一波
一九九七年三月八日

薄一波伯伯致陶桓馥唁函，1997 年 3 月 8 日

永远的歌声

每年正月初过年时，正是薄伯伯生日，所以每年都要邀请我们去团聚。我们先是带着儿子，后来又带着孙子，捧着鲜花去给他老人家拜寿。每次，我们看见薄伯伯面色红润，精神健旺，都很高兴；老人看见我们儿孙都有出息，也非常欣慰。

去年春节后，安安来电话叫我们到协和医院去跟薄伯伯一起欢度元宵节，我们如约而至。薄伯伯虽然沉疴在身，但仍然快乐如常，和大家一起欢笑，在安安的鼓动下，薄伯伯还高兴地唱了一首山西民歌，大家热烈鼓掌欢迎。随后薄伯伯意犹未尽，又唱起了他最爱唱的抗日歌曲《五月的鲜花》：

2006 年正月十五在协和医院病房拜年，听薄伯伯（前坐者）唱《五月的鲜花》。后立者左一薄洁萤、左五廖玉

五月的鲜花，
开遍了原野。
鲜花掩盖着志士的鲜血，
为了挽救这垂危的民族，
他们为顽强的抗战不歇。
…………

老人低沉而有力的歌声，响彻病室，歌声唤起我们对父辈们峥嵘岁月的回忆，在场的人们不禁为薄伯伯战斗的歌声一边鼓掌，一边随声唱和，气氛十分热烈。我们被老人的乐观精神感染、激励，同时也在内心深处为老人的健康长寿祝福……

当时我们想，薄伯伯精神这么健旺，明年我们一定要好好为他老人家庆贺百岁诞辰，和老人一起高唱《五月的鲜花》。可是万万没有想到，这一次竟然是我们最后一次听到他老人家的歌声……

正如一首诗中所写，战士自有战士的歌声，他可以停止一时，却永远不会沙哑……薄伯伯——作为一位伟大的革命战士，他唱着战歌，战斗了一生，他那低沉而浑厚的歌声，至今还萦绕于我们的耳际，永远给我们以激励。

（2007）

寻找前辈的足迹

——河南行

为了纪念党的90岁生日，我参加了“西花厅——红岩儿女”联谊会组织的河南行。在河南省委、省政府及有关各级领导的关怀支持下，我们参观了八路军洛阳办事处、新县鄂豫皖根据地、光山县邓颖超祖居……游览了三个古都：开封、洛阳和安阳，重游了太行山赫赫有名的红旗渠……受益良多，感慨万端。

首先是发现了自己井底之蛙的狭隘，扭转了对河南人的偏见。在相当长的认识局限里：一是河南“懒”人多，在海南和湖北、北京常常见到衣着整齐、健康活跃的河南人要饭的场景；二是河南骗子多，在人民大学校门口常常见到成群结队的河南孕妇和抱孩子喂奶的妇女高声吆喝：“身份证、毕业证！”“没有做不到的，只有想不到的！”“……”。我常暗想：“身体挺棒的，干吗不劳动？制假贩假不以为耻，反以为荣，还理直气壮?!”因此对河南人印象不佳，有时，忍不住对追逐兜售假证的妇女怒喝一声：“真不知天下有羞耻二字！”

然而这次河南行，却唤起了我记忆中埋藏已久的往日对河南人的美好记忆——焦裕禄、吉鸿昌、常香玉、李准；同时增添了对河南人民整体性格的了解和钦敬，对他们的质朴、淳厚、勤劳和英雄气质有了真切的感受。原来，我们敬爱的妇女领袖邓妈妈，抗日民族英雄吉鸿昌、杨靖宇，山西抗日决死队的创建人和领导者之一、百团大战时牺牲的董天知烈士（时任已归八路军指挥的抗日决死三纵队政委），《资治通鉴》的作者司马光、古汉字学家许慎、虎将许世友和我们人民大学的老校长、国家经委主任袁宝华……都是河南人。他们不但是河南人民的骄傲，也是中华民族的光荣！重温他们的事迹和贡献，使我受到了更深刻的教育与鼓舞。

仰慕先烈

河南光山县鄂豫皖苏区首府博物馆门楣

百闻不如一见，这次河南行，令我感动的是河南人民，特别是鄂豫皖苏区人民在创建新中国的革命历程中建立的丰功伟绩，以及他们不朽的英雄气概。这里走出了红 25 军、红 28 军、红二方面军三支革命劲旅，又是刘邓大军千里跃进大别山的落脚地。在新县的鄂豫皖苏区首府纪念馆里，有许多烈士遗像和事迹简介，他们大都是 20～30 岁的青年革命者，其中有许多女性，最年轻的烈士叫肖国清（1917—1933），她被捕后受尽酷刑，敌人拷打她，拽掉她的头发，剥掉她的头皮……然而敌人的残酷暴虐，丝毫不能动摇她对共产主义真理的信仰，不能动摇她坚强的革命意志，她视死如归，最后被敌人活埋，英勇牺牲，年仅 16 岁！肖国清，也是一位像苏联英雄卓娅、中国英雄刘胡兰一样可歌可泣的女英雄！她的慷慨就义让我心灵震撼，让我深深感动。仅仅一个小小的新县，在革命斗争年月里就有 5.5 万革命烈士！鄂豫皖苏区的烈士共有 13 万

鄂豫皖苏区文化委员会主席成仿吾照片

人！他们为了新中国的诞生，为了我们这一代和子孙后代的幸福，无私地献出了年轻而宝贵的生命。我们这些后来人，要时刻用他们留下的精神遗产鞭策自己、审问自己：我的言行是否对得起先烈和革命前辈？是否对得起用鲜血和生命换来的幸福成果？

在新县鄂豫皖苏维埃党委和政府旧址，我们看到了创建该苏区的党委书记沈泽民的照片。他是浙江人，是党早期有才干的活动家，是著名作家茅盾的弟弟。他战斗在鄂豫皖，后来不幸因病而英年早逝。我还看到了中国人民大学另一位老校长成仿吾的照片，他是留学日本的左翼文学团体“创造社”的成员，是“左联”著名作家，曾担任红四方面军政治部宣传部长，是唯一参加过长征的左翼作家。粉碎“四人帮”后我陪爸爸金城去拜访过他，他把自己在“文革”中写的书《长征回忆录》送给我们。其时他劫后余生，以 80 多岁高龄老当益壮地工作着：一方面带领人大师生进行复校建设和教学改革；同时还率领一批德语人才完成一项耀邦叔叔交给他的重任——重新从德文本翻译马克思、恩格斯的六本重要著作。他那老而弥坚的性格、博学多才的谈吐永远留在了我的记忆里。这次在河南，从照片上我看见了老校长当年投笔从戎时一身戎装的战士风采……

许多外省革命者在河南留下的足迹，不由得让我回想起我的婆婆陶桓馥，她从苏联留学回来后，曾在 1931 年底受党中央派遣到白色恐怖下的河南担任省委宣传部部长兼妇委主席，她深入工厂、学校，发动群众参加革命，编写省委党委的刊物，还创办了《妇女生活》杂志，日夜忘我工作。后来她不幸在郑州被捕，在开封关押受审，但是她英勇机智地编造了假的个人经历，没有暴露共产党员的真实身份。她在狱中开展群众工作，得到了难友的同情，她托一位出狱难友带信给家人，终于被弟弟保释出狱。她其实早就患有肺结核，咯血，回到家中休养了两个月，不顾母亲和姐妹劝阻，又投入了新的斗争。

廖玉（右）与董天知烈士侄子董广华在郑州寻访母亲陶桓馥 1932 年被捕地，现为陇海公园

在开封，我们和沃守信大哥一起给敬爱的刘少奇伯伯的塑像敬献了花圈，以寄托我们的怀念。少奇伯伯是我们自幼熟悉的老革命家，廖玉的爸爸廖

刘爱琴大姐（中）与廖玉、金戈，摄于 2013 年“三八节”

鲁言在西柏坡时曾给他老人家当秘书。廖玉放假回家，晚饭后跟小朋友欢蹦乱跳地簇拥着毛主席到小河边散步，被孩子们称为“爹爹”的朱总司令休息时会打扑克，而唯独少奇伯伯总在工作，或写作，或沉思，总是一脸严肃。有一天，朱总司令要打扑克，廖玉四处跑着帮“爹爹”张罗人，跑进少奇伯伯家里说：“总司令要打扑克，缺人，您去吧！”正伏案写作的少奇伯伯说：“你去叫别人吧，我忙。”廖玉跑去告诉总司令：“少奇伯伯不来……”总司令说：“哎，你这个娃娃，怎么去找他呢？他的事情最多啊！”记得爸爸金城曾送我一本《论共产党员的修养》，爸爸总是叮嘱要好好学习这本书，还要学习少奇伯伯的另一本书《论党》，努力锻炼自己的修养和党性，爸爸特别指出：“少奇同志强调‘慎独’——在一人独处时，在没人监督时，也要按照党员标准，严格要求自己！”这两本书成为我党性锻炼、终生受益的好课本，让我懂得了共产党员应当是敢于担当、认真负责的人，是严于律己、宽以待人、爱护并成全他人的人，是情操高尚、清白清廉的人，是活得有尊严的人。

不幸的是少奇伯伯在“文革”劫难中身患重病还被“下放”开封，27 天后，老人家孤独、悲惨地离开了这个残酷的被颠倒了的世界，身边没有一个亲人！面对他老人家病故的那张床——他被扔在上面就再也没有下来过的那张床，真是让人欲哭无泪，心痛欲碎……不由得想起了我们的爸爸，少奇伯伯曾经的秘书——廖鲁言，他也在这场劫难中被关押、被迫害，孤独地病故了，年仅 59 岁！这一场家破国危的劫难，残杀了多少坚定的革命者！破坏了多少家庭的幸福！不仅大大挫伤了党的元气，也使亿万人民遭受横祸，这场悲剧的根源是什么？教训有哪些？用什么有效机制能够监督执政党和各级干部？中国怎样建设符合国情的、维护多数劳动者利益、权利和尊严的经济民主、政治民主的社会？不仅政治家、理论家应当思考探索这些课题，最终的结论也需要经得住人民群众实践的检验……

周秉德（左二）、周秉宜（左三）在邓颖超故居种树

掠影刘庄

这次河南行，令人感动的还有那些带领河南人民艰苦奋斗、改天换地、创造新生活的无私无畏的共产党人。林县人民在县委书记王贵和县长李贵的带领下，奋战 9 年，在太行山的悬崖绝壁上开凿人间天河，引漳入林。那 9 年艰辛的血汗，驱除了干旱，也谱写出河南老百姓摆脱贫困、向往富裕的美好愿望，雕塑出河南儿女吃苦耐劳、艰苦奋斗的群像，其精神力量十分感人。

我借全团去少林寺参观之机，在董天知烈士后人董广华、董宁父女陪同下访问了新乡市著名的刘庄。刘庄的老支部书记史来贺是农业合作化的带头人，是一位老劳模，也是改革开放的带头人。1990 年 2 月 27 日的《人民日报》评论员文章曾说："中共中央组织部把史来贺的名字与雷锋、焦裕禄、王进喜、钱学森并列为解放 40 年来在群众中享有崇高威望的共产党员的优秀代表，他是当之无愧的。"20 世纪五六十年代他坚持带领全村走集体化道路，始终坚持大队（村级）核算，他作为大面积棉花丰产的劳模，四次出席公公廖鲁言主持召开的全国棉花工作会议，他促进农村生产力发展的经验得以在全国推广。他一贯紧密团结并依靠农民群众，尊重并调动农民要求变革的积极性，实行村务民主，大事一定让群众决策，甚至搞“村民公决”；同时又牢记毛主席“严重的问题是教育农民”的教导，明白农民作为小生产者的局限性，对农民不断进行“集体经济要有集体主义”的核心价值观教育，从而带领全村农民共同致富，不仅避免了新的两极分化，还把以农业为主业的村庄通过改革开放的一系列措施变成了以工业和第三产业为主业的新型城镇。因此，2011年他又成为建党90周年中央公布的“双百”人物之一。我们始终关注着他和他的刘庄，始终想来拜访他，可惜他于去年病故，我们来晚了，没能见到这位令我们敬佩的共产党人，实在遗憾。

汽车开进刘庄，远处见到一座很漂亮的厂房，较深圳、东莞一带的现代企业毫不逊色。汽车沿着平坦、标准的车道开过一片别墅般的住宅区，路边和住宅前有一条清澈的小河，河中锦鲤游弋，住宅前鲜花怒放，一派生机盎然的景象，车开到一座庄严的建筑前，原来这就是史来贺纪念馆！

廖玉、金戈在红旗渠青年洞，摄于2011年

村里一位年轻干部带领我们参观并做了详细讲解，回答了我们的问题。我们了解了以史来贺为首的党支部带领全村依靠集体经济、改革开放、共同致富的历程，也看到了刘庄人生产方式和生活方式的根本性变化，备受鼓舞。今天的刘庄，早已改变了单一农业的格局，全村只有20多人从事机械化的农业劳动，800多人都从事第二和第三产业工作，村办企业还吸纳了外来务工人员4 000人，为社会提供了就业机会。刚才路过的工厂就是刘庄办的“华星制药厂”，主要生产肌酣类药品，产量占全国60%以上，不但结束了肌酣依赖进口的历史，节约了大量外汇，药品还远销到21个

国家和地区。刘庄人保持了勤俭节约的传统，自己设计厂房，节约设计费 5 000 万元。为了保护环境，实行可持续发展，刘庄人于2004 年关闭了造纸厂，还给药厂投入 1.8 亿元建立了污水处理厂，今后还要追加环保投资。

刘庄人的生活真是芝麻开花节节高，刘庄成为农村走向城镇化的典型是当之无愧的。农民家家生活富裕，每家一所 472 平方米的花园别墅，全村实现了新农合医疗，在本村医务所看病一次只出 1 元钱。全村实行从幼儿园到高中的义务教育，不仅家庭不需付钱，村集体财政还给每个入学孩子每月发 50 元津贴。老人每月发 600～700 元养老金，真是“幼有所学，老有所养”。北京居民看病难、入托难、上学难，养老难等问题在刘庄已经得到圆满解决。这样高的幸福指数怎不令人羡慕！

不论是实行“集体化”，还是实行联产承包责任制，只要能调动农民的生产积极性、能解放生产力、能让农民致富、能避免新的两极分化就是好政策。30 年的社会实践证明：刘庄、华西村和北京的韩村河等都是坚持集体化道路让农民共同富裕起来的成功典型。他们最重要、最关键的经验：一是有史来贺和吴仁宝这样先公后己、舍己为公、目光远大、又富有创新精神的共产党员带头人！二是有一个重视党建，特别是重视党的思想建设的党支部，有一套健全的制度：民主生活会制度、学习制度、每个党员联系 2～4 户群众的制度、大事全村讨论决策的民主制度…… 改革开放以来，刘庄曾经三次全村改造住房：第一次给每家建平房；第二次建公寓式楼房；第三次建别墅。每一次史来贺家都是最后一个搬进新式住宅的，史来贺有一句朴素的箴言：“群众富了，我就富在其中了。”他还有一条为政之道：“自己宁可吃亏也不能亏百姓！”如果各级党的领导干部都能学习和践履这一条，老百姓对党怎么能不拥护？不信任？不敬佩？联想起我们的父母、前辈等许多人放弃了富裕的家庭生活，在枪林弹雨的战场、在面对死亡的刑场，不也是宁可自己牺牲，也要为人民解放做主人而献身的吗？可惜今天，有一批混进党内的蠹虫却背叛了共产党“人民利益高于一切”的宗旨！倒行逆施，为非作歹，使人民对党的信任大打折扣。而史来贺这样继承“先忧后乐”精神的真正的共产党干部，难道不值得大张旗鼓地表彰和学习吗？有这样乐于奉献、又敢于大办工业和第三产业的改革开放带头人，群众怎么能不跟党走!？怎么能不拥护共产党!？怎么会去上访、去闹事!？……总之，共产党要抓紧党的建设首先管住、管好各级党员干部。县级干部要能够像焦裕禄和领导林县人民修红旗渠的王贵、李贵那样；乡、村级干部能够像史来贺、吴仁宝、申纪兰、郭凤莲、沈浩那样。其次是管住、管好党员队伍，党员要能够在修红旗渠、开凿青年洞、卢寨岭山洞、曙光洞、架设夺魂渡槽中起带头作用的任天成、常根虎、王师存等党员们那样，吃苦在前，享乐在后。只有抓好党的自身建设，牢固树立全心全意为人民服务的宗旨，作为执政党的共产党才有资格、有能力领导人民群众完成社会主义建设共同富裕大业，完成祖国统一富强大业，最终实现共产主义大业。

遗憾与忧思

各地的革命遗址纪念馆硬件都很好，但有不少可以搜集到的史料没有收集，例如红25军军长程子华没有一张照片，连生卒年月和生平简介都没有。这，“是不为也，非不能也”！河南是出过电影《李双双》，豫剧《花木兰》、《朝阳沟》……的地方，鄂豫皖苏区那么多动人的英雄，红旗渠那么多感人的事迹，河南有那么多好人、那么多人杰，为什么不能多创作出几部好作品来感动国人、感动世人呢？

此外，安阳殷都、洛阳白马寺、宝丰县香山寺和洛阳新安县千唐志斋……其深邃的历史文化底蕴，如能够运用多媒体网络、电视充分开掘、展示，让世人皆知，确立河南文化大省的地位，那是多么让河南人提气自豪的事！

个别宾馆用英国立顿茶待客，其实河南自产的信阳毛尖就非常好，为什么不打自己的品牌呢？

如果河南各级劳动就业部门和妇联能在“十二五”期间下大力把那些在全国各地制造、贩卖假证件、假发票的河南妇女接回来，对她们进行“八荣八耻”教育，进行职业培训，授之于谋生之术，带领她们正当就业就太好了。挖掉这个损坏河南人形象的职业毒瘤吧！有骗子母亲，就会毒害孩子，这是关系到母子两代人身心健康的问题，也是违法乱纪的社会问题。在中央强调贯彻科学发展观的今天，在妇女解放运动的领导人邓妈妈的家乡，党的领导不该对这些落后又违法的妇女放任自流，不管不教。应该抓紧妇女教育问题了！妇女只有提高觉悟、树立道德观念和法制观念，掌握劳动技能，自食其力，才能真正解放自我，才有资格做合格母亲。这将是河南各级领导的一项真实的政绩。

河南省南北高速公路的两端，信阳新城的豪华壮观与安阳古城的质朴无华形成鲜明对比。信阳市委、市府的办公楼令我瞠目结舌，大楼之高、之宽，与长安街上的办公楼有过之而无不及；百花广场之辽阔，堪比天安门广场，华灯流光溢彩，炫人双眼，长河里音乐喷泉变幻无穷……不知道耗费了多少纳税人的民脂民膏?！然而，即使在周末，百花广场上休闲的老百姓也很少，仅见200来人在跳舞，利用价值并不高。是否离老百姓居民区太远了？这样的建筑是否太超前了？在伦敦、巴黎、罗马、纽约……也很少见到这样广大而豪华的广场。即使著名的纽约时代广场、罗马阅兵的威尼斯广场、莫斯科红场，其面积和奢华程度也不能与百花广场相媲美！但它们是以其丰厚的文化内涵、历史积淀而著称的。像信阳的大楼和广场这样的形象工程，占的是老百姓的耕地，花的是纳税人的钱，给官员脸上涂脂抹粉，不知其决策是否经过讨论，进出账目是否向纳税百姓公布？在我们纪念建党90周年时，我看到这些，是十分忧虑的……

（2011）

一片丹心照汗青

——悼念沈雁冰伯伯

1981年3月初，我被派往杭州，参加一个院校协作编写教材的会议。在讨论计划时，我提出遵照茅盾的一个设想搞一项科研的建议，当我简要介绍了茅盾的设想之后，这位伟大文学家睿智卓识的意见立即赢得与会同志的热烈响应。会议还委托由我们代表的院校向茅盾汇报我们的决定，并请求他给予具体的指导。同志们对事业的热情之心和对茅盾的敬重之情打动了我，我放弃了返回诸暨故里探望乡亲的打算，兼程赶回北京。

3月19日，我到爸爸家去，征得他同意后，兴冲冲拿起电话，向陈小曼同志谈了杭州会议的决定，并且请她请示沈伯伯，能否在百忙中抽空接见我们。小曼同志听完我的请求，告诉我说："沈老病了，你们上次见他后不久，他就住了医院，现正在输液、输氧，翻身都很困难……"

啊，多么意外的消息啊！好像有什么东西一下子揪住了我的心。我失悔刚才只顾急急忙忙提自己的要求，居然忘记问候沈伯伯的健康，一时真不知该说什么好："哎呀，沈伯伯病了，真是没想到，真是太……上次我们去时，他精神还那样健旺，盼望他能快点好！早点好！……我们多么需要他，我们等着……"

(右起)茅盾、潘汉年、夏衍，1938年于广州

我忧心忡忡地将听筒放在电话机上，立即把沈伯伯病重住院的消息告诉了爸爸。爸爸一愣，说："你们十几个院校的协作，先脚踏实地地干起来，将来再向沈老汇报，现在千万不要再去打扰他！"停了一下他又说："过几天，我们到医院去看望他。"我知道爸爸恨不得马上到医院探望沈

茅盾（右）与张仲实（左），1939 年 2 至 3 月间自成都赴新疆途中在兰州八路军办事处前

老，没有立即去的原因是他正患喉炎，不能把病菌再传染给沈伯伯啊！

“我们上一次是什么时候去看他的？”爸爸问我。

“1 月 3 号。”

“那次他精神很好，我们谈得很高兴，特别是回忆起延安的生活，他是很有感情的……”随着爸爸的话语，我清晰地想起了那次会见的情景：

在事先电话联系好以后，我陪爸爸去拜访沈老。小曼同志把我们带进沈伯伯的客厅。那是一间很朴素，很简单的客厅：一张写字台，两张沙发，两三个书橱，两把椅子，一张小几上放着一部电话——一切都是普普通通的。不一会沈伯伯从内室走出来，老人步履虽缓慢，却还稳健，上身穿件布衣，下穿一条毛裤，笑呵呵地跟爸爸打招呼，一看就是一位和蔼可敬的长者。爸爸迎上去拉着他的手说：“沈老，多少年没有来看望您了，早就想来，可是知道您在写回忆录，时间很宝贵。您身体还好吧？”

“还好，还好，就是眼睛不大好，还有点哮喘，别样毛病还不大生。”

两位老人就座以后，爸爸指着我对沈伯伯说：“这是我的女儿，您和孔大姐到延安，住在交际处，她就是那一年生的那个孩子。”

沈伯伯睁大眼睛看着我说：“那一年，40 年，你今年……”

“沈伯伯，我今年就满 41 周岁了。”

老人爽朗地笑起来：“延安生的小孩子都这样大了，真快，真快！”沈伯伯询问了我的工作情况，又和我爸爸回忆起延安的生活来。他的话语，情真意切：“那时从西安到延安，交通很不方便，后来八路军办事处告诉我，朱总司令要回延安，有一部车子，这样我们就搭总司令的车子，同总司令一道去延安的。那一次，我很想留在延安工作，后来，是周恩来同志同我谈话，动员我到重庆去。周恩来同志说那里的工作很重要，到那里可以起更大的作用。这样，我才离开延安。”

就是那次，沈伯伯把一双儿女留在了延安，自己和孔妈妈一起，肩负着党的重托，长

1940 年夏，茅盾应邀到延安鲁迅艺术学院给师生露天讲演

途跋涉，奔向雾都重庆。在那浓雾茫茫的世界里，沈伯伯始终惦念着北方那些“穿着单衣”、“吃着黑豆”、“在风雪中和敌人搏斗的战士”，始终深信“浓雾之后，朗天化日也跟着来”。他一直在党的领导下进行着不懈的战斗！爸爸常说：“沈老的心始终是向着党的。”

3 月 28 日清晨，当我从收音机里听到沈伯伯逝世的消息时，我的心顿时碎了。啊，沈伯伯，我们根据您的设想刚要进行的工作还没能向您汇报，我们正期待着您的指教啊！可是，您却离开了我们……我关上收音机，静静地坐着，似乎听见哀乐低回。我被哀伤笼罩着，不禁又想起一个月前拜望的往事：

那次临去之前，我问爸爸，能否向沈伯伯求一幅字，以作纪念。爸爸说：“他年纪大，精力和时间都很宝贵，我们不要给他添太多的麻烦，只请他给左联作家宣侠父烈士的遗作《西北远征记》题个书名吧，因为这本书马上要重版。”我答应了。但是，在沈伯伯和我爸爸谈话结束以后，出于对这位文学伟人的景仰之情，我灵机一动，拿出一本随身带着的沈伯伯的著作《霜叶红似二月花》，请他签个名字。沈伯伯立即同意了。他慢慢向居室走去，我也随他走了进去。那间屋子惊人的俭朴：一张平平的单人床，铺着蓝白格布床单，上置一床薄薄的棉被，靠窗摆着一桌一椅，窗上挂着一排短短的白色窗帘。沈伯伯让小曼同志将窗帘拉开，并解释说："我眼睛不好，不拉开窗帘，就看不见写字。"

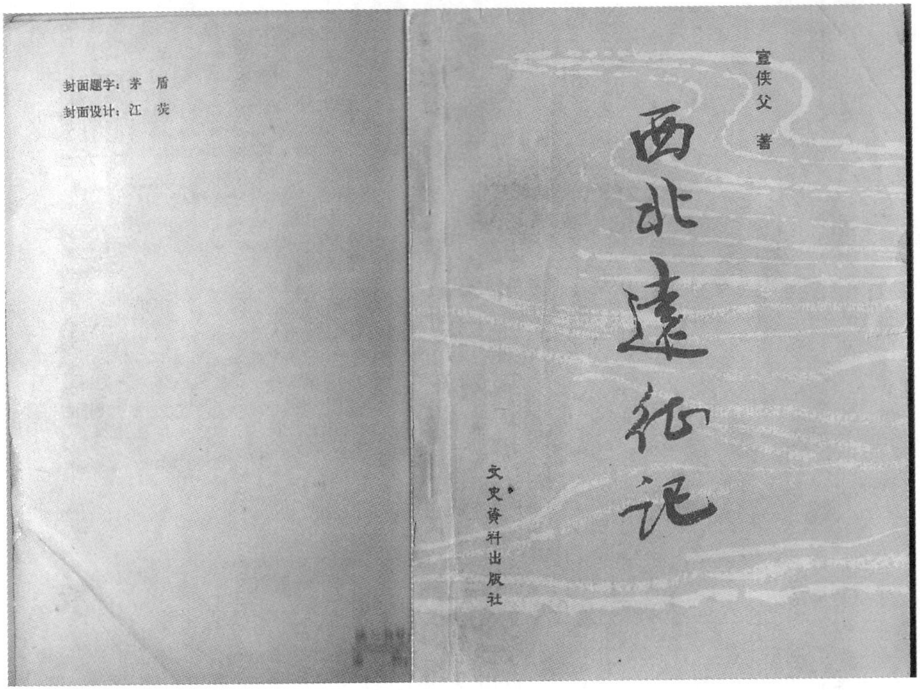

茅盾为宣侠父烈士遗作《西北远征记》题写书名

我心里懊悔起来，刚才听小曼同志介绍，沈伯伯每天早上 10 点以前都在写作，可没有想到，老人的视力这样差，真不该给他添麻烦！沈伯伯端坐桌前，打开书，用微微颤抖的手拿起笔来，在印有他照片的那页的下角，为我签字。当我用双手捧过书时，两行遒劲的字映入了我的眼帘：

"金戈同志惠正，茅盾一九八一年元月"我的脸蓦地又烧又烫，心怦怦地跳着，嘴上说："沈伯伯，在您面前，我刚刚学步，您却……"爸爸接过书去，看了后说："沈老，她还是个小孩子，您太客气了！"

"沈伯伯，谢谢您。"我恭恭敬敬地说。

"不，不用。"沈伯伯一面摆手，一面喘着气，慢慢向外屋走，为了给我签名，把老人家累成这样，我更悔恨自己的冒昧和唐突。

每当我翻看沈伯伯给我的签名时，都深深感受到这位文学巨人的谦逊、温和，感受到他对青年一代的关怀和期望。记得那次谈话间，沈伯伯还向我询问起人民大学几位教师的情况，要我转达问候。沈伯伯一生对青年栽培扶植，有求必应，为文学青年的成长，倾注了多少心血，多少深情厚爱啊！他临终捐献稿费，不也是为了奖掖后进，培养人才吗？而他自己的生活却过得那样简单、朴素、洁白、清贫。沈伯伯对青年始终有一颗拳拳之心，我永远忘不了拜访中，沈伯伯和爸爸谈话的亲切情景。

他对爸爸说："你我离开家乡几十年，大家乡音未改，讲起话来特别亲切。"

当谈到十年浩劫时，爸爸带着负疚的心情说："我今天是特意来向您道歉的。'文化大革命'初，对造反派的行动，我也很抵触。对'文化革命'认识不清楚，可还是想跟上形势，内心很矛盾。您给我打电话，我当时那样答复您。后来一想起来就很难过……"

沈伯伯笑道："那个时候，有人给我写匿名信。后来，××大学的红卫兵来造反，手里拿着从张治中家里抄来的日本指挥刀，耀武扬威。他们指着我家墙上挂着的女儿女婿的遗像，问我这是谁？是不是国民党？我讲，你们去问中央组织部！后来，我就给您打电话。"

爸爸说："您在电话里问我：'我到底是人民呢？还是敌人？'您问得很尖锐。沈老，您是什么人，难道我心里还不清楚吗？我本来应当理直气壮地回答：'您是我们的老朋友！'可是，我当时回答您说：'这个问题请您相信，党是会做出正确结论的。'我打了个官腔。"

沈伯伯宽厚地笑了。

爸爸说："您还问我'我应当怎么办？'"我讲："'红卫兵要来，我们还是要欢迎红卫兵小将造反。'这些话也是言不由衷的。所以，我一直很内疚。"

爸爸说："当时，我听了你的答复，就同你讲：'好，我遵你的命。'"

"哈哈哈……"两个老人同时笑了。

"当时，我只能做到向总理报告您的情况。"爸爸接着说，"到 9 月，周总理指示统战部，写一份高级民主人士的名单报中央。总理说，要给每一家派两个解放军，要保护好这些同志和朋友。"

文化部肖望东同志，当时也向总理报告了。沈伯伯说："总理要他保护我，他就派文化部的红卫兵来，让他们监视那些来造反的人。还好，我这里还好，这是周总理的保护啊！"

"我们在'文化大革命'中最后一次见面，是在政协开会，学习'五七'指示，每个人都要表态，老舍建议取消稿费，当时就给毛主席写信。"我爸爸说。

"是的，是的，他亲自执笔。李四光当时挨着我坐，他悄悄对我讲：'这个事情行不通的。’但老舍热情很高，于是我们就都在信上签了名。”沈伯伯记忆犹新地说着。

“后来，我马上把信转给了毛主席。可是想不到，一个星期以后，老舍就被迫害死了，真是可惜!”

“实在可惜!”

两位老人在一起，真是有说不完、道不尽的话，怀念故友，怀念中央的老一辈领导同志；蔑视、斥责林彪、江青等丑类；沈伯伯时而情意眷眷，时而义正词严，时而莞尔而笑，毫无倦意，后来，我爸爸看了看表说：“已经谈了四十五分钟了，沈老，您累了，您需要休息，我以后再来看你。”

“噢！已经三刻钟了？谈一谈很高兴，以后再来，以后再来!”

至今，沈伯伯的音容笑貌，犹在眼前。难道他那颗火热的心，智慧的心，果真停止了跳动？不，没有！我的耳边响着广播电台播送的沈伯伯临终前写给中央的信：

“亲爱的同志们……在这最后的时刻，我的心向着你们……”

当听到党中央决定恢复沈雁冰同志的党籍，党龄从1921年算起时，我激动得哭了。沈伯伯，您的心，始终向着党，向着人民，向着青年和未来；您一生，为建设中华民族的精神文明，献上了不朽的精神财富。可是，您对党、对人民又要求了什么呢？您最终的，也是唯一的要求就是：

“以党员的标准严格审查我一生的所作所为、功过是非。”

敬爱的沈伯伯，从您的遗言里，我看到了一个共产党员赤诚的心，一颗像丹柯那样燃烧着的心。您的心，将永远跳动，跳动在年轻一代的火热胸膛里，跳动在振兴中华的壮丽事业中!

好一位得大自在之菩萨

——怀念恩师赵朴初

赵朴初

2000年春，因讲学客居韩国汉城风景如画的北汉山下。校园里樱花、连翘、红白杜鹃相继落英缤纷，匆匆春归去也。独居闲坐，碧纱橱外，嫩柳低垂，绿草如茵，晴时柳絮飘飞如雪，不时又潇潇雨下，给初居异国他乡的我，更添几分孤独寂寞，禁不住吟唱起故国的歌：“帘外雨潺潺，春意阑珊……”唱啊，唱啊，一遍又一遍地唱着，然而，那缕缕乡愁却总是挥之不去，反而愈唱愈浓。所幸，我毕竟与古人有别，花甲之年跨入21世纪的我，初学上网，让我那堕入悲愁深渊的灵魂得到解脱。学生刚刚帮我调好了中文网站，《人民日报》网络版、雅虎中国，便成了我这个海外游子慰藉心灵最好的伙伴。坐在电脑前，鼠标纵横点击，荧屏瞬息万变，那乡愁被扫荡退隐到内心深处。故国家园，天涯咫尺，空间距离的缩短，把绵长的时间压缩，度日如年的感觉顿失，三五小时如飞一样飘逝。纵情遨游于天地古今，时空缩小，生命似乎与宇宙相融而消失了自我……正当我陶醉于新鲜刺激兴奋而又好奇茫然种种复杂感觉之中时，意外的打击如闪电般击碎我心，将灵魂又拉回到现实之中。5月末的一天，在浏览新闻时，忽然，一行讣告跳入我的眼帘：《赵朴初同志遗体在京火化》。我希望自己是眼花了，看错了，脑子发懵，产生错觉，揉了揉发涩的眼睛，定睛再看，清晰无误，再点击，不仅出现了全文，还看到了刊有恩师赵朴初遗容的照片，看时不敢信，信时心已碎，我捶捣那电脑，恨不得将它砸碎，你为什么给我这异国他乡的孤魂游子，带来这样不幸的信息啊！我捶打着，捶打着，顿足而泣，眼泪如窗外的雨水般潸然而下……就在一年前的4月，我还收到过老人家的一封亲笔信……

那一天，忽然收到一封寄自小栓胡同的信，我一愣，以为是陈阿姨或陈秘书有什么事要让我办，因为我知道他们没有孩子，以前我写信说过有什么事，请尽管吩咐我办。没想到拆开信封，竟是恩师给我的亲笔信！信中说他读了我的一篇关于汉语与中国文化的文章，“拜读了你的大作，非常佩服。我只读了一遍，还拟看第二遍。”接着老师写了极谦虚又极鼓励的话，让我意外惊喜，就像小时候考了第一名受到老师、父母表扬似的，我禁不住大声喊道：“呀，我的老师表扬我了！”倒把我丈夫和儿子都吓了一跳。我急不可耐地读完了信，老师说：“汉语言文化是一个好题目，可以写出许多好文章，期待你继续研究，继续写。”老师在信中回顾了诗文变革的历程，老师写道：“汉语一字一音、一义，这是举世无双的。”在回顾了古代诗歌变化的历史后又说道：“‘八股文’全篇几乎都是对偶字句，读起来很好听，但毕竟是缠足女人，误人不浅。”写了自己的见解后又说道：“新文化创始者陈独秀开始用白话文代替文言文，是汉语文的又一次革命。但新诗至今尚未成熟，毛泽东说诗的改造至少要五十年，我看五十年还不行。”最后，老师说：“我已是九十三岁的人了，新诗不敢尝试，还是写旧体诗。”我知道几十年来老师在诗歌创作方面不断探索，做了许多工作，造诣很深，然尚且如此谦逊，十分感动。老师给我的信是写在两张印有亲笔书法“无尽意”三字的便签纸上的，我猜想老师一定是在读完我的文章后立即顺手取签写出的信，字里行间充溢着期待，又蕴藏着绵绵无尽的厚爱。

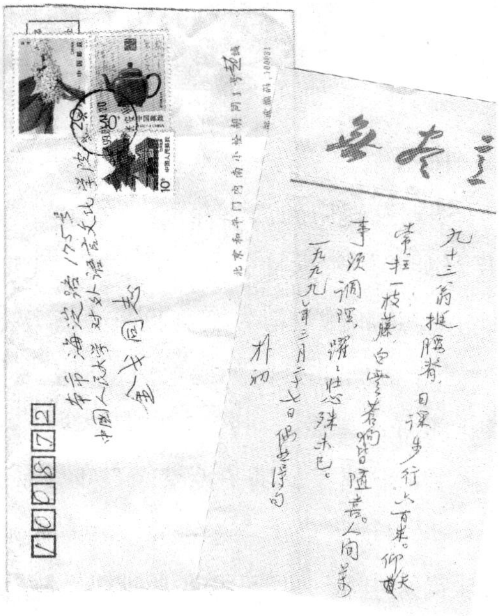

赵朴初写给作者的亲笔信，1999 年 3 月

在另一张“无尽意”信笺上，老师写了一首诗：

“九十三翁挺腰脊，日课步行六百米。仰天常拄一枝藤，白云苍狗皆随喜。人间万事须调理，躍躍壮心殊未已。”

……读着诗，我仿佛看见我师鹤发童颜，身着蓝白条棉布衣，潇洒飘逸；拄杖踽踽，行吟于阳光下的走廊上；心怀跃跃，脸上洋溢着达观的微笑。那神姿仙态，富有超然物外的生命魅力。

“仰天常拄一根藤，白云苍狗皆随喜。”多么平静、多么飘逸，又多么自在快乐，而今，那悠然自得的生命，真的仙逝而去了吗？我不能相信，我不愿相信……

这条晴天霹雳般的消息，拉开了我记忆的银幕，一幕幕往事展现在我的眼前：

初次拜访恩师，是我在北大中文系上学的时候，那是1963年的暑假，已基本度过了三年困难时期，大学生活也从劳逸结合状态进入了比较正规的教学。在上大学之初，上课几乎没有教材，主要靠听讲、记笔记，然后就是下课后上图书馆抢借图书。二年级开始逐渐有了教材，我们首先开始用的是王力先生主编的新教材《古代汉语》，虽然印书的纸很粗糙，发黄且疙里疙瘩，但书的内容毕竟是著名教授的心血凝聚，每单元有文选注解，非常翔实，又配有《古汉语通论》，系统介绍古汉语及古代文化相关知识，所以便于自学，令我读起来爱不释手。那学期我耽误了半学期课，没能参加期末考试，按学校规定应当留一级。而我不愿留级，我知道学校每学期在开学前要给考试不及格的同学一次补考的机会，我便向学校申请，允许我跟他们一同补考，如考不及格再留级，如及格则跟原班一同升级。学校批准了我的申请。于是我利用暑假自学了要考试的所有功课，整个暑假几乎天天钻到我家对面的图书馆里，一门门自学补课，我自信凭着我扎实的基础和刻苦勤奋，一定能顺利通过各门考试。然而真正自学起来，并不容易，尤其难学的是《古代汉语》中的六朝骈赋，其中最难懂的一篇是宋、齐朝代孔稚珪的《北山移文》，我啃了几遍啃不动。

记得上小学时爸爸曾摇头晃脑地给我和弟弟讲过欧阳修的《醉翁亭记》一文，于是便问爸爸。可爸爸说他也读不甚懂，他看我脸上露出忧色，知道我不是一个满足于一知半解、心存侥幸的学生，隔一天对我说：“我给你请了一位老师。”“谁？”“赵朴初。”“啊！……”我雀跃拍手，无比惊喜。赵朴初，一位诗人，一位佛学大师，能向他请教学问，该是多么荣幸啊！第二天爸爸的同事陈邦织阿姨就带我到她家去，原来陈姨竟是赵朴初先生的夫人，我怎么一点也不知道哇！我一贯不谙爸爸周围如此丰富多彩的文化名人关系，失去了很多求教的机会，至今想起来还万分遗憾。我跟着陈阿姨走了十几分钟，到了和平门里小栓胡同1号，那是一个很小的四合院。走进正房，我看见一尊佛像，一座香炉，地下有一个金黄色的蒲团，室内简朴而肃穆，我内心也顿时感到凝重。走进靠西的一大间房，是赵朴初先生的书房，靠北墙有一排书柜，柜前靠门口摆一张书桌，先生站起来，他额头宽宽，双目炯炯，放射出智者光彩。陈姨介绍了我，我鞠了一躬，按俗人规矩，叫了一声：“赵叔叔”，就算是我的拜师礼了。当时老师大约五十岁左右，气宇轩昂，头发乌黑，面孔白皙而透着红润，身穿白色长袖衬衫，袖子略挽起，浅灰色长裤，足穿布鞋，极朴素、极清爽，他面带微笑，慈眉善目，让我坐在南窗下的木椅上，又让我喝茶。我端起茶杯，闻着清茗之香，我那凝重而局促的心情才渐渐放松下来。老师问了我几句家常话，又问我学习上有什么问题。我便拿出《古代汉语》课本，向他请教《北山移文》。老师翻看了一下课本，对我说："这篇文章确实有一定难度，学习的难点一是用典很多，涉及古代文化历史典故颇广；二是作者用了拟人手法，将北山（即南京钟山）活化为人，成为作家的交流对象，表达了作家的情感。它又是一篇讽喻性檄文，讽喻对象是那些身居山林，心存魏阙的假隐士。那时有一批这样的假隐士，孔稚珪看不起这种人，就写了这篇文章，嬉笑怒骂，冷嘲热讽，笔锋犀利……"老师给我介绍了当时的文化背景及孔稚珪的为人，我才明白了此文是针对时弊，有感而发的，这令我茅塞顿开。接着老师又逐句给我讲解了全文，特别是那些典故，我随着他的指点才逐渐揣摩到此文的文脉。天气十分炎热，那时不仅没有空调，连电扇也没有，但是，因为师生都很投入专注，竟对炎热浑然不觉。

老师边讲书边不时看我一眼，见我皱着的眉头逐渐展开，对他的讲解不时点头，老师兴致很高，一会儿高声朗读，声音朗朗，抑扬顿挫，让我充分体味到骈文那错落有致、和谐多变的节奏和韵律之美；一会儿讲解典故，告诉我一个个历史人物和故事。就这样读读讲讲，朗诵时，似乎全身心投入作品中，忘了我的存在，而专注地与古人神交，其情感似乎与作者相通了；讲解时，又不时看我一眼，似乎在问我是否领悟？就这样，老师把古代仁人雅士对那些虚伪利欲熏心者深恶痛绝的情感灌入我的心田，把孔稚珪文章中体现出的绍兴文人的机智、讥诮和戏谑风采讲解得淋漓尽致。听老师讲课，真是一种美的享受，这些感受曾记入我的日记中，可惜我的二十多本日记早已在"文革"中化为灰烬，但老师给我讲课的音容笑貌却永远留在我的记忆里，古代仁人那种清高傲世的品格，锋利、幽默的辞采也似乎渐渐融入了我的身心……

原来是这样一篇奇文！怪不得王力先生要将其选入教材呢！

我把"奇文共欣赏，疑义相与析"的后三字改为"教余析"，就是因为在向老师学习奇文的过程中，感受到了老师的博学和睿智，至今想起来，得到老师的亲自教诲真是我莫大的福分！在讲课之余，我不禁想知道老师何以那么博学？老师告诉我，他出身于书香门第，祖上为安徽桐城派学人，家学渊源深厚。老师特别谈起他的母亲，是一位才女，能诗善赋，温厚良善。看得出他自幼得到母亲教诲，学习古代诗文，秉承了聪颖善良的天性。谈到母亲，我的老师言辞间充满了自豪温馨和敬意，还从书橱里拿出他珍藏的母亲诗词指点给我欣赏，令我钦羡不已！

话题又转到诗文上，老师问我喜欢什么样的诗文？我啜一口清香袅袅的清茗，对老师说，白话诗虽然好懂，但像白开水，我还是喜欢古诗，诗味浓郁，特别喜欢陶渊明和李白，也喜欢屈原那种“举世皆浊我独清，众人皆醉我独醒”的傲慢劲儿，虽然《渔父》不一定是屈原亲制，但这两句话一定是屈原的心声。我告诉老师，我上初二时就临摹了一幅屈子峨冠博带行吟泽畔的画像，旁边写了上面那两句话，贴在我的书桌上方，自己非常欣赏。老师听到此哈哈笑了起来，声朗气清，又问我喜欢屈原什么作品？我对老师说：“《离骚》太沉重，《国殇》太惨烈，我更喜欢《山鬼》，她是那么自由灵动，无拘无束……”老师微微点头，就这样，我跟老师坦陈着自己幼稚的见解，毫无顾虑。老师那慈祥的面容流露出赞许的神色。

见老师没有一点为官之人的架子，也没有一点宗教学者的神秘威严，是那样平易近人，真好！我便又问老师：“是否可以给我看看您近来写的诗?”老师欣然允诺，站起来转过身去，从书柜中拿出一本本亲笔写的诗集，边翻边读边讲解着。给我留下印象最深的是他访问越南时写下的诗，其中一首写的是一位女烈士就义前，拆自己的衣服为线，为幼女织了一条围巾。从这条围巾，我的老师发现了最富有个性特征的女战士的生命存在，那独特的母爱醇柔绵长，散发着母亲体温的芬芳。另一首是在河内拜谒二征王庙后填的词，是对古代越南两位女民族英雄以及中越友谊的赞颂。也许因为那时我正和一位越南女留学生同住一个宿舍，且当时北大有很多越南留学生，彼此相处融洽，所以这两首诗给我留下较深的印象。上世纪 90 年代，我访问河内拜谒二征王庙时，还告诉越南朋友，我的老师赵朴初 60 年代就曾写过赞颂两位女英雄的诗。

老师谈兴很浓，我也听得十分入神，忘记了时间，忘记了炎热，直到陈姨进来才发觉已至中午，便告辞出来，并说以后再去求教。“与君一席谈，胜读十年书”，这种充实感油然而生。后来，我补考成绩门门 4 分，终于升级，可是“古汉语”这门课却没考《北山移文》，真让我在高兴之余又有点遗憾！

此后，对什么都充满好奇心的我，曾想向赵叔叔学作诗词，学习佛学。为此，爸爸还托龚饮冰伯伯为我在香港买来了《金刚经》和《圣经》，但是由于日益紧张的学习，频繁的政治运动（下乡“四清”两次共11个月）及各种各样的劳动，加之自己的不虚心与不珍惜，便失去了再向老师求教的缘分。

然而，凡老师发表的诗文我都反复吟读，记得老师最饮誉文坛的诗是1965年春节前后发表的一套散曲《某公三哭》，充分表达了当时受苏、美两霸封锁威逼而不屈不挠的中国人的志气，表达了对肯尼迪、尼赫鲁和赫鲁晓夫的蔑视。这些人在冷战中呈节节败退之势，肯尼迪被暗杀，尼赫鲁病故，中印边界自卫反击战由我国取得胜利告终。特别是1964年10月16日，我国第一颗原子弹爆炸成功。记得那天正是我们要出发去湖北江陵参加“四清”运动的前夕，夜晚从中央人民广播电台的新闻中听到了这一振奋人心的消息，顿感扬眉吐气，燕园沸腾了，欢声雷动，锣鼓喧天，激情如火山喷发。不久，随着我国原子弹爆炸的蘑菇云升天，赫鲁晓夫下了台。之所以读到《某公三哭》会产生强烈的共鸣，是因为这三首诗不是干巴巴的口号，而是发自肺腑的情感。嬉笑怒骂，冷嘲热讽，一气呵成，用极简练的语言，把赫鲁晓夫的心思情状描摹得惟妙惟肖。老师抓住散曲浅白流畅的语言特点，又锤炼升华，使诗文既通俗又高雅，达到炉火纯青、雅俗共赏的境界。那时凡是有点文化的人，无不争相传诵，以至家喻户晓。由此，我对老师更是敬佩得五体投地。

十年浩劫，苦海无边，老师备受劫难，我也是家破人亡，更没有了探望老师的机缘，但从民间流传的手抄本中读到老师写于20世纪70年代初的《反听曲》及《反听曲之二》，顿觉妙笔生花，令我窃窃欣喜！知道老人家劫难中仍然思想敏锐、爱憎分明，且笔锋犀利、心胸豁达，更加深了我对老师的思念……

直到80年代中期，有一天上午，我到北京医院去探视我的爸爸。爸爸高兴地对我说：“你的老师就住在隔壁，我们去看看老师吧。”我乐得拍着双手说：“啊，是赵叔叔？真的？太好了！马上去。”我终于见到了阔别二十几年的老师。

室内，雪白的病床，雪白的墙壁，阳光从窗外射进来，一片温馨和煦，赵叔叔坐在桌前看书，桌上摞着书籍。见我们进来，他站起身迎着我们走来，只见他老人家已是乌丝变鹤发，而面色仍白皙红润，身穿宽大的白地蓝条病号服，别有一番仙风道骨。我急走上前去双手握住老人的手，“赵叔叔，您好啊，我……”爸爸在我身后说：“您的学生来看望您了……”赵叔叔谦和地说：“不敢，不敢，”把爸爸让到沙发上落座，又拉着我的手，让我坐在他床前桌边的椅子上，而自己坐在病床沿上。

相互问候了阔别二十多年来的情况，当他知道我已在大学里任教时，非常欣慰。那天本来只是想去问候一下，生怕影响了他的治疗和休息。没想到赵叔叔那么高兴，谈锋甚健，我不忍拂了老人家的兴致，禁不住如饥似渴地听他谈话，而爸爸怕他疲劳，两次站起来，提醒我："走吧，该让你的老师休息了……"赵叔叔却摆手阻止道："坐下，坐下！不急，不急！"我本不想走，便又趁势坐在椅子上，问这问那，那次给我留下印象最深的是，赵叔叔讲起的1961年赴印度访问的往事……

那时西藏达赖已经叛逃，印度政府又挑起了边界争端，周总理和尼赫鲁在万隆会议创建的和平共处五项原则遭到印方践踏，中印之间本来的友好关系出现了裂痕，而我国政府不想将裂痕扩大，在中印关系中一方面坚持领土和主权独立原则，另一方面仍然对印度人民以和为贵，珍惜友谊。

赵叔叔边回忆边说："那次我是作为参加世界和平理事会的中国代表团成员去新德里开会的，顺便也出席纪念印度著名诗人泰戈尔诞生100周年活动。我原为纪念这位爱好和平的诗人准备了一篇充满友好情谊的发言稿，并呼唤珍惜和平。没想到印度政府的科学文化部部长卡比尔居然在纪念会上发表了攻击我国的言论，卡比尔诽谤说：'泰戈尔生前热爱中国，但是他今天如还活着，看到中国在西藏镇压个人自由，看到中国侵略印度，他一定会谴责中国的。'听到这番言论，我国代表立即退出会场，以示抗议。"

赵叔叔回忆说："没想到在这样一个非政府的会议上，一位高官竟搞突然袭击，趾高气扬地攻击我国政府，干涉我国内政和主权，太嚣张了！为了表示抗议，我把准备好的发言稿先放在一边，我已来不及向领导请示和商量，我心里构思着另一篇讲话，当轮到我发言时，我走上了讲台，针锋相对、义正词严。我说：'听了卡比尔先生的讲话，我感到震惊和遗憾。所以，我不得不说，如果泰戈尔还在，当他看到他的名义竟被用来损害中印友谊，他一定感觉很难过，他一定认为这对他是一个很大耻辱。'

"那时会场上鸦雀无声，出席会议的大多是亚、非、拉美的代表，他们听到了卡比尔的攻击，更渴望听到中国的声音，所以都屏息静听我的发言。我深信正义和同情在我一边，我继续讲解了西藏自古以来就是中国多民族大家庭中的一员，以及源远流长的汉藏民族友谊，然后说：'西藏是我国不可分割的一部分，少数叛乱分子作恶多端，丧失民心，背叛祖国。国际上也有人插手西藏问题，妄图分裂中国。泰戈尔如果还在，应当受到批评的不是我们，而是那些想在中国内政上插手的人。'

“然后，我又向代表们介绍了中印边界问题的由来。这实际上是英国殖民主义者制造和遗留下来的问题，印度政府却继承殖民者衣钵，对我国提出无理的领土要求……我讲了有关史实，然后说：‘中国政府和人民，一直希望两国边界问题在和平共处五项原则的基础上，用谈判方式解决。泰戈尔如果还在，应该受批评的不是我们，而是那些想把问题拖上十年、二十年，企图继承英帝国主义不光荣遗产的人。’

“我的讲话赢得了来自亚、非、拉代表们的同情和支持，给予热烈的掌声……”赵叔叔从回忆中回到现实中来。

在我的追问下，赵叔叔边回忆边说：“讲完了这些抗议的话，我又拿出了我原来准备好的讲稿，用充满和平与友好的情调向大家宣读，让代表们知道我们是为寻求和平而来，是为寻求友谊而来，这是我的本意和初衷。我最后说：‘中国人民一向十分尊重印度人民的友谊，但是友谊必须建筑在正义的基础上，歪曲正义以寻求友谊，是寻求不到的。’会场上再次响起了热烈的掌声……正义得到了伸张。”

赵叔叔最后说：“发言以后，我和使馆同志一起退出了会场，回到大使馆，廖承志副团长正在等我，他心里很焦急。我把我的讲话和会场上的反应向他作了汇报，他拍了一下我的肩膀说：‘好！讲得好！有理、有利、有节……’”。我听完赵叔叔的回忆不禁猜想，廖公大概没有想到，一位佛教徒，一位诗人，在祖国尊严遭到侵犯时，居然大义凛然，一身正气，变成了一位战士，一位雄辩的外交官，这一定让他惊喜，让他悬着的心释然。我暗自想，在关键时刻，我的老师一反平日温文尔雅之风，慷慨陈词，挺身而出，有那么强的应变能力，那么丰富的历史地理知识，又那么善于辞令，显示出外交家的风采。这一切都来自于他对祖国的热爱，来自高度的责任感、使命感，显示出我老师性格中铁肩担道义，柔中又有钢的一面，这是一种境界，更是一种魅力，我对老师更生出由衷的敬佩。

在谈天过程中，我和爸爸几次站起欲走，都被赵叔叔按住坐下，护士送饭进来，赵叔叔请她放在桌上，仍继续侃侃而谈，喜形于色。老师让我们分享着他成功的喜悦，是那样直率而坦诚，在我认识的“忘年交”之中，老师是唯一一位“能以肝胆相照”的人。记得以前在佛寺中的壁上曾见“得大自在”四个字，不解其意，今日突然眼睛一亮，真真一位得大自在之活菩萨，不就在我眼前吗？记得著名教育家陶行知先生有句名言：“千教万教教人求真，千学万学学做真人。”何谓真人，今日顿悟：真人者，恩师赵朴初是也！难道不是吗？

在以后的岁月里，我跟恩师几乎无缘谋面，仅限于神交了。我深知一位高龄老人，长年住在医院里，最忌探视者带去病菌，忌劳累，忌激动，故而如若我去，我师一谈兴起，又顾不上吃饭，顾不上休息。那将是我最不愿意看到的。我愿意他老人家静养而长寿，所以，只是在每年春节，寄上一张贺卡，送去一束鲜花，带去我的一缕思念和敬意。而我觉得老师始终在远远注视着我，护佑着我。

记得在我成立了华人文化研究所后，于1995年主办了一个“面向21世纪的华人文化”的国际学术研讨会，这个会筹备了一年，得到领导和海内外学者支持，出席的有150多位学者，开得很成功。开始筹备时，我跟著名的佛学研究专家方立天教授商量：“我想请赵朴初先生担任大会名誉主席，您说好吗?”方老说当然好。我想赵老已官至政协副主席，恐怕早就搬出小栓胡同那个小院了，我这又是公事，总不能把信函发到北京医院去吧？方老说：“你可以把信寄给中国佛教文化研究所李家振先生转交。”于是我就与李先生联系，获准后将信寄出。没想到，不久就接到陈秘书电话回复我两个好消息：赵老同意担任会议的名誉主席，答应来人大出席开幕式；同时还为我们的会议纪念册题了字。这个消息真让我喜出望外。后来，在开会的前一周，赵老曾来到我校出席了另一个会议。那时已临近国庆节前夕，也许是活动多了些吧，医生出来加以限制了，到我们开会前一天，陈秘书打来电话告诉我，赵老不能如约前来出席开幕式了，我和大家的失落之感可想而知……

记得又有一次我到北京医院去看望另一位叔叔，然后又顺便上四楼去看我的老师。我蹑手蹑脚走进门廊，只见病榻上老师正闭目养神，我便止住了脚步。陪护老师的人向我招手，又指了指室内的椅子，示意我进去坐，我摇了摇头，又向他招了招手，他轻轻走出来，到走廊上，我悄声向他询问了老师的健康情况，他说：“饮食起居都不错，精神尚好，每天仍写字、看书、散步。这会儿刚散步回来，休息一会儿就该吃饭了。”说着又让我进去坐。我说：“我老师身体精神好，我就放心了，我不进去打搅他老人家，您只要转告说：有一个他的学生来看望过，祝他健康长寿！这就行了。”说完，我又在门廊里伫立了一会儿，见老师仍在静默怡养，想到如果他睁开眼睛发现了我，一定又要起来费神说话，我便立即转身下楼去了。没想到这竟是我最后一次见到老师……

以后，我仍然是春节送花、寄贺卡，平时偶尔写信，向赵老报告我赴台访问等见闻，有时也把自己发表的文章寄奉，只是想让老师在病榻寂寞中解闷而已，老师已年逾九十，我不能再向老人家提出任何请求了。没想到，老师看了我的文章后居然亲笔复信鼓励，又

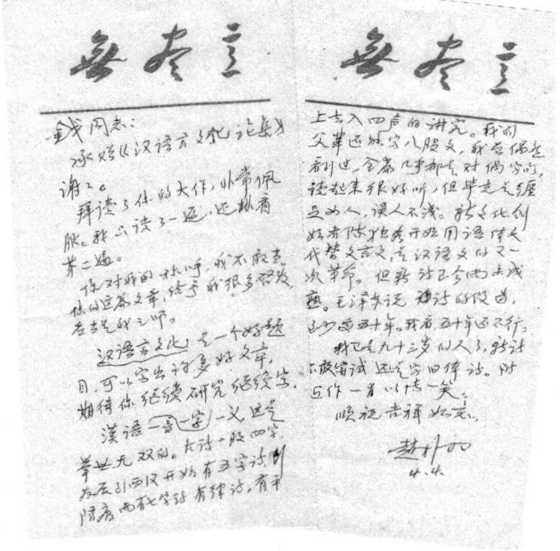

钱冈同志：
承赠《汉语言文化论集》谢谢。
拜读了你的大作，非常佩服。我只读了一遍，还要看第二遍。
你对我的称呼，我不敢当。你的这篇文章，给了我很多启发，应当说我之师。
汉语言文化是一个好题目，可以写出许多好文章，期待你继续研究继续写。
汉语一音一字一义，这是举世无双的。古诗一般四字，后来到西汉开始有五字诗，到隋唐而有七字诗，有律诗，有平
上去入四声的讲究。我们父辈还做过八股文，我在[illegible]过，全篇几乎都是对偶字句，读起来很好听，但毕竟是[illegible]害人，误人不浅。新文化运动者陈独秀开始用白话体文代替文言文，是汉语文的又一次革命。但新诗至今[illegible]未成熟。毛泽东说，新诗的发展，至少要五十年。我看，五十年还不行。
我已是九十三岁的人了，新诗不敢尝试，还是写旧体诗。附近作一首以博一笑。
顺祝吉祥如意。
赵朴初
4.4

赵朴初给作者的信

亲赠诗作，老师啊，您真是我终身之师。

在去韩国留学前的那个春节，我将两盆娇艳的郁金香送到小栓胡同1号，拜托其家人转奉恩师，以献上我去国离别前新春的祝愿。我站在那四十年前来求学的小小院落中，不禁问道："赵叔叔位尊至政协副主席，为什么不换一所大房子呢？"家人无奈地摇了摇头："上面几次提出来要他们搬一所大房子，赵叔叔和陈阿姨都婉谢了，没有办法呵。"我点了点头，清贫洁白，这正是他们最美的本色啊。在物欲横流、贪官污吏弹冠相庆的现实中，面对这一院子的清贫洁白，我感佩唏嘘不已……

我的思绪回到现实中，银屏上的遗嘱再次彰显了恩师真人的坦荡胸襟，"生固欣然，死亦无憾，花落还开，水流不断"……

远在异国，一连几日，我心头的悲愁如暮云般沉重，压得我透不过气。一日课后，我拿起一把伞漫无目的地向雨中走去，企望雨水任意冲刷，洗净那无从排遣的忧伤。沿山路而行，满山松柏淌着清莹的泪串，一股股山泉，也呜咽而下，伴我啜泣。来到一个岔路口，右侧一条山路通向山中，一座牌坊，上书几个汉字"三角山奉国寺"，我下意识右转登山，拾阶而上，愈加雨骤风狂，干脆将伞收了，既然天地伴我痛哭，就不遮不掩，任凭风吹雨打淋个透吧！

不觉已来到佛殿前，我整理了一下水淋淋的头发和衣衫，手捧一束韩国梨花香，按韩俗脱鞋进入那高大的佛殿。我不是佛教徒，不懂礼佛的规矩，又由于语言不通，也无法向庙内方丈请教，但我相信佛祖慈悲为怀，普度众生，而信徒心诚则灵。我按中国风俗将那心香三柱恭恭敬敬插入香炉，面对佛祖顶礼跪拜，默默为我的老师祝祷，我深信那袅袅的青烟能为我传递心声，我似乎看到了恩师赵朴初，他那慈祥而壑智的面容正在向我微笑……眼泪又夺眶而下，佛殿外大雨滂沱，殿内香烟缭绕，庄严而清静，在佛祖慈祥目光的注视下，只有我和老师在做着心灵的交流。青烟袅袅之中，我似乎又听到恩师诵读诗文的朗朗声音，清朗柔和，萦绕耳际："我兮何有，谁欤安息。明月清风，不

劳寻觅。”

不劳寻觅

不劳寻觅

…………

老师的声音，老师的英灵，化入空空宇宙之中……

（2002）

未能亮相的“左联”作家宣侠父

——现代文学史不应忘却

宣侠父，1926 年 7 月于兰州鸿泥沟

宣侠父（1899—1938），浙江诸暨人。诸暨地处绍兴地区，是古越国之都邑，诸暨人性格刚烈，又有“耕读传家”的传统。宣侠父就是这一方水土哺育出来的革命家。他曾担任中共南方工作委员会书记[1]，身为革命先烈，在国家博物馆举办的中共建党 80 周年纪念展览会上，他的遗照位列 80 位烈士行列中。他的一生充满传奇色彩，是 20 世纪 30 年代登上文坛的文化人，是中国左翼作家联盟的一位秘密盟员。

但是，对他在“左联”最艰苦时期所做出的重要贡献，在一些文学史专著和教材中尚未发现记载。

本人因在上世纪 80 年代初曾承担过“宣侠父——中共党史人物传”课题，在中央档案馆、陕西和甘肃的省市档案馆、博物馆、图书馆查阅了大量档案，访问了 100 多位历史见证人和知情人，搜集到一些史料，故写出此文，提供有关史实，供文学史家参考。

一、文武全才的宣侠父

宣侠父从小聪颖好学，曾获取官费资助，留学日本北海道帝国大学。

宣侠父于 1923 年加入中国共产党，1924 年受党派遣，带领几位共产党员及周濂卿，以及从社会上招收的胡宗南等青年，进入黄埔军校学习，与左权、陈赓等同为黄埔第一期学员。

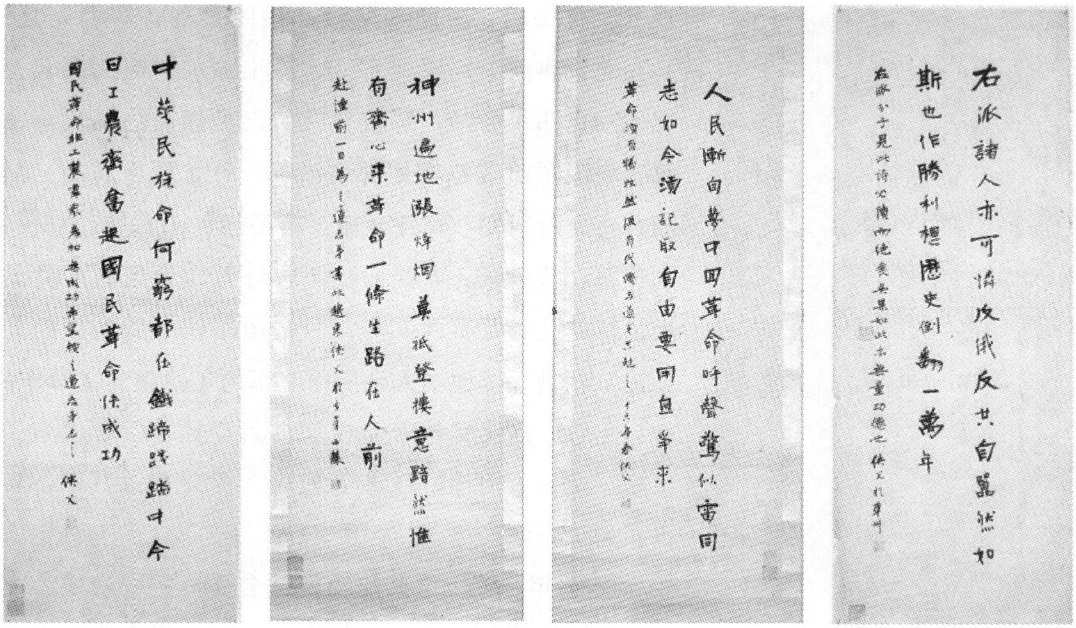

宣侠父写给友人的四屏条幅

1925 年宣侠父等几位共产党员自上海到北京，受李大钊和国民党左派人士徐谦派遣，以左派国民党人的公开身份，到张家口进入冯玉祥的西北军。在宣传三民主义等民主革命思想的同时，秘密宣传共产主义思想，在军官和士兵中秘密发展共产党员。他是在刘伯坚、邓小平等之前最早进入西北军中的共产党员之一。宣侠父是一个思想活跃的热血青年，性格开朗、坦荡、刚毅、文采飞扬、善于辞令。冯玉祥曾赞叹：“宣侠父一张嘴顶得上三百门大炮。”他谈吐幽默，枪法又好，举枪可击落天上飞鸟。他的人格魅力赢得了一批军官（如孙良诚、吉鸿昌、方振武、梁冠英等）的信任和拥戴。

1925 年 10 月，他奉冯玉祥之命随刘郁芬为师长的二师长途跋涉 2 000 余里，经包头、宁夏进驻兰州。同年年底，宣侠父与张一悟、钱清泉两位同志共同创建了中共甘肃省特支，成为甘肃省党组织的创始人之一。

1926 年宣侠父还亲自跋涉进入甘南藏族聚居地俄拉草原（今马曲县），邀集藏族各部落首领会面，成为藏区最早的播火者。并上下奔走，赶走了军阀马麒，促成嘉木样活佛回归拉卜楞寺。因此扎西才让——宣侠父，至今仍是甘南几代藏民深深怀念的革命先驱。

1926 年初，宣侠父被任命为国民革命联军第三路军（孙良诚部）政治处处长，在冯玉

北伐战争时期，宣侠父任第三路军政治处处长时的讲稿

祥五原誓师后，宣随部队参加援陕之战，解西安之围，又在北伐热潮中，挥师东征，打出潼关，与武汉北上之北伐军在郑州会师，那时宣侠父已被任命为国民革命军第二集团军前敌总指挥部政治部主任，领中将衔。然而随着蒋介石叛变，蒋汪合流，冯玉祥也向右转。宣侠父、刘伯坚、钱清泉、方仲如、刘志丹等几十位共产党员被冯玉祥“礼送”出西北军。后来他写作出版的《西北远征记》就是一部他本人亲历西北军两年的纪实文学作品。

此后，宣侠父曾奉命在家乡诸暨县委领导农运。在山东、山西、河南、江苏等地进入西北军或其旧部，从事兵运工作。

1933 年，宣以中共前线委员会委员的身份成为察哈尔抗日同盟军领导人之一，再度与冯玉祥合作。宣曾在军中担任军事委员会委员兼吉鸿昌部第五师师长，亲率五师参加了收复多伦重镇的战役。

后来，宣侠父又被党组织派往上海、香港和广西，从事特科工作，对十九路军将领和桂系将领从事统战工作，担任中共南方工作委员会书记。“双十二事变”后，周恩来副主席急令其调往西安，公开的身份是第十八集团军少将参议，他协助周恩来、林伯渠在西安、南京、武汉、太原、徐州等地开展对胡宗南、蒋鼎文等国民党及各界上层人士的统战工作。

因为他活动能力极强，活动范围极广，在国民党军队黄埔系成员、西北军及浙江系的上层军政人物中影响很大。他在此期间的活动从丁玲的《回忆宣侠父烈士》[2]一文及西战团记者史轮在其牺牲时发表的悼念诗文《我永远敬念——你超人的灵魂》[3]中，可见一斑。蒋介石曾说：“我们这边怎么也找不到一个像宣侠父这样的人!”蒋鼎文、胡宗南利用同乡和黄埔系关系多次拉拢利诱他，均遭拒绝。蒋介石对其恨之入骨，愤然说：“每一次都有他!”遂亲自密令军统特务于 1938 年 7 月 31 日在西安绑架暗杀了宣侠父，牺牲时年仅 39 岁。

作为一个职业革命家，宣侠父不仅以其非凡的胆识、过人的精力和才干，一生从事兵运工作和上层统战工作，同时也从未放下过战斗的笔。1929年初，他在山东济宁梁冠英部工作时，曾编过一个刊物《混战》。20世纪80年代初，笔者曾在中央档案馆查阅过这个小刊物，宣用“侠夫”为笔名发表短论和杂文，笔锋犀利、泼辣，直指混战中的军阀，屠杀工农的李济深、鱼肉人民的冯玉祥、政客吴稚晖……都成为他嬉笑怒骂、嘲讽抨击的对象，颇有鲁迅杂文风。

侠父还以他高超的政治军事理论水平，深邃的洞察力，敏锐的才思，写了政治军事论文，发表在抗战刊物上。《〈一·二八战争〉的回顾与十九路军将领今后的任务》、《民族危机中的内战问题》、《台儿庄战役检讨》等论文都体现了他这些特点。据其内侄金树望回忆，胡宗南邀请宣同去徐州视察军队，请他给部队演讲，他仅在火车上用一夜就写就了《游击战争概述》，演讲在国民党军队里引起巨大反响。另有一篇在他牺牲前两天完稿的《论持久战》，曾由金树望誊写，是一篇长达六七万字的抗日军事著作。这篇文章在他牺牲后由夫人金铃带到延安，送给了毛主席，那时，毛主席说他已写了一篇同样内容的文章。

八路军方面的黄埔战友：宣侠父、徐向前、陈赓、左权，1937年于西安

另外，宣侠父还写了许多旧体诗词。虽经几十年战乱，多有遗失，但仍由其家属和朋友保存了77首，与他的上述杂文和论文一起收入了《宣侠父诗文集》。他的诗歌或写景抒情，或直抒胸臆，表达了对家人的亲情、对战友的怀念，其激越，其婉约，其豪壮，多姿多彩，表达了他不同时期真挚的心境和心情，张扬了傲骨铮铮、桀骜不驯的个性。尤其是后期诗作，更表达了其崇高的理想、坚定的信念和悲壮的情怀，诗作丰富的想象力和生动精妙的语言令人读来爱不释手。

二、关于《西北远征记》和《入伍前后》

宣侠父生前曾对夫人金铃自豪地说：“我是带着两部作品加入‘左联’的。”这两本书即指纪实文学《西北远征记》和小说《入伍前后》。

宣侠父的《西北远征记》，1930 年由北新书局出版

关于宣侠父写作过两本文艺书籍的史实，先父金城[④]是第一见证人。金城及其堂弟金树望[⑤]都是宣侠父夫人金铃（原名金婉琳）的侄子，1927 年都曾跟宣侠父一起担任中共诸暨县委委员，两人又在不同时间不同地点追随宣侠父从事党的秘密工作，并随他到了西安、延安。

宣侠父 1929 年底到 1930 年初住在武汉弟弟宣翼父[⑥]家中，写作《西北远征记》，金城夜夜在旁替他誊稿。而长篇小说《入伍前后》是其住在镇江小岛三江营的妹夫胡礼泉[⑦]家中时，挑灯写作的，金城再次在旁誊写。可以说，金城是这两本书的第一读者和见证人。

《西北远征记》原定书名为《灰梦》，完稿后，由金城携至上海，送给在复旦大学任教的陈望道，陈一口气将书读完，赞不绝口，立即推荐给北新书局总编赵景深，并更名为《西北远征记》，以笔名“今秋”署名，于 1930 年 5 月在北新书局出版。

据金城、金树望和阳翰笙等回忆，长篇小说《入伍前后》的写作时间是 1930 年 9 月至年底。《入伍前后》故事发生在一个叫羊楼司的地方，地处湘鄂交界处。小说的主人公原型是宣侠父家乡诸暨县长澜乡柴家村一个叫柴阿宝的贫苦孤儿。柴阿宝幼年丧父，继母被赶回娘家，房产、地产均被伯祖父恶霸地主“柴王”霸占，阿宝被迫做长工。1928 年底，宣侠父与金婉琳从金村回到故乡长澜成婚。新婚之夜，金树望从金村跑来报信：因有人告密，敌人已在金村一带搜捕他。金村当时是我党的活动中心，被称为诸暨的“小莫斯科”。于是宣跑到柴家去躲避敌人搜捕，住进柴阿宝家。宣与阿宝早年相熟，这次又替他用文言文写了一份《柴阿宝冤单》[⑧]为他伸张正义。这份冤单被柴阿宝一直珍藏到诸暨解放。小说主人公的生活依据，还来源于宣在西北军中熟悉的贫苦农民出身的士兵和军官。西北军兵士多出身农民，军官也多为行伍出身，吃苦耐劳，比较容易接受革命的启蒙，这是西北军与以帝国主义为政治靠山的直、奉军阀部队的不同之处。宣将柴阿宝原型与他熟悉的西北军中的官兵形象加以艺术地集中概括，塑造了自己小说的主人公。

其次，小说的题材和主题是写“兵运”、“兵变”，讲的是一个贫苦农民入伍前后觉醒和斗争的故事。他从农民变成军阀部队的士兵，逐步接受革命思想，成长为发动兵变的带头人，杀掉军阀部队的连长，带领全连投奔了红军。小说表达了作家的审美理想，也是自己亲身经历的生活经验的艺术概括。“带兵”是作者长期以来的政治抱负，是他投考黄埔军校的初衷，是他离开黄埔，进入西北军中长期参加革命实践活动的目标。但是 1927 年冯蒋、冯汪勾结，出卖革命后，他痛心疾首，更坚定了自己的理想追求——共产党一定要创建党领导的军队，要掌握枪杆子！他亲历的血的教训让他清醒地认识到，在当时敌强我弱的中国，武装斗争不应如大革命时期那样，再去攻打武汉、西安、郑州等大城市，而是要到农村中去建立根据地。因此，他自觉地抵制了关于攻打城市的李立三盲动主义路线，亲自回到家乡组织农民运动，又在小说《入伍前后》中形象地加以再现。他的理论修养和他从事兵运工作的实践经验，使他的艺术创作立意高远而深刻，主题鲜明，革命色彩十分浓厚。

宣侠父、金铃夫妇与子女平平、安安，1937 年于西安

由于作者具有农运、兵运的亲身体验，既有丰厚的生活积累，又有艺术地塑造人物性格、描绘场景、善抓细节的才能（这些在《西北远征记》中已展现出来），所以小说中的人物活灵活现，真实感人。小说的语言也精练、生动、富有魅力，凡是读过此书的人，都极为称道，认为它不是观念大于形象的作品，而是一部革命的现实主义小说。

正是由于革命色彩太浓厚了，以致犯了白色恐怖政权的出版大忌——当金城携书稿再次到上海寻求出版之际——1931 年 1 月，国民党政府的《危害民国紧急治罪法》刚刚出台，而此法要治的第一条“罪”就是“宣传鼓动兵变罪”！而宣侠父当时的工作正是在国民党梁冠英的二十五路军中从事秘密“兵运”、“兵变”工作。他写的《入伍前后》小说又宣传鼓动“兵变”。他一手拿枪，一手拿笔，如敏感而勇敢的海燕，搏斗在大时代的风口浪尖上。正因为如此，他这部小说没有一家出版社敢出版。而原先为“左联”出版机构的太阳社、创造社的书店已被查封。“左联”五烈士也于 1931 年 2 月血溅龙华，“左翼”文学活动转入低潮……直到办了湖风书局，宣侠父才将《入伍前后》自费印制了 200 本，在书上印了一家不存在的出版社的名字，作者署名为“石雁”，由阳翰笙、阿英（钱杏村）等秘密分送给了“左联”作家。

这本书印行和赠送于1931年上半年，时间在蒋光慈的《咆哮了的土地》（1930年3月）、华汉（阳翰笙）的《地泉》（1930年10月）发表之后，在丁玲的《水》（1931年9月）发表之前。《入伍前后》在现代文学史上本该占有一席之地，却因白色恐怖环境的限制，种种复杂的主客观原因，使这本小说当时无缘正式公开出版与读者见面，实在是一件憾事！

三、两书见证人的寻觅与遗憾

解放后，金城曾千方百计在北京、上海到处追寻宣侠父的两本著作《西北远征记》和《入伍前后》，可惜没有找到……

“文革”后，金城又千方百计想了却自己对这位英烈的两个心愿，一是找到他的两本书，二是给宣侠父写一个传记。这不仅仅是为了宣侠父个人，也是为中共党史、为现代文学史留下史料。先父曾给上海图书馆馆长顾廷龙同志写信，不久，顾廷龙同志和肖斌如同志热情帮助，从上海图书馆保存的柳亚子先生藏书中将北新书局于1930年出版的《西北远征记》一书寄来北京。他又带我去拜访茅盾，请他为《西北远征记》题写书名，茅盾欣然命笔。为了让今天的年轻读者读懂此书，父亲还带我去拜访曾在西北军工作过的文化人田一明先生，请他和他的女婿——北大学长许九星为该书撰写了注释。父亲又与四叔一起写了再版序言。1982年2月，该书终于由全国政协文史资料出版社重新出版。这本12.5万字的珍贵的纪实文学作品，印行23 200册，很快销售一空。

金城又与国家民族事务委员会联系，于1984年12月由民族出版社出版了《西北远征记》藏文版。并请嘉木样活佛之兄长，时任甘肃省副省长的黄正清为藏文版写了序。黄正清早在1926年到兰州告状时就结识了宣侠父，深受其思想影响，还参加过革命活动。在国民党白色恐怖的年月里，他曾冒死保存宣侠父的遗物。他曾告诉我，宣当年送给他的照片和亲笔为藏民反抗军阀马麒压迫所起草的三个文件[⑨]，他用麻纸包了几层，又用厚厚的牛粪糊住，藏在做燃料的牛粪堆里，一直珍藏到解放。因此，藏文版的出版，使宣侠父为藏民生存发展所作出的历史性贡献，得以在甘南藏族人民中流传。

与此同时，父亲还主持了为宣侠父立传的事。他给当时的中央办公厅主任冯文彬同志写信，建议将宣侠父烈士作为《中共党史人物传》的传主。冯文彬对宣侠父本人也深为了解和敬佩，收信后立即批转有关单位和《中共党史人物传》的主编胡华教授。我遂在胡华教授的指导下，对这一课题做了两年的调查研究，终于完成了《宣侠父》的传记。

不过，父亲还留下了一个深深的遗憾——小说《入伍前后》一直没能找到。他曾给南京的第二历史档案馆写信，希望能从民国历史档案中找到这本书。后来，我在访问台湾、香港学术界时，也多方寻找，至今尚无蛛丝马迹。

然而，小说《入伍前后》却引出宣侠父与“左联”的一段不解之缘。

四、宣侠父筹资创办湖风书局——“左联”“唯一的自己的出版机构”[10]

关于宣侠父与“左联”的关系，作为“左联”负责人之一的阳翰笙在1982年写的回忆录《宣侠父与左联》[11]一文中有详细的回顾。他详细记载了宣侠父秘密加入“左联”的情况，还记载了宣侠父对“左联”的重要贡献，称宣侠父筹资创办的湖风书局是“‘左联’在白色恐怖的年月里唯一的自己的出版机构，它将载入30年代左翼文化运动的史册。”[12]

1931年1月，白色恐怖日益严重，左翼文学运动转入低潮，左翼文学刊物和书籍的出版陷入困境。当时，在国民党军队梁冠英二十五路军（驻江苏江阴）当总参议的共产党员宣侠父来到上海，通过一位党内同志与阳翰笙见面，目的有二：一是想“与左联发生组织联系”，即加入“左联”。二是商谈自己的小说《入伍前后》的出版问题。当他得知“左联”的出版困难后，便主动提出设法筹款帮助“左联”建一个自己的书店。阳翰笙将见面情况向“左联”和“文总”的领导汇报研究后，又与宣见面，告诉他“左联”接受他为秘密盟员，并请他帮助办书店。

于是，宣侠父说服了梁冠英，请他出资在上海帮助几个文人朋友在上海七浦路上建了湖风书局。梁出了3万元大洋，宣携款到上海，又介绍自己的黄埔同学兼同乡周濂卿任经理，内侄金树望及同乡马产宁（均为共产党员）当店员。又请其兄宣归父——诸暨著名书法家题写了书店匾额。为了书店的开业少受干扰，周和金作为梁冠英的代表曾去拜访过杜月笙。书店开张后，出版了文化总同盟党团秘密机关刊物《文学导报》（先为《前哨》），还出版了丁玲主编的文学刊物《北斗》，终于使左翼文学有了自己的喉舌，自己的出版阵地，为反击国民党的文化“围剿”做出了历史性贡献。

据阳翰笙回忆，冯雪峰和楼适夷任主编的《前哨》由鲁迅先生题写刊名，第1期就是“纪念左联五烈士”专号，刊登了五烈士传略和遗著。刊登了《中国左翼作家联盟为国民党屠杀大批革命作家宣言》、《为国民党屠杀同志致全国革命文学和文化团体及一切为人类进步而工作的著作家思想家书》，刊登了鲁迅先生用LS为笔名发表的著名文章《中国无产阶级文学和前驱的血》。后来，为了发行和流传方便，《前哨》改名为《文学导报》，第1卷第3期刊登了《革命作家国际联盟为国民党屠杀中国革命作家宣言》。《文学导报》还刊登“左联”的决议和纲领，报导苏区文化，介绍苏联和国外的革命文化，萧三、史铁儿（瞿秋白）……都曾在该刊发表重要文章。它在白色恐怖的血腥屠杀中，成为无产阶级文学的前哨阵地。同时，“左联”积极推动文艺大众化运动，有关讨论文章有许多刊登在该刊上。针对当时文坛上“自由人”、“第三种人”的文学观，该刊也发表了不少争论文章，鲁迅先生的《“民族主义”文学的任务和运命》就刊登在该刊的第1卷第6～7期合刊上，对文坛产生了重要影响。⑬

（右起）宣侠父、丁玲、林伯渠、徐彬如、王玉清、谢华1938年于西安

宣侠父1938年在西安观看丁玲任团长的西北战地服务团演出

“左联”在湖风书局创办的《北斗》杂志，于1931年9月创刊，由著名女作家丁玲任主编。丁玲震动文学界的小说《水》连载于《北斗》第1卷第1～3期，冯雪峰的《关于新的小说的诞生——评丁玲的〈水〉》发表于《北斗》第2卷第2期，该文总结了“左联”现实主义小说的创作经验，提出了几条标准，对左翼文学起了示范和倡导作用。《北斗》不

仅是“左联”的战斗阵地，也是当时上海的文学园地，它刊登不同文学观念、文学风格、文学体裁的作品，团结了非左翼作家，发现并培养了文学新人，被文学史家杨义的《中国新文学图志》肯定为“容量丰厚，建树斐然”，具有“母亲胸怀”，能准确体悟把握文学规律的文学期刊，从而使它的意义“超出了左翼之外”[14]。这一切正是通过出版才得以展现，所以小小的湖风书局，是功不可没的。

据金树望回忆，他们的书店在楼下，而楼上就成了“左联”成员及左翼人士的秘密聚会和活动场所，他曾亲眼见过鲁迅、茅盾、史沫特莱等人在上边聚会，金树望也常到丁玲、姚蓬子（诸暨同乡）等人那里去做一些联络工作。

湖风书局不仅出版了一批左翼作家具有革命性、战斗性的文学作品和文学译作，还出版了鲁迅推荐的插图精美、揭示人性、表现人本性的译作《夏娃日记》和《勇敢的约翰》。

宣侠父 1938 年于西安

在《鲁迅日记》[15]中，我查到了 1931 年 9 月 13 日、16 日、24 日、25 日、10 月 6 日、12 日、13 日、17 日、26 日、30 日、11 月 2 日、12 日、14 日等 13 篇日记，记载有关孙用译《勇敢的约翰》一书在湖风书店出版的情况。鲁迅曾为其校稿、收版税及寄书、寄钱。

《鲁迅书信集》[16]中，更详细记载了有关湖风书局出版此书的情况：从 1929 年 11 月 19 日致孙用信中得知，那一天鲁迅收到了孙用寄给他的信和匈牙利诗人裴多菲著《勇敢的约翰》的译稿，译自世界语版本。鲁迅原来打算将其列入由春潮书局拟出版的“近代文艺丛书”中。但是 1930 年 9 月 3 日鲁迅在致孙用信中写道：“《勇敢的约翰》先亦有书局愿出版……而对方后来态度颇不热心（上海书局，常常千变万化）我恐交稿以后，又如石沉大海，便作罢……为赌气起见，想自行设法，印一部给大家看看……”

1931 年 7 月 30 日，鲁迅在致李小峰信中又说：“《勇敢的约翰》已有一书店揽去复印，不必我自己印了。”9 月 15 日鲁迅致孙用信写道：“《勇敢的约翰》有一个湖风书店印去了。它是小店，没有钱，所以插图 12 幅及作者像一幅，是由我印给它的……”在 10 月 5 日信中又说："……印字及纸张由湖风书店承认，大约二百元上下……书店为装饰面子起见，愿意初版不赚钱，但先生初版版税，只好奉百分之十，实在微乎其微了……所以这一本翻译，几乎是等于牺牲。"

从以上鲁迅书信中我们可以得知：一是当时左翼作家出版著作或译作十分困难，鲁迅为出孙用翻译的匈牙利革命诗人的诗集历时两年，不仅要冲破白色恐怖之困难，而且要费周折与书店打交道，以至于鲁迅曾"赌气"想自己出钱印行此书；二是在这困境中一家小店——湖风书店解决了出版问题，尽管从经济上不能得到什么收入。同年 11 月 13 日，鲁迅在寄 10 本样书给孙用的附信中写道：样书款是不用寄书店的，但是"这回的本子，他们许多地方都不照我的计划，毛边变了光边，厚纸改成薄纸，书面的字画，原拟是偏在书脊一面的，印出来却在中央，不好看了"。可见鲁迅对出版书的质量期望值颇高，而湖风书店出的书却远远不尽如人意。然而鲁迅在这封信末还是颇感欣慰，他写道："不过在这书店都偷工减料的时候，这本书还可以说是一部印得较好的书；而且裴多菲的一种名作，总算也介绍到中国了。"鲁迅了却一桩心愿，如释重负。

相信宣侠父如果能得知湖风书局出版的《勇敢的约翰》被鲁迅评价为"是一部印得较好的书"时，也会欣慰的。所以阳翰笙才说，宣侠父寻找资金办湖风书局，对"左联"和"文总"来说真是"雪中送炭"!

湖风书局从 1931 年创办，到 1933 年被查封，历时两年。

在书局成立后，为了"左联"开展活动，阳翰笙第二次找宣侠父筹钱，据金树望回忆，宣侠父不仅从梁冠英处又筹措到一笔"相当可观的"经费，甚至还捐过自己私人的钱。

现代文学史家，请不要忘记宣侠父——一位长期隐蔽于敌后，在敌军营垒中战斗而未能公开亮相"左联"文坛的革命作家、革命先烈，他曾冒着生命危险带着两本书加入了"左联"，他为"左联"创办了"唯一的自己的出版机构"——湖风书局。

（2010）

心灵，燃烧着爱与美的火焰

——柯岩的创作与生活

作家柯岩

柯岩，给我的第一印象是她那富有魅力的亲切感。我认识她还是从读她的儿童诗开始的。那是 1955 年，我已经是中学生了，对儿童文学的兴趣已大大淡化，开始拜倒在普希金、莎士比亚等大文豪的脚下。然而，有一天，我无意中从报刊上读到了一首小诗《小弟和小猫》："……弟弟伸出小黑手/小猫连忙往后跳/胡子一撅头一摇/不妙不妙！/太脏太脏我不要！/姐姐听见哈哈笑/爸爸妈妈皱眉毛/小弟听了真害臊/妈！妈！快给我洗个澡！"这首诗是那样地富有儿童情趣，一下子满足了我那稚气未脱的童心。那生动活泼的画面，和谐幽默的家庭气氛，聪明而又不爱干净的小弟弟，通人性的小猫……这一切都像发生在我家中，十分亲切。我把它背给弟弟听，又在新年晚会上，朗诵给全班同学听，大家都很喜欢。诗作者柯岩——对于我来说，这个陌生的名字，因为这首诗，骤然变得亲切起来。以后，我又读了她的《眼镜惹出了什么事情?》、《小迷糊阿姨》等，我想：柯岩是个什么样的人呢？准是个眼角有皱纹的慈蔼的阿姨吧。

1962 年夏天在北戴河，我第一次拜访贺敬之和柯岩等作家。我见到的柯岩：眼睛很大，清明澄澈，燃烧着青春的火焰，脸上洋溢着热情的微笑；身穿一件蓝底白点的连衣裙，裁剪得十分合体，衬得她的身段既窈窕又婀娜；一根黑色的发辫编得蓬松又整齐、垂在胸前，平添几分韵致。她神志端庄，举止优雅，笑吟吟地招呼着我们…… 这，难道就是"小迷糊"阿姨？她，竟是这样的年轻！她真美！

第二次见到柯岩，已是十五年以后了。1977年秋天，在西城教师进修学校的一个报告会上，柯岩被请来做报告。报告的主题是《周总理，您在哪里?》的艺术构思，我坐在台下听讲。相隔十五年，柯岩已是一个中年人，她的头发剪得精干而整齐，雪白的衬衣领子翻在蓝色制服的外边，目光宁静、深沉而亲切，俨然是一位端庄沉稳的女教师；她的语言热情、生动，讲到激情处，会情不自禁地站起来，深情地朗诵着，语调抑扬顿挫，极富表现力，宛如一位极有艺术修养的话剧演员，她那真挚动人的感情，唤起了满座教师强烈的共鸣，纷纷流下激动的泪水。这种气氛和感情，似乎又将我带回丙辰清明的天安门广场，我似乎看见了手持白花，随着人流缓缓移步的柯岩……

是的，我没有猜错。在我之前访问罗英同志时，她就给我讲起过柯岩在“文革”中的一个个故事。她说：

“文革”是对人最大的考验，柯岩表现出共产党人的铮铮铁骨。她善于独立思考，不盲从，从不说违心的话。我们当时都在儿童艺术剧院工作，一起被打成了“三五知己反党小集团”。我是从老根据地出来的文艺工作者，历来是党的骄子，面对这样严酷的现实，真有点不知所措。可是柯岩头脑却很清楚，她就不承认自己反党。在批斗她时，她斩钉截铁地说：“不是，我们不是反党集团!”造反派按她的头，她偏要将头高高地昂起，造反派逼着唱《我是牛鬼蛇神》的歌，她硬是闭着嘴不唱。她那个倔犟劲儿，给了我很大的鼓舞。

那时，我们被关在一间小黑屋里，经常共同回忆党对我们的培养教育，议论我们“儿艺”奉献给孩子们的一个个剧目，而现在却被说成是“为刘少奇翻案”；那个洋溢着爱国主义热情的作品《岳云》，因为出现了“还我河山”四个大字，被说成是“配合蒋介石反攻大陆造舆论”，真是荒谬绝伦！我们扪心自问，既然问心无愧，倒不如乐呵呵地打发日子。就这样，在小黑屋里生活了九个月。有一天，在劳动时，我们看到一张大字报，上面抄录着周总理的讲话，讲的是什么叫“黑帮”——“黑帮”是有组织的、反党反社会主义的……周总理的讲话解放了我们的思想。说我们是“黑帮”，我们还不够条件！于是，我和柯岩各贴了一份小字报，声明自己不是“黑帮”，脱离专政队，挟着铺盖回了家。回家后，造反派还是经常来抄家，柯岩就在自家门上贴了“公安六条”，并写了一个条子：“应执行公安六条，不准抄家!”她的态度就是那样鲜明，那样硬气。

“文革”中，我的爱人被迫害死了，她安慰我说：“你可要熬住，不要想不开，迟早他们要垮台!”后来，《红都女皇》的丑闻越传越广，我们更是常在一起骂江青。

1975年“四人帮”掀起了“批林批孔”的恶浪，把矛头指向了周总理。同时，贺敬之同志也被姚文元亲自批示，发配到首钢去劳改。柯岩清楚，对他的迫害，也是为了把矛头指向周总理，因为，周总理想开禁一批文学作品，曾指示人民文学出版社，首先出版贺敬之的《放歌集》，投石问路……

面对这沉重的打击，柯岩心力交瘁，她病倒在床，我去看她，她伤心地说：“你以后不要来了，不能让你受牵连，咱们保住一个是一个。”我为了安慰她，在她家住了几天，她总是忧心忡忡地说：“要是他们把周总理整下去，就真……”说着，泣不成声。这时，一个来探望她的小伙子说：“不，人民是不屈的，还有人民呢!”她流着眼泪点点头，边哭边骂起江青来。

罗英还深情地回忆了柯岩创作《周总理，你在哪里?》的写作情况：

后来，周总理逝世了，我们悲痛欲绝，柯岩明显地消瘦了。我们天天去悼念周总理，一串串眼泪滴到石阶上，结成了冰……

丙辰清明节，我和柯岩冲破禁令，天天到天安门广场去。为了掩人耳目，我们穿上大衣，戴上口罩、围巾，我带着儿子，她带着女儿，一起汇入那花山人海，让孩子们把白花，献给敬爱的周总理……

10月里的一天，我在家中地上铺着席子做棉被，忽然柯岩推门进来，她兴冲冲地，眼睛闪着异样的光彩，我有点愕然，多少年没有见到她这样满面春风了。没等我问，她就急急忙忙告诉我说：“江青他们被逮起来了，真的，逮起来了！一共四个，叫‘四人帮’……”我们当时悲喜交加，又哭又笑，互相拥抱，在棉被上打起滚来，真有那种“忽闻剑外收蓟北”，“漫卷诗书喜欲狂”的劲头儿。柯岩反复地说：“终于熬到这一天了！终于熬到这一天了！可惜，周总理不在了……”说着，眼泪又流了下来。

是的，《周总理，您在哪里?》就是这样孕育出来的。“血染中原肥劲草，寒凝大地发春华”，这首诗，就是严冬过后怒放的一枝春花。

星移斗转，万象更新，当全国工作重点转移到“四化”建设轨道以后，越来越多的社会主义新人从生活的激流中涌现出来，他们为民族的振兴、中华的腾飞，开拓奋进，一个个光彩焕发的动人形象纷纷涌现。柯岩，以她特有的思想和艺术的敏感，响应时代的召唤，拿起了“报告文学”这支笔，报告着祖国春天的消息。

1978年，她作为《人民文学》的特邀记者，参加了全国科学大会，结识了两位身处两地的青年科学家，他们通过书信研究高能物理、天体物理和超导物理，他们追求理想、刻苦钻研的精神，打动了诗人的心。她详细了解了他们的事迹，力求达到生活真实和艺术真实的高度统一。激情驱使着她笔走龙蛇，仅用一周时间，她写出了报告文学《奇异的书简》。《人民文学》的编辑含泪听完她朗诵，立即做出决定，尽管这一期稿件已经发齐，也要将《奇异的书简》挤进去，让它尽快和读者见面。果然，柯岩的第一篇报告文学一刊出，就获得了读者的好评。

从此，柯岩的创作，就像地下涌动了多年的岩浆，一旦冲破地壳，便喷射出千枝万枝火树银花。

不久，柯岩得到一批关于远洋轮“汉川号”船长贝汉廷的材料，读后深受感动。她翘首凝望，等待这位船长远航归来。两个月后，“汉川号”停泊在天津新港码头，柯岩风尘仆仆赶到船上，访问贝汉廷，几天后，他俩就像老朋友似的，无话不谈了。然后，她又访问了有关船员。面对着滔滔大海，她文思如潮涌，凭着诗人对美的特殊敏感，她抓住了这位非凡人物的性格核心——“邓小平式的船长”。尽管一个是领袖，一个是船长，但他们都有着高度的民族尊严和高度的文明气质，他们有勇气、有才干、有魄力，甚至有铁腕，这，正是民族的脊梁，中华的精英，也是这篇报告文学的立意所在。经过五个日夜的疾书，一个富有中国气魄、中国风格的新时代的主人形象，出现在读者面前。船长贝汉廷，是新时期文学中最早出现的活生生的开拓者、改革者形象。

紧接着，她一篇又一篇地写出报告文学《东方的明珠》、《她爱——祖国的蓝天》、《美的追求者》、《特邀代表》……她注重报告文学的真实性，又善于用诗人的眼睛去发现，用诗人的心去感受。她的心，就像磁石吸铁一样，对生活中美好的事物、崇高的心灵，具有特别强的敏感性和感受力。她在生活中结识了陆琰、罗辽复、吴丙浩、贝汉廷、李娥英、顾文霞、韩美林、王胜川，结识了他们周围的同志和亲人，她极善于用她那支生花妙笔，将他们闪光的业绩和闪光的心灵艺术化地展现出来，谱写出一曲曲充盈着爱与美的心灵之歌，升华出时代的光彩。

柯岩在《中国新文艺大系：报告文学卷》导言中曾这样谈报告文学的功能：“它将引您面对现实，了解一下自己生活圈子之外的人生，了解一下祖国的昨天、今天和明天，会使热爱的，爱得更加执着，更有丰富与深刻的内涵；会使不那么爱的，转化为爱，因为原来她是这样可爱……”她自己的报告文学，确实起到了这样的作用，每篇报告文学发表后，她总能收到许多来自祖国四面八方的信件。在《船长》发表之后，一位农场工人来信写道：

“如果我们正在前进的社会主义祖国，有几个、几百个、几千个甚至几百万个像贝汉廷这样的Master，那么，我们的四化，会迅速实现的，我相信这一点。”

读者对光明的向往，对美的追求，对民族脊梁的崇敬，都化作对生活、对人生的热爱，随着他们的信件，如光导电触一般，激动着作家善感的心。

柯岩是一个跋涉者，她不知疲倦地攀登，将一座又一座艺术之峰甩在身后，当她站在一座新登上的峰顶，“一览众山小”时，她脸上露出满足的微笑，然而抬头前视：仍然是“山外有山，天外有天”。柯岩的视野是那样开阔，胸襟是那样宽广，简直可谓“襟三江而带五湖”。来不及休息片刻，她深深吸了一口清新的空气，抹去额上的汗水，盯着那矗立云天的更高的山峰，迈开坚实的脚步，继续攀登了……

从1979年到1983年，柯岩在长篇小说领域初试锋芒，创作出《寻找回来的世界》。这是柯岩艺术创作道路上富有里程碑意义的作品。

她从现实生活中发现了一个全社会、全世界都关注的题材——青少年犯罪问题。她发现，在欧洲国家，两次世界大战之后，青少年犯罪剧增。在我国，十年浩劫，也成为青少年犯罪的温床。柯岩希望用艺术形象反映这个具有普遍意义的社会问题，引起全社会的重视。她在创作中追求生活真实和艺术真实的统一，追求作品思想上的现实深度和历史深度。她的这种追求渗透在她的创作过程中。在构思上，她用心良苦。她要反映的是一个“失落”了的世界，然而她的艺术视角却投向了“寻找”——要把那个失落了的世界寻找回来，要把失落了的爱，失落了的信念、理想，失落了的人性和人道主义精神寻找回来。“失落”是消极的，甚至是阴暗的；“寻找”是积极的，是光明的，是以生活的真实进程为依据的。因为我国在挽救失足青少年方面付出的努力和取得的成绩是举世瞩目的，对解决这个世界性的社会问题，我们做出了中国式的回答：采取公检法、学校、家庭、街道一条龙综合治理的办法，使挽救率平均达到85%以上。而在西方，纵然有无与伦比的物质条件，挽救率只有50%。因此，女作家要从“寻找”入手，谱写一篇洋溢着社会主义、人道主义精神的教育诗篇。

《寻找回来的世界》创作于作者艺术生命的高峰期，足以显示柯岩的才气。特别是她亲自将小说改编成的富有诗意和哲理的电视连续剧，一经播映，便获得了巨大的成功。柯岩的名字，为更广大的观众所知所爱，更为青年学生所倾慕。许多大专院校请她讲演，请她座谈。我们中文系的学生，关心着这样一个问题：一个中年妇女，何以有如此旺盛的艺术生命力？她的创作奥秘在哪里？于是在早春四月的一天，我带领学生们来到柯岩家中，拜访了她。以后，我又拜访过她本人和她的几位朋友，阅读了她的作品和评论，对她艺术生命力的源泉，有了大致的了解。

柯岩说："最根本的一条是：生活是创作的唯一源泉。"这，不是背诵教条，而是经过艺术实践得出的肺腑之言，真知灼见。

解放初期，柯岩曾经参加过取缔卖淫、改造妇女的工作，当接触到旧社会遗留下来的罪恶阴暗面，她懂得了生活的复杂性，也懂得了历史的进程。后来，柯岩曾经到北京唯一的一所工读学校去生活过两年。这些经历都为她后来创作这部长篇小说作了丰厚的积累。

当然，对于文学与生活，作家与人民的关系，柯岩也不是生而知之的，而是有一个认识的过程。她在同我们座谈时，非常坦诚地谈到了自己的认识过程：

柯岩，本名冯恺，原籍广东，1929年出生于河南一个知识分子家庭。父亲是一个工程师，但是爱好文学，特别喜欢辛弃疾、陆游的词，为人清高，崇尚民主、自由，主张个人奋斗，对物质生活淡薄，而追求精神生活的丰富充实，尊重知识和才能。可以说，这是当时封闭中国的一个开放家庭，柯岩受到良好的教养，从小就广泛涉猎了古今中外文学名著。后来，她在武汉报考了设在苏州的国立社会教育学院戏剧文学系，在两千名考生中，只录取了三名，柯岩是其中之一。家庭的熏陶和个人的经历，使她崇拜才华，追求灵感，热衷于个人奋斗和自我表现，她十二岁就写过这样的诗句："小溪在静静地流着，我看见了芦苇的愁眉。"她摇头晃脑地读着，颇为得意。

在苏州学习了一年，苏州解放了，她怀着火一样的热情参军参干，要为新生的共和国奉献才华和青春，她被分配到中国青年艺术剧院搞创作。她是剧院里少有的知识分子、大学生，有才华，有热情，拿起笔来洋洋洒洒，一挥而就。可惜当时她写的剧本导演和演员都不大喜欢，观众也不欢迎，柯岩暗暗流下委屈的泪水，真有点不得志！但是，她不甘心失败，擦干了眼泪，去向老同志请教。青艺，是一支从根据地来的文艺队伍，经受过战火的洗礼，老同志一针见血地指出："你缺乏的是生活。""生活？"柯岩眼睛睁得圆圆的，她困惑了，我已生活了二十年，怎么还缺乏生活？

不久，领导组织文艺工作者下乡，柯岩第一次投入到生活的热流中去，她看到：铁路工人冒着敌机的轰炸，日日夜夜抢修铁路；她看到解放大军长驱直入，南下作战；她在土地改革中，听到贫下中农的诉苦；在荣军学校听到了一位又一位烈士的英雄事迹……柯岩的心被震动着，感动着，啊，生活，这才叫生活，是人民创造了生活，生活，是这样可歌可泣。柯岩的视野豁然开朗，内心无比充实。又过了不久，抗美援朝战争爆发了，在“雄赳赳，气昂昂，跨过鸭绿江”的时代旋律感召下，柯岩写出了剧本《中朝人民血肉相连》。这个戏很快排出来，在首都，在东北，巡回演出。有一次，在牡丹江的一片旷野里演出，数九寒天，飘着雪花。演员们在一个临时搭起的简陋戏台上演出，台下坐了万余名观众，有部队官兵，也有老百姓。台上的演出引起台下强烈的共鸣，柯岩也坐在观众当中听取反应。这时，剧院的一位工人出身的老同志，走到了柯岩身边，他十分亲切地说：“祝贺你啊，这是这个剧演出第一百场。你看观众反响多么强烈。有人搞了一辈子创作，还是困在自己的小天地里，而你，这么年轻，就走上了正道，应该向你祝贺！”野外是滴水成冰，而柯岩的心，却格外温暖，禁不住流下幸福的泪水，雪花落在她滚烫的脸上，雪水，泪水一起尽情地流淌……柯岩第一次体会到：重要的是生活，个人才华只有在表现人民群众火热的生活时，才光彩夺目，才能为群众所接受。这，才是一个作家的真正幸福。

正是在长期的艺术实践中，她坚定了一个信念——生活是文学艺术的唯一源泉。直到今天，当有些作家疏远了常青的生活之树，热衷于到远古洪荒之时、崇山峻岭之中去“寻根”时，柯岩不趋时、不媚俗，她仍然热情地拥抱现实生活。这种执着的追求，不是更显得难能可贵吗？

柯岩，对儿童文学始终倾注心血。近几年来，她在创作报告文学和小说的同时，继续不断地为孩子们写诗，甚至为儿童画配诗，新蕾出版社出版的《月亮会不会搞错》就收录了柯岩的一百首题画诗，写得十分精美。她不仅自己辛勤创作，还为儿童文学园地的“花草树木”浇水施肥：她为《金波儿童诗选》写了序言《金波的世界》，为任溶溶的作品写了序言《难，但是需要》。当她受儿童诗人田地之托，为他的儿童诗选写序时，她欣然同意，因为她少年时代就读过田地的诗，非常喜欢。她说：“我主要给两种人写序，一种是受到不公正待遇，而又非常值得尊重的作家诗人，另一种是青年作家和诗人。我不去做锦上添花的事，我认为只需要雪中送炭。”“雪中送炭”一语道出了柯岩的一颗知人冷暖，体恤备至的心。

这里，我要讲一讲柯岩和我的朋友陶斯亮的友谊。亮亮是一个心地纯洁、善良、聪颖而又热情的人。“四人帮”倒台后，她写了一篇纪念父亲陶铸的文章，但总感到辞不达情，言不尽意，因为她毕竟是个医生——拿起手术刀，运用自如，而拿起笔来，总觉得沉甸甸的。于是她将自己的文章送给柯岩，请她提意见。柯岩读着亮亮的文章，眼前浮现出陶铸同志亲切的面容，她回忆着陶铸同志生前对自己、对文艺工作者的关怀，禁不住哭了。她一把抓过笔坐在床上修改起来。她边修改，边落泪，边擦泪，边修改，经过一个通宵，终于以她那支生花妙笔，饱蘸浓烈的诗情，改出一篇锦绣文章。当她把文章读给亮亮听时，亮亮泣不成声。以后，柯岩将此文交给缪俊杰同志，使其得以在《人民日报》发表，引起了读者强烈的反响。亮亮每当给我讲起这件事时，总是满怀感激地说：“没有柯岩，我哪写得成那么好的文章啊!”然而，柯岩自己却从来没有提过这件事。

什么是女人的魅力？柯岩说：“女人的魅力是事业。”什么是爱情？柯岩写道：“没有尊重，没有平等，没有自由，就不可能有真正的爱情。而有了为理想，为事业而献身的意志，爱情将获得更长久的生命，发出更为壮丽的光辉。”柯岩和贺敬之，这一对当代著名诗人，他们令人称羡的爱情，就是建立在对共同事业和共同理想的追求之上的。他们有着不同的个性，柯岩热情奔放，才思敏捷，贺敬之深沉持重，作风严谨，他的诗作量少而质精，已为诗坛所公认。一位同志曾给我讲过这样一件事：有一年，快到儿童节了，一家刊物请贺敬之写两首儿童诗，他十分认真，写到深夜，总不满意，感到自己总是缺乏童心。柯岩一觉醒来，掀被而起：“怎么？还没写完？你快睡觉，我来试试。”说着披衣下床，坐到桌前……第二天，贺敬之起来一看，惊喜交加：多么好的两首儿童诗！他深情地对妻子说：“你可真聪敏!”

贺敬之与柯岩

柯岩年轻时，写完东西，总是急于发表，贺敬之常常劝她说：“质量不高的东西，不要急着拿出去发表，要求应当高些，否则，现在觉得不错，将来会后悔的。”这些话，柯岩十分珍惜。

贺敬之

“文革”期间，他们的感情经受了血与火的考验。“文革”初期，贺敬之被戏剧家协会的造反派揪去“审查”，被打入“黑帮”的行列。柯岩为了让他知道外界的情况，每天骑着自行车去给他送小报，在小报上还写着“机密，不得传阅”等字样。她还贴出大字报，上面写着语录“死人的事是经常发生的……”意思是警告造反派，不要随便把人整死！造反派呵斥柯岩是保皇派，柯岩理直气壮地说：“我是站在党的立场，维护党的利益，爱护党的干部，才这样做的，我应该这样做！我做得还不够！……”对于那些不明真相的红卫兵小将，柯岩就耐心说服，向他们讲述贺敬之的经历：“他十五岁就冲破封锁线，到延安，当了小八路……他是革命者，根本不是黑帮!”红卫兵听了，对贺敬之肃然起敬。后来，柯岩干脆贴了一张大字报，替贺敬之申辩，然后，她到劳改队找到贺敬之，挽着他的胳膊就走，她边走边说：“咱们不是黑帮！跟我回家!”硬是把贺敬之救回了家。这一段经历，已经成为文苑佳话。正如亮亮所赞叹的：“柯岩真是老贺的守护神!”

柯岩和贺敬之在杭州

前几年，柯岩得了重病，一度被怀疑为癌症，住院检查。柯岩自己很乐观，写诗，听音乐，接待朋友；老贺可是忧虑万端，他紧皱双眉，茶饭不思，瘦了好多，工作再忙，也每天挤时间到医院探视妻子，他总是坐在床前，久久地凝视着妻子，不说一句话。柯岩看着他那焦虑的神情，心疼地笑着说："没事儿，我且死不了呢！"以释然的心态安慰着丈夫，后来诊断排除了癌症，贺敬之如释重负，他将这个好消息告诉一位朋友时，竟高兴得掉下了眼泪。这真是一个充满着诗意的家庭。

当我问起柯岩最近的创作情况时，她说她刚完成了一个爱情题材的广播剧《月光》，描绘了真挚纯洁的爱情，歌颂了崇高的道德情操，她热忱地对我们说："我有我自己的艺术追求，我就是要表现那种富有诗意的美好情感，生活中本来就存在着美好的情感，就看作家去不去寻找，去不去发现。我有我的生活依据，曲啸的爱情，不就是很崇高吗？……"听了她的话，我不禁这样想，只有创造着并享受着崇高爱情的诗人，才能开掘出爱情的闪光诗意来。

金戈、贺敬之与女儿小风，摄于 2012 年 12 月

"为了创造一个充满爱与美的世界"，这是柯岩的人生追求和艺术追求。我翘首企盼着，这位才情并茂的诗人、作家，酿造出更多充满诗意的美酒。

（1986）

海滨聆教诲　终生益无穷

——忆 1961 年暑假徐特立老人和青少年的亲切会见

在我的面前摆着一张照片：革命老人徐特立端坐在一张藤椅上，他的周围或坐或站着五十多个朝气蓬勃的青少年，背景是湛蓝的晴空和浩瀚的大海，照片上有徐老的亲笔题词：

徐特立在北戴河，摄于 1961 年

“青年同志们，你们均系党的干部子弟大学生。你们应该继续发扬我党和我国人民艰苦朴素老实的作风，要与群众密切联系，反对特殊思想。

努力学习，刻苦钻研，并要锻炼身体，饮食起居有规律，做一个身强体健、知识丰富、思想前进的优秀的接班人。”

看着徐老和我们这些孩子们的这幅合影照片，不由得想起 19 年前徐老和我们会面的情景：

那是 1961 年 8 月 17 日下午 4 时，我们 50 多个跟随父母度假的大中小学生，聚集在北戴河海滨的第四浴场，等待着革命前辈徐特立老人的来临。俄而，一位步履稳健的老人，沿着铺满了金色沙粒的林荫路向我们走来。这正是我们久已盼望见到的徐老。

徐老来到热烈鼓掌的人群中间。于是，我们清楚地看到，这位 84 岁的老人，额头和鬓角刻满了饱经风霜的皱纹，然而面色红润，精神矍铄。他身穿一套深蓝色的中式布衣，脚穿一双轻便布鞋，显得那样朴素亲切，平易近人，俨然一位慈祥的祖父。

徐老用和悦的目光注视着我们说："能和你们这些年轻人见面，我很高兴。"他看到面前坐着一个小弟弟，就亲切地问他几岁了。小弟弟回答说10岁。徐老高兴地说：

"你们中有的还只10岁，再过七个10岁，还不到我这样年纪。你们这样年轻，你们生活在新中国，你们前途远大，要学习的东西很多，要做的事也很多，你们要创造新的事业。"徐老语调坚定有力，饱含着对青少年的希望和信心。我们一面听，一面迅速地把他的话记在笔记本上，生怕漏掉一字一句。

徐老接下去说："你们的父母是干部，是党和国家的积极分子。干部子弟是后起之人，后来居上。你们应该更高，更先进。你们有特殊条件，从小受到革命教育，又处在最光明的时候。但是世界还不是一个全好的世界，还有坏人……"

徐特立与夫人熊立诚、孙女徐禹强在北京西四大红罗厂胡同住所合影，摄于1950年初

尽管当时徐老和我们都不能预料到五年后会有江青、康生等坏人肆意横行，祸国殃民，然而徐老关于"还有坏人"的教导，确是见得真、看得远、语重心长的箴言啊！可惜我们这些听讲者当时对徐老的告诫还不太理解。接着，徐老给我们提了三点希望。

徐老对我们的第一个希望是：继续发扬我党和我国人民艰苦朴素老实的作风，要与群众密切联系，不要搞特殊化。徐老说：

"艰苦，才能够干难的事，干新的事。新的事，前人没有做过，条件不够好，因而艰苦。怕艰苦就不能创造新的事业。朴素，就要不乱用钱。我看你们大家都很朴素。朴素不能从形式上看。你们穿的衣服漂亮，有红有绿，但是用钱少，做得美，这就朴素。我们的国家还穷，要把钱用到最需要的地方。生产发展了，生活自然也要提高。重要的是应该把建设、把工作放到第一位，而不是把生活、把消费放到第一位，不能只贪享受而忘了创造。老实，也可以说诚实，不欺骗别人，不欺骗自己，做什么事情要有负责到底的精神，不能马马虎虎，随随便便。做事不能负责到底，也是一种不老实。”

徐老接着说：“你们都是干部子弟，不能够脱离群众。干部子弟在群众中要有威信，不能够特殊化。要特殊只能是作风更好些，思想更好些。”

1949 年 9 月，参加中国人民政治协商会议第一届全体会议的中共代表组在中南海怀仁堂合影。从左至右，前排：刘少奇、林伯渠、董必武、吴玉章、徐特立、毛泽东；后排：安子文、刘澜涛、李克农、陈云、彭真、徐冰、周恩来、陆定一、齐燕铭

徐老谈到了他对我们的第二个希望：努力学习，刻苦钻研。老人家打开了随身带来的《十三经》，先读了几段原文，然后像一位诲人不倦的老教师似的，给我们作了详尽的解释。他说：

“《中庸》里面讲，要想学习得好，就要做到‘博学之，审问之，慎思之，明辨之，笃行之’。博学，就是要广泛地学习。政治知识，社会科学知识，自然科学知识，各方面的普通基础知识都要知道。专家就是在普通基础知识之上加一个专门知识，专门知识必须放在普通基础知识之上。慎思，就是要认真地思考，不是马马虎虎地想。明辨，就是要把是非真假辨别得明明白白，清清楚楚。笃行，就是要坚决地诚心诚意地干到底：干要干成，做要做好，不要半途而废，白费了时间和精力。审问，就是对不懂的东西要问，而且不同则已，要问就问明白。今天不懂明天再来，明天不懂后天再来，一年不行两年，小时不行长大了还不放过，一定要搞明白。”

徐老又说：“《中庸》里还讲到‘人一能之，己百之；人十能之，己千之。’这就是说，人家一下子能搞明白，我不惜来一百回；人家十次做成，我不惜来千次。如果能有这样的学习精神，虽然愚笨也会聪明起来，虽然柔弱也会刚强起来。”

接着，徐老又讲了他对我们的第三个希望：锻炼身体。他首先问我们：“你们看我的身体怎样?”“好!”我们异口同声地回答。徐老高兴地笑了，接着说：“要想身体好，就要养成起居有定时的良好习惯。我办过学校，那时我和同学们住在一起。睡眠时间谁要讲话，我就走到他床边，他们就不讲话了。当然工作忙时，因为服从工作的需要，有时不能做到按时作息，那是特殊情况。你们都是学生，一定要注意休息。不然把脑子搞坏了，就无能为力了。住校过集体生活，要互相照顾，睡觉时间不要惊扰别人。”徐老又告诉我们，他现在还抓紧时间锻炼身体，有三分钟练三分钟，有五分钟练五分钟。说到这里，他从座位上站起来，双手背在后面，挺胸昂首，在我们面前走了一个来回。然后说：“我走路就这样。要注意纠正姿势，不驼背。”说着，他又在原地跑跳起来，动作显得那样轻快。会场上发出欢快的笑声和由衷的赞叹声。徐老停下脚步笑着说：“医生说我年纪大了，血管硬化，不要我跑，那我就走。现在一气走二三十里路不成问题。”他略顿一下又说：“做人还要乐观。环境变了，碰了钉子，都不要苦闷，乐观身体才能好。”

面对着谈笑风生、鹤发童颜的老人，想见他饱经忧患、历尽艰辛的往事，我们无不敬慕他那强健的体魄和坚毅乐观的革命精神。

最后，徐老嘱咐我们说：“你们要又红又专。红是政治。政治是社会关系问题。我们的专家不依靠群众不行，不依靠组织不行。人与人之间的关系要搞好，家庭关系也要搞好。谁没有缺点？上帝没有缺点，但上帝是不存在的。处理这些关系要有批评和自我批评的态度，不要苦恼，要耐烦，要说服。”

徐老苦口婆心，谆谆教诲，给我们讲了一个小时。最后，在一片热烈的掌声中结束了讲话。然后，大家簇拥着徐老来到阳台上，以大海为背景，合影留念。

徐老这次对我们年轻一代的教诲，我始终没有忘记过。在十年浩劫中，我们这些亲聆过徐老教诲的孩子，绝大多数都勇敢地经受了血与火的锻炼，变得更加坚强乐观。现在，我们在各自的工作岗位上，和群众打成一片，继承了老一辈革命家艰苦朴素的作风，忠诚踏实地为“四化”贡献力量，不少人成为又红又专的骨干分子。这是可以告慰徐老于九泉的。但是，我们也耳闻目睹个别干部子弟抛却了革命传统，搞特殊化，甚至依仗父母权势违法乱纪，败坏了党和国家声誉。这使我们十分气愤和痛心。今后，我们一定牢记徐老的教导：干部子弟不能够特殊化。要特殊，只能是作风更好些，思想更好些，贡献更多些，在建设四化的道路上和群众团结得更紧些，步子迈得更大些。

（1979）

书生报国志　朝夕力传薪

——记香港杰出教育家钟期荣

如果在香港街头行色匆匆的人流中遇到她，你会觉得她是一位极平凡的香港职业女性，无论冬夏，她总是身穿旗袍，外穿西服上装，平底皮鞋，然而仔细打量，你会发现她眉宇间透出智慧、才干和刚毅之气，她虽然是年逾古稀的老人，却步履轻捷，思维活跃，日夜操劳在香港树仁学院校长的岗位上。

香港树仁学院是香港目前唯一的一所坚持与中国学制、与美国等国际学制保持一致的大学。树仁学院建校25年以来，已为香港培养了22届毕业生，人数达12 000人，为香港的繁荣进步做出了贡献。取得这样的成就，却没有用港英政府从纳税人手中收取的一分钱，实为难能可贵。1997年5月，我根据校际协议应邀到树仁讲学，时值香港回归前夕，钟期荣校长又一次对我说："我说出的话就一定要做到，再难也要坚守到1997!"这是她对我说过多次的肺腑之言。我握住她那双为教育操劳了大半生的手，不禁想起了她的诗句："树仁情怀似海深，酸甜苦辣在我心。"钟校长坚持不改学制，"坚持到1997"经历了多少酸甜苦辣，这是一种什么样的情怀呢？这是植根于中国文化传统的爱国报国情怀。

钟期荣校长在办公，摄于1997年5月

钟期荣是生长在湘江之畔长沙古城的窈窕淑女，在烽火连天的抗日岁月，在四川乐山的文庙里，度过了她的大学生涯，就读于内迁此地的武汉大学法律系。汨罗江畔的屈子行吟，文庙里的暮鼓晨钟，在钟期荣心田播下了中国文化的种子。

1944 年，钟期荣从武大毕业，在全国高等文官考试中，名列司法考试榜首，到璧山地方法院刑庭就职，成为中国第一位女法官，后与同期外交官考试名列第一的胡鸿烈结为伉俪，同赴欧洲刻苦攻读，在巴黎大学获得法学博士学位。1956 年，夫妻双双来到当时还是文化沙漠的香港。在这里，钟期荣开始实现其教育报国的理想，她先后执教于联合书院（后并于香港中文大学）、浸会、崇基等院校，曾出任崇华书院名誉董事兼文史系主任，浸会学院社会工作系主任、文学院院长。她殚思竭虑、日夕勤公，她博学多才，讲授过中国文学、法学、社工等多种学科的课程，学养丰厚，思想深邃，语言生动，条理清晰。课堂常常爆满，名扬学界。

胡鸿烈大律师与钟期荣博士，摄于 1997 年 8 月

在教学之余，她还勤于研究，特别注重回答香港社会的现实问题。1965 年，她的专著《香港的青少年问题》从青少年心理、生活、教育、就业、犯罪等方面，深入剖析了香港社会的严重问题，并提出应对主张和决策建议，其真知灼见轰动香港社会，成为港府制定政策的重要依据。

1971 年 6 月，钟、胡两位博士向社会宣布，成立树仁学院，分别担任校长、校监。钟校长后来回忆道，“我俩均受中国文化熏陶，为典型的中国书生……咸信兴绝学于当今，重振人文，乃大丈夫应有之壮志，故此不避万难，要以愚公移山的精神，负起在海外复兴中华文化之重任，来推行仁者教育，己立立人，己达达人，要培养出仁人君子，故创立树仁。”树仁学院把弘扬中华文化视为己任，注重培养学生爱国家、爱香港，追求理想，崇尚道德，注重实践，服务社会，倡导奉献精神，旨在教育出德才兼备的学生。1985 年 7 月 19 日，树仁社工系学生廖业允奋不顾身跳入石壁水塘，救起落水儿童。而廖本人却被洪水卷走，创造了舍身成仁的壮举。树仁毕业生在各行各业勤勉敬业，各显其能，受到香港社会的欢迎和赞誉。这和钟校长言传身教，朝夕传薪的精神分不开，这也就是钟、胡所倡导的树仁情怀。

树仁情怀还表现为钟期荣坚不改制的铮铮骨气和卓越远见。20 世纪 70 年代末至 80 年代中，港英政府在香港掀起改学制的轩然大波。原来，香港大专教育是“五四”美制、中制和“五三”英制双轨并行，英制中学与港大及英国本土三年制本科衔接，美、中制中学与中文大学、树仁学院衔接。70 年代末，港英政府补贴一百多所英制中学，为大学统一于英式学制准备生源。1985 年又为预科统一为英制二年做舆论准备，1988 年 6 月，港英政府倒行逆施，不顾港大校长王康武宣布要将港大学制从三年改为四年的校务会决定，发表《教育统筹委员会第三号报告书》，要将全港大学学士学位课程统一为英制三年。中大、树仁等大学和二十余个民间团体群情激愤。钟期荣博士参与各种群众集会，登台讲演，报章撰文，旗帜鲜明地大声疾呼，力主坚持大学实行四年制，反对改为英制。因为她深知，在《中英联合声明》发表和《基本法》公布后，港英政府将全港学制改为英制，是为主权回归后的香港埋下隐患；他们企图造成现行制度，钻五十年不变的空子，继续维持英制教育，与英国本土教育衔接，让学生大学毕业后赴英深造顺理成章，继续为香港培养代表英国利益的接班人，同时保护香港部分特权阶层的既得利益。因为现行港英制度规定，所有专业资格如医生、律师、药剂师、会计师等均系参加英国专业资格考试而获取在港执业权，为维护其特权地位，便有赖于英式教育制度在港长期不变，这样英国便可借其教育制度在港延续造成其无形统治与深远影响；与此同时，使香港教育与中国内地教育制度脱节，某些别有用心之人企图在教育领域兴风作浪，在香港政权回归后阻止人心的回归。因此，改学制在香港掀起了抵制狂潮，港大、中大和树仁的学生于 1989 年 2 月 2 日联合游行抗议，但港府不顾民意，一意孤行，以行政手段强行实施。对改制者每年给予高额拨款资助，不改制者分文不给。面临这种严峻的形势，身材娇小的钟期荣却昂然屹立于宝马山峰，毅然决定宁舍经援，坚决维持四年制学制。钟期荣得到了 1994 届以上树仁师生的签名支持。树仁在香港七所大学中成为独一无二、坚不改制的学校，这就是钟期荣威武不能屈、富贵不能淫、贫贱不能移的性格，也展现了其心向祖国的树仁情怀。

在多年的学术交流接触中，钟校长不止一次对我说，“我一定坚守到 1997！”这句话掷地有声，而实际坚守下来又是多么不易！其他大学的学生学习三年，港府准授学士学位，树仁学生学习四年，港府却一直不准授学士学位，仅准颁发毕业文凭。这种不公平待遇一直持续至今，树仁师生要承受多么巨大的压力！然而他们没有屈服。经费，对于办学是必

钟期荣与到树仁访问的金戈，摄于 1997 年 5 月

不可少的基本条件，其他大学每年都能从港府获得几亿甚至十几亿的经费，而树仁却分文得不到。加之中英会谈前后，香港部分阶层民心动摇，一些人携资移居海外，香港笼罩着悲观的气氛。钟校长却深信香港回归祖国必定更加繁荣和稳定，对人才的需求将更为迫切，她想，“人说不可为，我必为之，人曰不可留，我必留之，心柱立，大厦必成!”她决定利用这一点，在宝马山兴建新校舍，穷其所有，拿房契为押，倾毕生经费建校，1985 年建成了一座十二层高楼。校舍落成启用时，许多学生感动地称钟校长为“树仁之母”。在这之后，为进一步实现其办现代化大学的理想，又向港英政府申请扩建校舍工程用地。港府拨给一块倾斜 45 度的岩石坡地，企图让树仁望而却步，如果知难而进，则要耗费巨资。进退维谷，何去何从？钟、胡二位博士决心创造建筑奇迹。他们变卖私人物业，再次筹款聘请了一家有胆识有经验的建筑公司，历时五年，硬是在岩石坡地上凿穿岩层，深入地下几十米，栽下几十根不锈钢柱，硬是在钢柱上建成了十九层楼的图书馆综合大楼。1995 年 11 月，我正在中文大学访问，有幸应邀出席了图书馆启用典礼，所有来宾对这座引进国际网络电子资料库、光碟等先进设备的图书馆赞叹不已，更由此看出了钟校长对回归祖国的信念，对兴办大学的决心和信心。“心柱立，大厦必成”，这真是钟博士爱国情怀的历史丰碑。

在坚持“弘扬中华文化、以德育人”的办学宗旨的同时，钟校长立足港岛，面向世界，力主交流东西文化，提高办学水准，足见钟博士树仁情怀之开阔坦荡。树仁与英国、澳大利亚多所大学合作，开设法律、会计、经济等学科课程，毕业生经专业考试合格，在港执业会计师、大律师不乏其人。1979 年，树仁与美国路易斯安那州东北大学合作，在香港首创工商管理（MBA）硕士课程，建立国际最新企业管理专业。1986 年又与美国亚拉巴马大学合作，在港创建社会工作硕士学位（MSW），为社工系毕业生提供深造并获得硕士学位的机会。1986 年，钟博士应邀访问北京，翌年，人大校长袁宝华先生访问树仁，北大学者也随之来访。掀开了树仁与内地大学合作的篇章，树仁与北大签约开办法学本科四年制学士学位课程，20 世纪 90 年代以来，又与北大、人大、中国社会科学院研究生院合作，共开设了 10 个硕士学位课程，包括民法、经济法、国际法、中国古代文学、近代史、新闻学、社会学等。树仁与国内外高校合作，迄今共培养了 12 届硕士毕业生 500 余名。1994

胡鸿烈大律师、钟期荣校长与金戈在树仁，摄于 1997 年 8 月 23 日与人大合作举办的面向港澳台的大陆律师资格培训班结业式后

年经国家教委和司法部批准，树仁与人民大学法学院合作，在港举办“中国律师资格考试考前培训班”，港、澳、台人士踊跃报名，达数百人，经严格考试录取 200 余名，系统学习了与中国律师有关的 10 余门课程，并于 10 月在深圳参加了中国律师资格考试。钟校长首开系统介绍中国法学教育之先河，坚持 10 年，掀起了港人学习中国法律之热潮。

作为人大教师兼人大港澳台办公室主任，由于学术交流，我有幸结识钟期荣博士十来年，几乎每次见面老人都向我谈起办学之甘苦，而每次又都诚恳地说，“我一定要坚守到 1997！”她是那样的坚定、顽强、执着，又是那样的实干，我经常接到她亲笔写来的传真，为学术交流的每一个细节操心、着急、催促、追踪……呕尽心血。她的行动敦促着我，她的精神感动着我，树仁情怀唤起我的责任心和义务感，促我尽心助其一臂之力。

1996年树仁校庆25周年之际，国家教委朱开轩主任致信钟期荣校长："对树仁学院25年的艰苦创业历史及其取得的成就表示由衷的钦佩。"钟博士也题诗自勉：

树仁情怀似海深，
酸甜苦辣在我心。
书生报国本吾志，
朝夕耕耘力传薪。
春风化雨同此乐，
桃李成荫誉士林。
鞠躬尽瘁未觉苦，
但期仁道得昌行。

钟期荣博士凭借她的报国之心，树仁情怀和实干精神，率领她的师生一步一个脚印向1997走来。香港主权回归指日可待，许多朋友都热情地说，还树仁一个公道，是天经地义的。

（1997）

雪蕾明素志　佳果惠天涯

——拜读胡华遗诗并忆师友情

胡华老师离开我们已10年了，党史系要为他举办一个纪念活动，他的贤婿涓迅送给我一份未发表的《胡华诗抄》手稿——原来我只知胡华老师是一位史学家、名教授，却不知他还在紧张的学术活动之余写了这么多诗词。拜读他的诗作，老师的音容笑貌时时浮现在我眼前。我有幸结识胡华老师并亲聆他的许多教诲，成为他的半个门外弟子，是在上世纪80年代初，是我为革命烈士宣侠父写传记的那一段时间。

宣侠父是我党早期共产党员，和徐向前、陈赓、左权等同为黄埔一期学生，曾在冯玉祥西北军中长期从事地下工作和统战工作。20世纪20年代曾创建甘肃、宁夏中共党组织，参加北伐，30年代又在察哈尔抗日同盟军、上海和两广从事上层统战工作，西安事变后奉周恩来之命到西安从事上层统战工作，被蒋介石密令暗杀于西安。他是我父亲、叔父的革命领路人，是我的姑爷爷，因此当他被列为《中共党史人物传》传主时，为他写传记的任务就理所应当地落到我的肩上；那时我已调入人大中文系工作，教中国现当代文学，而宣侠父这位“左联”秘密盟员对“左联”的独特贡献还被历史封尘湮没着，我正好通过写传记进一步了解了“左联”历史。人大科研处把这个课题列入了计划，并拨给了我300元课题费，我便开始了工作。

这个课题的困难之处首先在于史料搜集，因为传主一生在白区从事秘密工作，很多工作是单线联系，他从事的又是上层统战工作，时过40多年，特别是经过十年浩劫，他的同事和工作对象如冯玉祥、李济深、蒋光鼐、蔡廷锴、章乃器、杜重远等均已谢世。而白区工作在“文化大革命”中几乎被全面否定，所以完成这一课题不仅要克服搜集史料之难，还要克服拨乱反正、实事求是地评价白区工作之难。因此，我经常去拜访胡华老师，向他请教。

胡华老师家在城里铁一号，在西郊红二楼223室有一间书房，为了专心教研与著述，

“文化大革命”之后，党中央决定中国人民大学复校，胡华于 1978 年 4 月被任命为中共党史系主任，住进校园红二楼 223 室，开始新时期中共党史学科的研究和教学工作

他平时住在书房，一般星期六才回城里的家。我有问题时就到他的书房去请教。红二楼是人大的单身宿舍，但一些结了婚的年轻教师也住在那里，一进楼道黑咕隆咚，要站一会儿才能使眼睛适应那里的光线，才看得见走廊里挤得满满的一个挨一个的煤炉、煤筐、纸箱等，才能小心翼翼地走进去，否则，不是碰掉别人的东西，就是把自己绊一跤。由于光线暗，房间号很难看清楚。胡华老师为了让人便于找到他，在门玻璃上贴着“胡华”二字。我每次都是凭着这两个字找到他的房间。他的书房很小，一头是门，一头是窗，两面墙几乎都是书架，案头和架上、床上床下到处都是书，东面墙上有两幅笔墨苍劲有力的条幅，上书革命先烈李大钊的名言：“铁肩担道义，妙手著文章”，我想这是胡华老师用以勉励自己的话，也是用以教诲学生的话，每次走进他的这间小屋，我总要把墙上的条幅默念一遍。近拜读其诗，得知胡华老师在 1959 年患肝炎于莫干山养病期间，曾为病友写诗，诗中有两句：“欲壮铁肩为尽瘁，且留妙手著文章。”他不仅将李大钊的名言转化于自己的诗中，也用以激励和鞭策自己的一生，化为自己的人格理想和学术座右铭。

胡华在初中学习的少年时代，就积极投入了反对蒋介石独裁的学运斗争，抵制国民党推行的“法西斯精神”，用稚嫩的肩膀担起了道义。抗战爆发后，16 岁的胡华又投入抗日救亡运动，和奉化中学的爱国青年一起创办“醒民剧社”和《战时大众》报，用一双妙手“从主编、核对到发行以至会计，什么都管，忙得不亦乐乎”（据《胡华文集》）。从此，开始了他一生为民族大义、革命大义而战斗的文章生涯。他一生从事中国现代史，特别是中共党史的教学与研究工作，著述数百万字，学生遍布全世界，著述也在国内外学术界产生很大的影响。正如后奕斋同志赠胡华的诗中所说：

人物如今数谁家？
风流儒雅说胡华。
三千弟子咨多士，
百万玑珠献异葩。

1978 年 4 月 21 日，胡华在临时搭建的简易木板房教室亲自为复校后的第一届党史专业本科生（77 级）上第一堂课

胡华老师青年时代就追求真理，他对共产主义理想充满了执着的信仰与信念，他冒着日寇侵华的烽烟，辗转数千里，奔赴延安，投身于革命的实践和理论活动，投身于党的怀抱，从此，把自己的命运和民族独立、祖国解放、人民幸福紧紧结合在一起。他的行动、思想和欢乐、忧愁无不与国家、人民休戚与共。他把自己的一生奉献给他的学生，奉献给党史研究工作，奉献给马克思主义、毛泽东思想研究的学术事业。这种奉献精神一方面来源于马克思主义，另一方面来源于中国历代知识分子“修身、齐家、治国、平天下”的人生追求。这也是中国 20 世纪革命知识分子的人生信条和文化人格。胡华老师是这支队伍中富有个性的一个典型。他的诗歌有对祖国大好河山的咏唱，有对井冈山、岳麓山、韶山等革命圣地的景仰，有对老一辈革命家毛泽东、朱德、吴玉章等由衷的歌颂，有对师友的怀念、凭吊和赠答，有对革命胜利和建设成就的放歌，也有对“四人帮”倒行逆施的激愤。他的诗常常借景抒情，有感即发，其中只有一小部分公开发表过，更多的是写给亲友、写给自己，留在自己的日记本中，没有名利的追逐。由于没有功利心，他的诗乃是个人审美心理的自然流露，这就形成了一个显著的特点：写真景，说真话，抒真情。当他登上雨花台时，对烈士缅怀之情和对烈士鲜血浇开百花的喜悦交融于心：“雨中独上雨花台，纵目山川送翠来。烈士血痕犹可觅，更看遍地百花开。”当他在井冈山面对毛主席、朱总司令当年挑粮歇息过的老槲树时，内心深处流淌出这样的诗句：“岭头槲树柱天边，领袖赍粮此歇肩，劳动何须分上下，时艰共济肇新天!”当他下放五台山时，他描绘了辛勤劳动的新时代的农妇形

象："万树梨花堆白雪，一群农妇束红装"；"汗满颈腮巾已湿，心存大寨意犹刚"；"晓迎旭日山头去，暮闻笑声下翠岗"。而在"四人帮"横行，人大被解散后，有一次他路过校门口，看到犹存的"人民大学"汽车站牌，他痛心疾首地写道："伤心惨淡过人大，站在校门痛咨嗟"；"男宠女宠狼当道，是耶非耶鹿为马。"对林彪、"四人帮"表示了极大义愤。翻读胡华遗诗，无论他的欢歌还是悲歌，都是发自内心的真诚的诗，由衷的歌，既是胡华个人"自我"的内心真实写照，也是一代革命知识分子的内心真实写照。

胡华老师给我印象最深的是他"妙手著文章"的治学精神；是"业精于勤"的勤勉和刻苦；是史论结合，注重调查研究，理论联系实际，实事求是的严谨学风。他在指导我写《宣侠父》一文的过程中，言传身教，耳提面命，使我深得教益。他总是强调："党史人物传要留给后人一部'信史'，因此一定要千方百计抢救史料、挖掘史料，以求占有大量丰富的史料，这是第一重要的工作。由于战争，特别是十年浩劫，许多史料遭毁坏，被散失，许多历史亲历者和见证人带着丰富的史料离开了我们，因此不仅要搜集公开发表过的史料，还要寻找未发表过的文字材料、各时期的档案资料，还要千方百计去寻找各个历史时期主要事件的亲历者和见证人，从他们的脑子里和口中挖掘活的史料。"遵照他的教导，我曾经到全国政协、甘肃政协和陕西政协去查看有关的《文史资料》和许多未发表的稿件，去北图和两省图书馆查了各历史时期的报刊，并作摘录，又去北京、兰州、西安等地访问了100多位亲历者和见证人，还在兰州找到了宣侠父在西北军中发展的党员的妻子。当时的学运积极分子和学校教师，找到甘南藏族拉什楞卜寺嘉木样活佛的哥哥黄正清先生，并找到了黄老为避国民党迫害、于20世纪20年代珍藏于干牛粪饼块中的，宣侠父亲笔写的《藏民文化促进会宣言》等历史文献，还谈了宣侠父亲到甘南，宣传和组织藏民的重要史实。在西安，我到公安局翻户籍卡找到了珍藏宣侠父条幅的朋友王黎昌。从当时健在的胡愈之、张克侠等诸位历史亲历者幸存者口中抢救记录了许多珍贵史料，从阳翰笙、丁玲那里获得了宣侠父对"左联"重大贡献的史料。也就是在这个过程中，我结识了刘涓迅（即胡华的女婿），他当时在张家口工作，正在搜集抗日同盟军史料。从此我们经常交换史料和信息，甚至一同访问知情人，一同去查历史文献，互相有很多帮助。

在占有大量史料基础上，在胡华老师指导下，我进行了去伪存真、去粗取精的史料整理和考察工作，做了大量卡片，并在此基础上进行了由表及里、由此及彼的判断、推理和联想。由于年代久远，不少当事人对同一事件的记忆和认识产生差异，甚至对人和事的判断有时截然相反，同一个人被此人说成是爱国将领，却被彼人说成是叛徒；或张三说某人是党的领导，李四又说他代表托派。某一个会议有谁出席？讨论和解决了什么问题？宣侠父起了什么作用？他的上级党的领导者是谁？属什么机构？这次会议在历史上起了什么作用？…… 面对这些问题，被访者往往众说纷纭，加之“文化大革命”中“四人帮”加给白区工作及白区地下党的种种诬蔑和不实之词，在如何对历史人物和事件做出正确评价的问题上，我遇到不少困扰。我经常把我调查来的材料梳理以后去请教胡华老师，他总是百问不烦地耐心解答。他经常微扬着头，眼睛似乎看着天花板，又似乎什么也没看，边思索边回答问题。他凭着自己对党史的渊博知识，常常帮我从一团乱麻的史料中理出头绪；有时在他如电脑般的大脑中检索出一两件我不知道的相关史实，让我加以联想，我立即感到茅塞顿开；有时又指点我看某书、某文，补充、验证或者纠正我的某一判断；有一次我把我发现的史料加以分析综合后对某一事件得出了与当时党史学界不同的结论，他十分欣喜，并多次鼓励我写出来到有关刊物上去发表，以实现其价值，但是由于我自认不是党史专业的人，也就没有去写文章。他曾对我说：“你干脆调到我们系来研究党史吧！我看你的条件很好。”我笑一笑婉拒了，我说我喜欢党史，但更喜欢文学，现代文学和党史分不开，“与君一夕谈，胜读十年书”，您就收我作个门外弟子吧！

为了核实我的史料的准确性、真实性，我曾想到中央档案馆去查资料，但未获准。胡华老师知道后给我出主意说：“你给中办主任冯文彬同志写封信，请他批一下，我想他会帮助你。”我照做了，不久便接到冯文彬同志的批准件。我拿着批件去中央档案馆，成功查到一些历史档案，不仅印证了我从幸存者口中抢救到的部分史料，更令我喜出望外的是，还查到一些鲜为人知的史料，比如我居然看到了宣侠父在20世纪30年代在一个军阀部队中编的小报，其中刊载有他自己写的笔锋犀利的杂文等。正是由于得到历史档案的核实，才保证了我把人物传记写成“信史”。

然而，胡华并不是一个以史料代替观点的资料考据者，他十分重视用辩证唯物主义和历史唯物主义的立场、观点来统帅史料。那时正处于拨乱反正、思想解放运动的初期，胡华总是告诫我：在纷繁复杂的史料面前，在对莫衷一是的人物和事件评价时，一定要坚持“实践是检验真理的唯一标准”。那时著名女作家丁玲的错案尚未改正，而我从小受到的教育及在大学读的现代文学史上，丁玲都是一个“坏人”，她在延安就受过批评，后来又成了“反党分子”，然而她是“左联”历史的参与者和见证人，我想去访问她，却犹犹豫豫。当时我父亲鼓励我去访问她，胡华也鼓励我去访问她，于是我带着头脑中笼罩着的极左教育遗留下的残云薄雾去访问了丁玲。当我访问丁玲之后，不仅了解到有关宣侠父对“左联”重要贡献的史实，还了解到抗战时期宣侠父对丁玲领导的西北战地服务团的重要支持。丁玲侃侃而谈，她对宣的敬佩之情溢于言表。她说：“宣侠父是文武全才，是我们服务团最热情的支持者，给了我们很大帮助，他出了很多的主意，教我们和国民党顽固派斗争……”我曾多次访问丁玲，通过倾心交流，我脑海中极左教育的余毒烟消云散，我和丁玲也成了忘年交。特别是丁玲饱经政治风云，却矢志不移的信仰和信念，她宽阔的胸襟、她的乐观和充满青春活力的智慧、她惊人的记忆力、她对战友和同志的热情……都给我留下了极深的印象。我对她的人格由衷地敬佩。她还用她那支饱蘸深情的生花妙笔写了一篇回忆宣侠父的长文。正是在写宣侠父传记的过程中，在胡华老师的言传身教之下，通过学习和运用“实践是检验真理的唯一标准”，逐步肃清了我思想深处的“左”的影响，让我能够用实事求是的眼光和笔触去拨乱反正，比较正确地评价历史上和现实生活中的事件和人物。实践证明，丁玲是一个可敬的革命女作家。

胡华老师勤奋而又严谨的治学精神是令人敬佩的，他十分推崇史学家范文澜的治学格言：“板凳要坐十年冷，文章不写一句空。”并以此为题写过一篇谈治学方法的文章，强调自学和知识的积累，强调聚精会神地看书，强调精通本专业基础上的博学和博闻强记，还讲了读书、思考和写作的具体方法，他主张“题目宁肯小些，内容力求充实”，反对“大而空”，而且强调对自己文章的修改加工，主张“力求做到‘事信言实’，就是文章内容严谨，事实准确可信，言必有据；文字通顺而有一定的文采”。他是这样说的，也是这样做的。他习惯于夜间写作，1950 年 4 月 1 日凌晨所作《夜歌》的序中说：“开夜车写作至凌晨拂晓，已成习惯。”当他写作一夜，清晨时见院中桃花怒放，欣喜地写了这首夜歌：“一夜桃花放，五更人未眠，苦茶一杯字三千，革命文章传遍。”1949 年他写《学习斯大林关于中国革命的学说》一文，“通夜写作连旦，凡一星期”，完稿后看到窗外瑞雪，他欣然命笔写了一首《雪霁夜写作连旦作》，诗中道：“雪光耀眼无穷白，松色映窗分外青。执笔沉思看月落，闻鸡起舞喜天明。”表达了他于勤苦中感到欢乐的心情，这种心情是知识分子在创造性劳动中体验到的幸福与快乐，是一种人生追求的审美境界。

胡华于 1986 年 1 月 20 日在人民大学 223 办公室与博士生们交谈

胡华老师治学的勤奋、严谨，追求知识的渊博、富有，是与他对物质生活的淡泊互为表里的。每当我来到他红楼中的陋室时，总是想起安于“居陋巷”、“一箪食，一瓢饮”的颜回精神。有一次我去拜访他时，由于停电，胡华正秉烛写作；又一次晚饭后我去时，他正坐在小板凳上看一个小黑白电视的新闻联播节目，不知是因为电视天线不好，还是什么其他原因，只能听到播音员讲话，却看不清画面人影。这位大教授用手一会儿拍拍电视机侧面，一会儿拍拍上面，随着他噼噼啪啪的拍打，屏幕上的黑白线条上下乱跳，他看见我站在门口欣赏他“调理”电视机，连忙说：“进去坐，进去坐！”当我走到电视机侧面时，忽听他高兴地喊道：“好了，好了，看到人了……”而我刚走过去，人影又消失了。他发现原来是我一时充当了天线，让他看到了画面，立即又喊道：“你快过来！站在侧面！试试看……”我站过去，形象又出现了，他连忙说：“不要动！不要动！”就这样我站在那里，充当天线，让这位著名大教授看完了一次有影像的新闻联播节目。看完节目后他很高兴，同时又很抱歉地说："对不起，对不起，坐下谈，坐下谈。"我摇头苦笑说："我很荣幸，能够为大教授充当一次天线。不过您的生活条件实在应当改善一下。"

中午我偶尔在教工饭厅吃饭，也总能碰到这位大教授和大家一样，或站或坐在餐桌前吃饭，有一次洗碗时碰到他，他手拿一只"文化大革命"中写大字报那样的小排笔在水龙头下刷他那个粘满白色油腻的搪瓷碗，我笑道："到底是大教授，洗碗还有这样的一把刷子。"他很认真地说："菜太油、水太凉，用这把刷子手就不会弄油腻了。""可是您的碗也永远洗不干净，您看，刷子在碗里涂油漆，涂来涂去涂不匀，您这个'教授油漆匠'，还不大高明啊。"他也笑了。那时市场上植物油供应还比较紧张，食堂都用猪油炒菜，我认真地说："胡老师，您不应当吃猪油炒菜，猪油对年纪大的人的心脏、肝脏都有不好影响，您一把年纪如果回家住，可以吃可口的饭菜，用素油炒菜，为什么老住在西郊天天吃大锅饭?"他说："大锅饭也很好嘛。我的书都在这里，写东西方便，也安静，适于写作。"后来，当他得肝癌去世的消息传来，我不止一次地想：如果他不是长年累月地吃猪油大锅菜，如果他注重饮食保健，他的肝病也许不会发展得那么快，也许还可以多活几年。

胡华老师指导后进也是在授业解惑之时，将勤奋严谨的治学之道毫无保留地传授。当我把《宣侠父》的传记稿写完呈于他案头时，他很高兴，说这个传主将一生无私地献给了共产主义事业，在白区为党做了很多工作，最后被蒋介石密令暗杀，而其一生却很少有人知道。这篇稿子写了一位党的白区工作英雄，很有价值。在翻看了稿子后又说：但是写得太长了，党史人物传每一卷只列入十位传主，因此，文章还要删节。后来他把稿子带到外地的审稿会上，亲自动笔修改，将一些文学性、描述性语言删了不少，因为这不是文学作品，而是历史人物传记，语言风格要和全书一致。但又告诉我，因为这篇传记史料翔实，观点鲜明，还是有分量的，所以决定把它安排在《中共党史人物传》第十五卷的第一篇。后来我这篇文章获得了中国人民大学的科研优秀成果奖。这其中浸润着胡华老师的多少心血啊。后来，这篇文章又曾被提名参加北京市级的科研成果评奖。为此，胡华老师给我写了很好的专家评语。不过，当时这篇文章是被推选到文学组去的，而宣侠父虽然是"左联"秘密盟员，他曾经在白色恐怖最严重、"左联"受文化"围剿"最困难时，从军阀部队为"左联"提供了三万银元资助，开办湖风书店，出版《北斗》等"左联"机关刊物，自己也出版过两本小说和诗文，但他一生主要功绩不在文学而在政治和军事方面，加上文学与史学之间的隔膜，因此我的论文落选。胡华老师听说后曾不无遗憾地说：你的文章应当推荐到史学组去，这一次走错了门。可惜的是，当时复印条件不好，胡华老师给我写的评语随评奖材料上报，没有留下一份作纪念，甚为遗憾。此后，他又动员我调到党史系工作，可惜我辜负了老师的一片殷殷之意。然而，在《宣侠父》的整个写作过程中，我一直亲聆胡华老师的亲切教诲，他勤奋而又严谨的治学精神、他诲人不倦的师者风范都给我留下了深刻的印象，激励我逐渐成长为一名比较成熟的大学教师。

胡华是一位执着于理想、信仰和信念的教授，也是一个开放的、思想解放的教授，他是人大最早走向世界的名教授之一。1986 年以后，我成为双肩挑干部。一方面在中文系教书，同时兼做学校的外事处副处长、处长。由于工作忙，很少和胡华老师见面。有一次，他突然到外事处来办出国手续，是应邀到澳大利亚访问讲学。他十分认真地问我如何办理出国手续，我一一作答。不几天他又跑来问护照、签证办好了没有，又担心出什么差错不能按时前往。我说："您放心，大教授，有您的学生为您办事，保证万无一失，办好了我会通知您，千万别亲自跑来了，您的时间太宝贵了。"后来他顺利出访，在那里的演讲很成功。不久，他又接到哈佛大学东亚研究所的邀请，我又帮他办出国手续，让他顺利成行。作为人大名教授，他的名字，他的成果，他的影响已经扩展到世界范围。

胡华海外学术交流的成功，给我的外事处处长工作增添了信心，也明确了思路。社会上有人把人大叫做"第二党校"，认为搞马列主义就不该或不易交流，这曾经影响了我打开人大交流局面的信心，但是胡华老师的成功教育了我。尽管党史学科是一个政治性非常强的学科，由于意识形态的根本性分歧，在西方，不少人对中国共产党及有关学科怀有政治偏见和误解，少数人（包括学者）甚至怀有敌意。然而，胡华教授的学术成果和他到国外的学术活动，以其无可辩驳的科学性赢得了国外学术界的正视和重视，使他受到国际学术界的尊重。胡华出访归来曾给学校详细写了出访报告和他的体会。他曾对我说："西方学者中有不少正直的人，他们尊重历史、尊重科学，过去没有来往，造成了隔阂、偏

1984 年 3 月，胡华在人民大学与美国《纽约时报》副主编索尔兹·伯里（右）及美国国务院外交官谢伟斯（中）会见，介绍"长征"历史

见、误解，甚至少数人由于政治立场不同怀有敌意。现在好了，他们看到我们的书，听到我的讲演，提出很多问题，我都坦诚回答，他们多数很满意。他们渴望了解中国，了解中国共产党，了解毛泽东。我们也需要了解西方。学者交流有利于消除误解，增进了解和友谊。我们的学科要发展，马列主义要坚持、要发展，一定要交流，哪怕是对方的误解和敌意，我们也应当了解，在了解对方的观点后有针对性地研究，才能有的放矢，才能发展我们的观点和学科。像过去那样封闭是不行的。我们一定要坚持改革开放，坚持学术交流。大多数外国学者还是尊重事实、追求真理的。”他的见解给了我信心，我想关键是我们自己要坚信马克思主义的科学性、真理性，是真理就能在交流、在碰撞中不断闪耀出科学之光。胡华在交流中表现出他信仰和信念的坚定性，也表现出求知和进取的渴望，既不自傲，拒人千里之外，或强加于人，又不自卑，放弃原则，成为学术洋奴，被人牵着鼻子走。他对待国外学者平等友好，不卑不亢，坦诚相见。这不仅是胡华个人的风采，也是人民大学一大批知名学者在交流中的风采，是人大风采，而且潜移默化，传给了年青一代。我常看到我校学者面对来访的国外学者或记者，既坚持学术的真理原则，又从容不迫、款款大度地发表自己的观点，甚至对一些敏感问题机智而有策略地回答，有理、有利、有据、有节，这种人大风采成为我当好外事处处长的强大支撑力。

同时，这种人大风采，特别是胡华教授交流成功的经验，在当时给了我直接启示：人民大学要打开对外学术交流的局面，就要努力宣传我校的重点学科、优势学科和名牌教授；千方百计为他们创造条件，把他们推到交流第一线。于是我了解了有关重点学科的优势所在，又要来了全校博士生导师名单，有计划、有步骤地把名教授推向国际学术交流舞台。有了他们，哈佛也好，牛津也好，就会对我们刮目相看；人大的知识财富也就汇入了人类文明的汪洋大海。

1987 年日本学术界召开了一个有关政治学的国际学术会议，邀请胡华教授出席，并且安排了他和其他三位国际知名教授在开幕式上首席发言。胡华为此做了认真的准备，寄去了论文，又到外事处来办手续。那一年有一位兄弟院校的教授在出国访问时突发疾病客死他乡，因此国家教委发文要求 60 岁以上的学者出访前要体检，取得市级医院的健康诊断书才能放行。我据此请胡华老师去体检，过一天他拿来一张校医院的诊断书，说：“我很好，没问题。”我半开玩笑地说：“不行，您这个大教授到校医院开个健康证明太容易了，也许是走后门开出来的呢！”他不肯去市级医院，说太麻烦了，我说：“您不要怕麻烦，健康不是您个人的事，

1987 年 4 月 11 日，澳大利亚学者泰伟斯与人大党史系座谈后合影

您是‘国宝’，我们要对国家负责，您还是一定去查一下。我们给您办出国手续，一定万无一失，您放心吧！”他依了，但是谁想到，这竟是我和胡华老师见的最后一面。他到市第六医院去检查身体，一查，就查出了胆道有病，又查出了肝癌，不得不住进了医院。为了尽快治好病，他不顾风险坚持要求手术治疗，而不接受保守疗法，我不禁又想起了他在 1959 年患肝炎养病时表达急切心情的诗句：“欲壮铁肩为尽瘁，且留妙手著文章。”然而，医学之手却无回天之力，胡华老师的日本之行化为泡影，成为他，也成为我们外事处同志的终身遗憾（他的论文后来被收入了大会论文集）。

胡华老师确实是太辛苦、太劳累了。在生病入院之前，他曾在北京饭店和《纽约时报》副主编索尔兹·伯里座谈了 9 天 9 夜，谈什么？他热情洋溢地向伯里介绍中国的新长征。伯里在 20 世纪 80 年代前期曾来中国搜集有关红军二万五千里长征的资料，那时胡华曾和他多次彻夜长谈，把很多故事讲给他听，还陪他去访问了许多中央领导同志和长征干部。索尔兹·伯里回去后写出了《长征——一个前所未闻的故事》一书，这是继斯诺之后，向西方介绍中国长征的又一畅销书，书中有 67 处引用了胡华的话，还有许多胡华介绍的长征亲历者的回忆。可以说，没有胡华的无私帮助，也不会有索尔兹·伯里的长征故事。1987 年，索尔兹·伯里再次来华，怀着友好的情谊，想写一本中国改革开放，进行“新长征”的书，向世界介绍改革开放的今日中国。许多中央领导人接见了他；他同时又一次虚心向胡华请教。尽管胡华当时已沉疴在身，但他置病痛于度外，凭自己对“新长征”的广博见闻和耿耿忠心，忘我地、无私地和索尔兹·伯里谈了 9 天 9 夜。作为一个无限热爱祖国的学者，他希望让全世界更多地了解中国的历史，也更多地了解中国龙腾虎跃的现实生活，他为此呕心沥血，鞠

1987 年 5 月 15 日，胡华在美国哈佛大学费正清研究中心中国革命史年会上回答学者提问

躬尽瘁，奉献了自己的健康和生命。“歌咏言”、“诗言志”，我又想起了胡华教授 1965 年下放五台山时所写的歌颂梨花的诗篇：

老梨新枝劲，迎春竞发芽。
雪蕾明素志，佳果惠天涯。
耐苦栖深谷，存心只利他。
昨宵风雨后，催开满树花。

是的，胡华教授的“素志”正是要“佳果惠天涯”，用他一生辛勤耕耘的累累硕果去普济天下，索尔兹·伯里是胡华佳果的直接受惠者。

“佳果惠天涯”——胡华的学者精神永存。

（1997）

教授的人格与风骨

——忆胡明扬老师

1997 年在对外语言文化学院全体教师会议上，胡明扬教授（中坐者）讲加强科研的重要性，右为本文作者

我是人大复校后调进中文系的，但我在现当代文学教研室，与胡明扬教授不熟，真正相识是在 1996 年人大对外语言文化学院成立后，在我担任首任院长的工作期间。学院成立之初，我感到压力很大，因为外国留学生的“汉语专业”本科生虽已入学一年，但合并建院的两个单位的教师大都没有本科教学的经历和经验，学院尚未建立符合本科教学规律的管理规范，甚至未纳入人大本科教学管理体系之内，难以保证教学质量。尤其是，领导班子办学思路不尽统一，教学中各自为战，各行其是的现象较多；当然与此同时，我也有办好学院的信心，学院的前景是光明的：一是对外汉语中心的教师十分爱生敬业，有基础教学的经验，语言文字研究所的教师在语言学和应用语言学研究方面有不少研究成果、领先优势；二是学院植根于人大校园，植根在文史哲经法各学科林木丛茂的文化沃土上，如能实行资源整合和共享，完全有可能借助学校综合实力加以选择，资源共享，为我所用。只要全院明确办学思路，步调一致，一定能把我院建成“具有人大特色的，国内一流、世界领先的”对外语言文化学院！我自己是渺小

的，我的任务就是尊重和珍惜学院每一位教师，团结和依靠这支优秀的教师队伍，依靠学院内外的专家学者，依托人大的综合实力，充分调动各方积极性、创造性和潜能。我深信我们学院定是大有希望的！

胡明扬教授是人大的“校宝”，是享誉国内外的知名语言学家，我必须拜老先生为师，虚心向他学习，发挥胡老师的导师作用和桥梁作用。我们领导班子决定聘请胡老师担任我院名誉院长，担任在职教师研究生班的班主任，并邀请他领衔主编与哈佛大学合作的《汉语基础》教材，领衔申报人大语言学与应用语言学博士点。正是在专心致志搞学科建设的过程中，我与胡明扬教授相识相知。他成为我的良师益友，给了我精神上的鼓励、学术上的指点、办学思路和实践上的鼎力支持。

我本人是从文学专业转行到汉语专业来的，外行要领导内行，困难重重，可想而知。面对语言学界，我是陌生的，有时也感到孤独。但是，幸运的是胡老师就是我身边的榜样，他原本出身于英语文学专业，坎坷的命运使他失去了从政的机会，却磨砺出一位学术视野开阔、造诣深厚的语言大家！千难万难，难不倒肯于学习、善于学习的人！榜样给了我信心。何况，文学就是语言的艺术，二者是相通的，80 年代以来我研究文学的思路和方法对研究语言也有所助益。我必须虚心上问，不耻下问，更要拼命读书，恶补语言学、汉语史、20 世纪汉语研究的主要成果、对外汉语教学的代表性成果，特别是汉语前辈“大家”的代表性成果，尽快让自己变成内行。否则，我这个院长有什么发言权？有什么资格来领导？经过学习和调研，我选定了针对外国人的“汉语专业”、“学科论”——作为我个人的研究课题，企图找到这一学科不同于母语“汉语专业”的特点和独特规律，企图证明这一学科的独立性和不可替代性，即论证这是一门不可替代的新兴的独立学科。以后，我把自己写出的论文都送给胡老师指教，胡老师收下了我这个“门外弟子”，肯定了我的课题是值得探索的，又指出某文章中某某特点不是汉语特有的，英语也有，我的立论站不住脚等等；也肯定了属于我的某一点新发现，坚定我的研究信心。这个研究虽然十分困难，却越来越引起我的兴趣，以至于退休后还在不断向胡老师请教。

胡明扬教授博学多才，他对汉语、方言、语言学、文化交流学等学科都有研究，中西兼容，古今相通；对语言与文学、语言与文化之间的辩证关系也视野开阔，卓有见地。所以在建院思路上态度鲜明地支持我把原先单一的汉语中心建成以汉语教学为主，语言与文化教学相结合的学院；建成教学成绩好，科研成果丰硕的学院。特别是以留学生为对象的

“汉语专业”，必须在一、二年级严格坚持强化听说读写技能训练，进行汉语基础知识教学；作为学历教育，还必须贯彻高等院校本科“厚基础、宽口径”的培养原则，让学生在三四年级掌握中国文学和中国文化的一般基础知识，培养汉语言文化的“通才”。文史哲等文化课程也必将反过来进一步强化学生的听说读写技能，提高汉语知识，加强外国学生更广泛、更灵活的汉语运用能力和汉语思维能力。这样的学生毕业时才能够适应社会需要，才具有就业竞争力。记得在按这一思路办学实践一年之后，在1996—1997学年结束时的总结会上，我做了总结汇报。会后学院教师聚餐联欢，音乐声中胡老师微笑着向我走来：“来，金戈，我要请你跳舞。”“可是，我跳不好……”“我也二十多年没跳过舞了，今天我特别高兴，你的总结报告讲得好！学校终于为这个学科派了一个明白人来当家！我真高兴！所以，我一定要请你跳舞！”我十分意外，更十分感动，人生得一知己足矣，胡老师是我事业上志同道合的知己忘年交！

1999年，胡明扬教授在人民大学对外语言文化学院主办的现代汉语硕士研究生班开学典礼上讲话，他同时担任该班班主任

胡老师是一个严格、严谨，甚至“严酷”的人。他对学生的教育和对师资队伍的培养要求严之又严。我院的年轻汉语老师长期以来教学任务繁重、科研时间少、能力较弱、成果也少；甚至有的人没有研究习惯，有的对科研有畏难情绪。然而，如果没有科研的根基和科研成果的积累，那么教学质量必然难以提高，难以适应从进修（非学历教育）过渡到学历教育的需要，所以院办公会决定要加强科研。我们请来胡老师举行有关加强汉语和语言学科研的讲座，他以切身体会讲了科研与教学的辩证关系，讲了科研的重要性和必要性以及科研能力的培养和锻炼方法。

另外，经学校批准，学院还决定为年轻教师办研究生班，提高他们的学历层次和研究能力，并决定聘请胡老师担任班主任。胡老师欣然应聘，挂帅上阵。他亲自帮助设置课程，不仅聘请院内和中文系知名教授来上课或讲课，还聘请校外专家来讲座。他不顾年迈、路远，亲自来西郊做讲座，甚至在星期六——学生上课的时间——也常到校监督、检查、听取学生意见和要求；常常与教学秘书联系，关心教学进程的每一环节。胡老师针对学生外语普遍较差的弱点，强调对外汉语教师必须掌握1～2门外语，并且亲自聘请外语系有经验的教师来强化英语课（包括精读、听力、写作、翻译等）。许多兄弟院校的年轻老师慕名前来，踊跃报名，从者如云。但是，个别以为花钱混一混即可买到硕士证书的人，被胡老师近乎体育界“魔鬼训练”的严酷教学而吓退；然而，多数前来求真知者，都十分珍惜胡老师掌门办班的学习机会，在繁忙的工作中坚持完成了两年的课程学习任务。课程结束后，学生要求写论文、答辩，胡老师亲自指导每个学生，拟定题目，亲自辅导，殚精竭虑。结果，在20多人中，有三分之二的学生通过了国家的硕士研究生外语考试，有50％的学生通过了硕士论文答辩，后来还有几位攻读了博士学位。他们在感叹胡老师教学“严格”、“严厉”、“严谨”、“严酷”的同时，一致赞叹：“胡老师的人大硕士班课程含金量就是高！让我们终身受益。”这批学生后来都成为各自学校的教学、科研骨干。

胡老师是一个尽职尽责、一丝不苟的人。凡事不仅亲力亲为、锲而不舍、善始善终，还特别尊重按科学规律办事。我们曾响应国家汉办教材会议的号召，与国外高校强强联手，共同组织编写适合海外高校需要的汉语教材。胡老师帮助我院联系，与哈佛大学东亚语文系现代汉语部签订了合编教材的协议，由胡老师担任中方主编。在教材编写过程中，胡老师首先强调体现“因材施教”原则，明确了教材的对象是“以英语为代表的印欧语系零起点学生”，内容要适应学生来华学习和生活之必需；其次，他强调教学目的是培养学生听说读写能力，以能力培养为中心、传授用法为重点、安排大量练习；还要兼顾扫除中西文化差异形成的价值观念、思维方式和风俗习惯等障碍，并为此重点编写了注释。难能可贵的是，作为一个尊重科学规律、求真务实的人，胡老师深谙实用性精神产品的生产过程长，需要实验周期，需要经过时间考验，教材的质量需要接受教学实践的检验，不如此不能证明其科学性和实用价值，所以他毫无急功近利之心。领导班子换届后，在本院安排教材的试用阶段遇到了困难，教材的出版也成了难题。胡老师又与何宝璋老师联系，促使

1999 年 9 月 29 日，胡明扬教授亲自给研究生班学生讲课

教材初稿在哈佛大学教了两遍，发现问题后又反复修改完善，力求打造成精品教材。两年后，在胡老师多次对我电话催促下，本来“不在其位，不谋其政”的我，不得不与人大出版社再度联系出版事宜。历时 7 年，几经周折，这部教材才大功告成。要是没有胡老师锲而不舍的坚持，这部教材恐怕早就夭折了。胡老师是一个一心做好事的人，一旦决定起步，就会排除万难，坚持到底，力争取得好成果，决不半途而废！

胡老师曾命我为教材写序，我则情不自禁地在文章里写出了胡老师对我们学院建设所做的种种贡献，这完全是我发自内心的感动和感激，是我的一片真诚，但那部分文字却被胡老师全部勾掉了，他还专门打电话批评我：“我是让你写这本书的序，不是让你表扬我！你为什么要写这么多没用的话!？我全部勾掉了！不要！”胡老师真的生气了，他也是一片真诚啊！这，就是胡老师的人格魅力。

胡老师对学院的建设和发展，对汉语国际推广事业，一直十分关注和关心，一直倾注心血。他认为要办好这一切，办好学院和大学，关键是教师。所以，他除了关心教师的业务之外，更关心的是，教师是否能够人尽其才，是否心情舒畅，是否能够在一个宽松的环境里成长和发展，他认为这是校长和院长的第一责任。他常常为此奔走呼号，几乎是见一次校长就强调一次。而退休后有所懈怠的我，有时劝胡老师：“咳，说也没用，您就别……”他不止一次地反对我说：“你这样不对。我这就是为了学校！为了人大！不管他们爱听不爱听！反正我要说！你也应该去说！这是我们的责任！”他这种老一辈知识分子“知其不可为而为之”的进取精神，在“教授治校”言论不能得到充分尊重的现今体制里，在“明

胡明扬担任主编的人民大学与哈佛大学合作编写的汉语教材

知不对，少说为佳”圆滑世故的恶俗氛围里，是多么的弥足珍贵！更难能可贵的是，老人家不仅这样说，而且这样做。他，是非分明、胸怀坦荡。对人，特别对晚辈教师既严格又宽容。如果某人有什么缺点、弱点，他看得一清二楚，会毫不含糊、直言不讳地批评你；但从不因为你有过缺点错误，甚至有过对不起他本人之处，而限制、阻碍你才能的发展。有的人在“文革”中，或在工作中，对胡老师曾经有过不道德的言行，他却不计前嫌，反而是一有机会，就为其寻找施展才能的机会。在研究生班设计课程、聘请教师时，他一视同仁地安排这样的人也来讲课，让他们的一技之长得以发挥，使知识得以传承，更为了让学生受益。

“君子坦荡荡”，这，就是胡明扬教授的可贵人格。

我们怀念胡老师，更要珍惜和学习胡老师的君子品格。

（2011）

捷报飞去当纸钱

——怀念我们的爸爸廖鲁言*

我们的爸爸廖鲁言被迫害而死已6年多了，是祸国殃民的林彪、陈伯达、康生及“四人帮”夺去了爸爸的生命。

廖鲁言

人总是要死的，一个革命者投身革命，就随时准备用生命去殉壮丽的共产主义事业。我们的爸爸，从他十八岁入党的那一天起，就抱定了这样的决心。然而，我们的爸爸，他没有死在国民党反动派的监狱里、刑场上，也没有死在抗日战争与解放战争的战场上。谁能想到，在他忠心耿耿地为党、为人民战斗了三十五年之后，竟被一小撮阴谋家、野心家捏造罪名，被诬陷为“叛徒”投入监狱，受了五年的摧残和折磨，悲惨地死在康生、“四人帮”篡党夺权的阴谋之中……那一年爸爸刚满59岁！

那是1972年11月19日，凌晨3点多钟，妈妈和仲武被猛烈的打门声惊醒，仲武急忙起身开门——当部里来人报告了关押狱中的爸爸病重的消息时，半身不遂的妈妈正发烧躺在床上。仲武摸了一下妈妈的额头，轻轻地说：“爸爸病重，我去看看。”便急急忙忙跟部里来的人一起赶到了北京军区总医院。

仲武一进病房，只见爸爸躺在病床上，满头白发，面色憔悴，双眼微睁。他的气管已被切开，胸口猛烈地起伏着，呼吸十分急促。那时的爸爸已经昏迷不醒，没有知觉了。仲武来不及走到床前叫一声爸爸，就被人带到另一间屋里，那里站了几个穿军装的人，医生向仲武介绍了情况：“‘59号病人’是18日下午6时被送来的，经照相检查确诊为肺炎，

* 注：此处指作者的公公，正文中的妈妈亦指作者的婆婆。——编者注

晚 9 时被收住医院。入院后他曾感到饥饿，给他吃了桃酥和牛奶。我们对他的救治是尽力的，后来为了吸痰，等不到家属来商量了，我们征得病人本人同意，给他切开了气管……”

仲武听着介绍，想着昏迷不醒的爸爸，心急如焚，情况太危急了，必须赶快去找哥哥廖玉。廖玉听到爸爸病重的消息，顾不得刚刚早产才七天的幼子和病中柔弱的我，马上和弟弟一道向医院赶去。一到医院，廖玉便向专案组请求给爸爸转院，遭到拒绝。又提出请爸爸从前公费医疗的北京医院医生会诊，专案组一个成员冷冷地说：“我们看没有必要了，你们自己如果要找，我们也不反对。”仲武心焦地说：“人快不行了，是否准备了抢救?”回答说：“该准备的都准备了。”我们信以为真，稍稍放了心，便到走廊里给北京医院打电话，电话还没打完，看守爸爸的战士跑来报告说：“心脏已经停止跳动了。”兄弟俩扔下话筒跑进病房，看见原来插在爸爸气管里的皮管已经拔掉，廖玉说：“管子怎么拔了?”一个医生模样的人边把皮管又插回爸爸的气管，边说：“反正没有用了。”接着他又用双手在爸爸那袒露的胸部推了两下，就结束了全部“抢救”工作。

怎么能看着爸爸就这样死去?我们不死心，又请求医生做最后的拯救——开胸心脏按摩。他们说：“那要和外科联系。”他们上楼去联系，兄弟俩焦躁地等着，时间一分一秒地过去，兄弟俩一支烟接着一支烟抽着，医生们还不下来，而护士们都忙着收拾屋里的东西，我们当时还不明白，这场抢救已经收场了。兄弟俩还抱着希望，怀着信任，等着，等着。半个小时过去了，医生们才无精打采地下来，兄弟俩急忙迎过去，得到的却是一句冰一样冷的话：“我们认为不用做了。”原来是这样，“该准备的都准备了”，可是究竟准备了什么啊?难道准备的就是让我们看着爸爸断气?这个印象实在太深刻了。

我们的爸爸就这样似乎是明明白白，实际上不明不白地死去了。啊，爸爸，您就这样突然地，又是永远地离开了我们，从您自己走进病房，到您心脏停止跳动，仅仅八个小时。您离开了我们，临终来不及看我们一眼，也没能留下一句遗言，您连您的两个儿子来到身边都不知道。兄弟俩又是多么傻呀，兄弟俩总认为您不会死，您才 59 岁啊。兄弟俩误以为您真会得到尽力抢救，以至于在您生命那最后的几分钟，还在无为地请求着，竟来不及在您身边叫一声“爸爸”，唉，爸爸，如果您临终能听到您的孩子的亲切呼唤，您那颗受尽屈辱和摧残的心，也会得到些许的安慰吧?

兄弟俩再一次走到床前，只见爸爸一只眼睛睁得很大，另一只眼睛也半睁着——死不瞑目啊！是的，爸爸，您还没有看到那伙奸人贼子覆灭，您还没有看到自己和战友沉冤昭雪，您怎么能闭上眼睛呢！兄弟俩看着爸爸的遗容，把满腔悲痛、满腔仇恨深深地，深深地埋在心底，却始终没有掉一滴眼泪——我们的泪泉枯竭了，我们的血液凝固了，我们的心像一块铁，又冷又硬……

亲爱的爸爸，就这样死去了，一个四十年党龄的共产党员，一个四届人大连续任命十年的部长，一个被人诬陷戴上“叛徒”帽子而又长达五年定不了性的审查对象，一个没经法律起诉、没有判刑而关押到死的“犯人”，一个没有被法律剥夺公民权而又不准用自己姓名的“59号病人”——这就是我们的爸爸和我们永别时的复杂身份。我们的爸爸，您死得好惨，死得好冤啊。

兄弟俩承受着这突然降临的不幸，戚然而又愤然地离开了医院，真不知道怎样把这不幸的消息告诉病中的妈妈。回到家里，才发现本来就发烧的妈妈病势更重了，她昏昏而睡，体温高达40℃！好心的舅舅陶桓禾帮助我们把妈妈送进医院。爸爸尸骨未寒，妈妈又在患肺炎——真是祸不单行啊！兄弟俩只得日夜守护着妈妈，她烧得说胡话，喊叫，有时还从床上跳起来。看着妈妈，想着爸爸，心像在油锅里煎，妈妈要再有个意外，我们可怎么办啊……

在极度的悲哀、忧虑、紧张、劳累中熬过了三天，第四天，负责爸爸那个专案组的人叫廖玉和仲武到部里谈话，那个姓王的开口第一句话就是：“你们的父亲问题很严重，你们知道吗?”“什么问题？我们不知道。”“小报你们看了吗？不是都登了吗?”“小报登了，那能算数吗?”当时我们很难相信自己的耳朵，中央专案组审查了五年的严重问题，却早已在五年前由小报定了性！接着他盛气凌人，连唬带吓，叫我们和爸爸划清界限。但是，经过五年多血与火斗争的教育，我们明白了许多事情，不再像“文革”初期那样简单幼稚了。我们不禁想起了“文革”初期的一件往事。

那是1966年10月初的一个星期天，爸爸接到一个电话，叫他到部里去一趟。爸爸去了半天才回来，脸上的表情十分严肃。从他简短的谈话中，我们知道部里开了批判会，让他交待所谓“叛徒”问题。记得当时，爸爸看着我们疑惑的眼睛，泰然说道：“就是1936年那件事，那是按北方局决定办的，中央知道。”“那至少是一个错误吧?”我们问。“错误，那得看怎么说，我看也很难算得上。”爸爸的态度十分明朗，这个问题连错误也很难算得上，他坦然地抽着烟，我们的心情也渐渐平静了……

时任农业部部长的廖鲁言 1958 年在中南海怀仁堂最高国务会议上做关于《农业发展纲要 40 条》的说明报告

五年来，我们全家都一直等待着。爸爸在监狱里等着，妈妈和我们分散在祖国的东西南北等着，我们坚信党中央毛主席一定会给爸爸做出实事求是的正确结论，一定会宣告他无罪！可是爸爸没有等到这一天。那些倚仗“四人帮”权势捧着专案铁饭碗的人，五年定不出一个结论，他们那些“划清界限”的叫嚣又能吓倒谁呀！然而我们又清醒地意识到，爸爸被迫害而死了，而迫害还未结束。果然，那些以害人为快乐的家伙，逼我们把爸爸去世的消息马上告诉生命垂危的妈妈，我们坚决拒绝了。接着，他们又向我们传达了他们主子的条条禁令：“不准泄露廖鲁言死亡的消息。”“火化遗体不准用廖鲁言这个名字，只准用从国民党监狱出来时用过的廖广鏖那个名字。”“骨灰不准放八宝山，你们自己处理，或者就不用要了……”

在这种情况下，爸爸的后事再简单不过了。兄弟俩从家里找了一块旧线毯给爸爸铺上，找了一套爸爸穿过多年的旧衣服，给他穿上，把爸爸的遗体安放好，为了留一个纪念，也为了将来给妈妈看，事先征得专案组同意，给爸爸的遗体拍了照。可是我们的胶卷最后竟被专案组没收了！

兄弟俩强忍住悲痛，轻轻为爸爸合上双眼。爸爸呀，您的冤案是一定要昭雪的，您老人家瞑目吧！兄弟俩护送爸爸的遗体上了火葬场的汽车，看一眼爸爸那饱经忧患的面容，再看看这所医院的院子，我们的心悲痛欲裂（这个院子四十年前是一所军医学校）。我们的爸爸16岁在南京江宁一中参加学生运动被开除学籍后，考入北京军医学校，那时爸爸就在这个院子学习，他在这个院子里投身革命，在这里加入了地下党，成为一个奋发有为的革命战士，那时爸爸怎么会想到，四十年后他又会回到这个院子，悲惨地死去呢？……

廖玉与仲武弟兄俩护送爸爸的遗体，乘车穿过北京熟悉的街道，多少近近远远的往事涌上了心头……

廖鲁言、陶桓馥夫妇一家的全家福，摄于1965年

汽车开过府学胡同，我们不禁想起25天以前，在这条胡同的一所院落里和爸爸会面的情景：那是爸爸被关押五年之后第一次和我们见面，也是爸爸生前最后一次看到我们。那天的情景清晰地存留在我们的记忆里：一别五年的爸爸，无情的岁月染白了他的头发，暗无天日的牢房使他的面容消瘦苍白，然而爸爸目光坚定，精神振奋。我们凄然微笑着，把

这五年来家里的情况告诉了爸爸，当然是尽拣好的事情讲，拣那些给他希望和力量的事情讲——仲武结婚了，有了一个儿子叫小京，爸爸看着没见过面的孙子的照片，高兴地笑了。接着爸爸又拿起小毛毛的照片仔细端详着，这个最喜欢让爷爷剪红五星的孙儿已经戴上红领巾了，他欣慰地说："吔，这小毛越长越像戈儿了嘛。"爸爸舍不得放下那张照片……可惜的是，当时我们以为以后见面的机会能多起来，就没有把孩子们带去，现在真是追悔莫及。那次见面，廖玉还趁陪爸爸上厕所之机悄悄告诉爸爸："林彪叛党叛国，在蒙古摔死了。"爸爸点着头说："我知道林完蛋了，还有陈，在林之前。"爸爸完全是通过对报纸的分析判断出林、陈的可耻下场的，因此他十分乐观。当我们和爸爸离别时，问他需要什么东西，他满怀信心地说："不要什么了吧，很快可以出去了，我还可以继续为党工作。"谁能想到，"为党工作"，竟成了爸爸留给我们的最后遗言。

兄弟俩护送爸爸的遗体，乘车经过西单十字路口，这里也印着爸爸战斗过的足迹。40年前的8月1日，爸爸接受党的任务，行进在要求政府抗日示威游行队伍的前头，他手拿行动号炮刚要点响，一个可耻的叛徒躲在阴暗的角落里指出了他，出卖了他，爸爸就在这十字街头被捕。谁能想到，40年以后，爸爸又被林、陈、"四人帮"等叛徒野心家，被这些杀人不见血的刽子手夺去了生命……

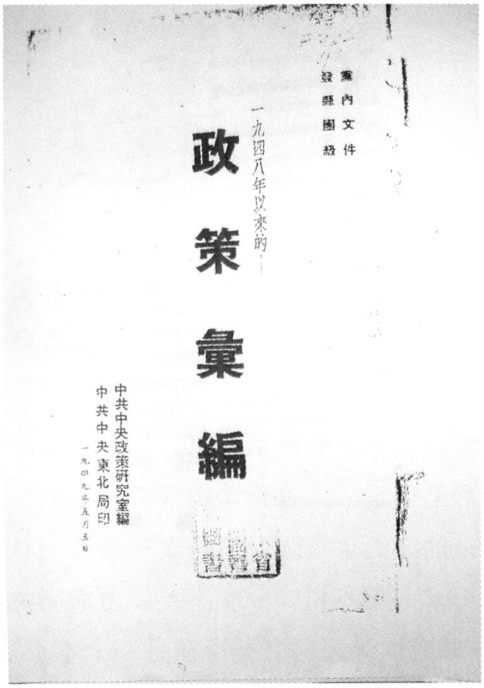

廖鲁言1948年在西柏坡担任中央政策研究室副主任，负责协助彭真参与制定一系列中央政策，汇集成册，发往各中央局

兄弟俩护送爸爸的遗体，乘车经过西郊万寿路路口。万寿路，这是爸爸解放后工作和生活了十多年的地方，爸爸伏案工作的身影又浮现在我们眼前，他不是亲自起草有关农村工作的文件，就是亲自给毛主席、周总理写调查研究的报告。凡事亲自动手，这是爸爸工作的特点，所以他总有写不完的东西、处理不完的事情。他中午从不午睡，晚上又总是工作到深夜两三点，星期天也很少休息。爸爸每件衣服的肘部都磨破了，那是他伏案辛勤工作的最好见证。

1964 年 5 月，廖鲁言（中坐者）在大寨调研 20 天

万寿路啊，爸爸多少次从这里出发去农村。他曾受毛主席和周总理指示到大寨调查研究，又到石家庄农村参加“四清”运动…… 万寿路啊，有多少个黎明，爸爸从中南海回来，从毛主席、周总理那里回到家中，他满面春风，毫无倦意。我们清楚地记得，爸爸每次从主席那里回来，总是马上坐在桌前，全神贯注地整理毛主席的谈话记录。把有些记在脑子里而没有来得及记在笔记本上的主席的话，补充到笔记里去。爸爸曾担任中共七大候补代表七大记录组组长，所以他的记忆力很强，记笔记的能力也很强。他每次整理笔记总是十分认真，一丝不苟，反复地回忆、核对、补充，力求一字不错，一字不差，力求完整准确地记下主席每次珍贵的教导。爸爸每整理好一份讲话，就让秘书誊写在另一个本上，誊清以后爸爸自己再拿过来，认认真真地从文字上再顺一遍，最后亲自誊写在一个硬壳笔记本里。像这样的笔记本，爸爸有一大摞，那是爸爸最珍贵的财富。每当爸爸打开这些笔记本，重温主席的讲话时，神情是那样专注……

可是现在，爸爸被一小撮坏人整死了。此时，毛主席、周总理一定不知道，爸爸生前有多少好战友、好同志，他们也全不知道，就连亲爱的妈妈也不知道。只有兄弟俩护送爸爸的遗体乘车穿过北京冰冷的街道，只有弟兄两人给爸爸送葬，世界上哪里有如此草率的葬礼啊！爸爸献身革命四十年，却落得一个这样的结局，我们怎么能不寒心、不心酸啊！

当我们捧起爸爸的骨灰盒，伫立在冬天寒冷的风里，我们从头凉到脚，茫然不知所往。祖国啊，你有九百六十万平方公里的大地，我们的爸爸给你做了十多年的农业部部长，今天，他去世了，哪里是他的葬身之地啊！寒风在大地上呜咽抽泣，我们无限惆怅。经过反复考虑，我们终于打定主意，把爸爸的骨灰暂存老山骨灰堂。

1961 年 6 月，安子文与当年草岚子监狱中的部分战友合影。前排左起：朱则民、马辉之、王玉堂、徐子荣、刘亚雄、刘锡五、廖鲁言、孔祥祯、魏文伯、薄一波、安子文、刘澜涛、周仲英、胡锡奎、冯基平；后排右起第二人为刘竞雄

存放骨灰用什么名字呢？用廖广磨吗？好，就用这个名字，这是一个经过千锤百炼的名字。廖广磨，他十九岁被国民党反动派逮捕，在草岚子监狱里度过了四年零三个月；他在薄一波领导下参加了一系列英勇斗争，他孜孜不倦地学习马列主义，翻译马克思主义著作，在狱中宣传马列主义；他和难友们共同坚持了为时七天的绝食斗争，争得了学习和生活条件的改善；他曾和难友一起，脚戴重镣，自豪地走过长安大街，到敌人军法处拒绝“反省”，粉碎了敌人一次次诱降阴谋；他被折磨得患了肺结核和关节炎，连放风都要靠同志们背进背出，但他不屈不挠，大义凛然，表现了共产党人的崇高气节。廖广磨，这是一个服从中央决定的共产党员的名字，他服从党的需要，牺牲个人尊严，走出监狱，奔赴抗

日前线。廖广麐，这是一个值得自豪的光荣名字，我们把这个名字恭恭敬敬地写在骨灰盒上，后来又在盒外插了一张爸爸的遗像。将爸爸的骨灰盒安放在老山骨灰堂。

爸爸去世以后，沉郁的日子一天天过去，七十多岁高龄的妈妈，经过医院全力抢救，转危为安了。妈妈清醒后第一句话就是："爸爸怎么样了?"我们强忍住内心的哀恸，按照准备好的假话说："爸爸已经好一些了……"就这样，爸爸去世的事情，我们一直瞒了妈妈两年半。这两年半的日子多难熬啊，仲武回贵州去打铁了，廖玉回房山去上班了，只有星期天才回家。妈妈和我住在一起。我们从不主动谈起爸爸，妈妈有时悄悄地问："爸爸怎样了？咱们再打个报告去看看吧。"我们总是忍悲含痛用谎话搪塞过去，我们心如刀绞，可脸上却不敢有丝毫流露。妈妈有时叹息着说："爸爸什么时候能有结论？什么时候能回来呢?"唉，妈妈，我们明明知道爸爸再也不会回来了，却还让您怀着希望，盼着，等着，这是多么残酷啊！

1973年的春节，我们家几乎渺无炊烟。妈妈还在医院里，我在月子里受到一连串灾祸打击，病势加重，奶水全无。我那新生的小儿子由于没有奶吃，满了月还是瘦得满脸皱纹，出生才35天便患了肺炎、佝偻病，也被送进医院；同时，我的爸爸也在关押五年之后住进医院。一家人都在死亡线上挣扎，谁有心思过节啊！

廖鲁言1938年在山西新军209旅任政治部主任

1974年的春节来临了，我们家度过了那一段最艰难、最凄凉的岁月，廖玉在组织的关怀下被借调进城里工作，我们希望新的一年给我们带来一点好的消息，因此想好好过个年。可是到了吃年夜饭的时候，我把菜摆上了桌子，妈妈蹒跚走进厨房，拿了一把筷子，她的表情是严峻而深沉的，她绕着饭桌一双一双地摆着筷子，我们默默地数着，一共是十双。顿时我们明白了——如果爸爸和仲武一家全都回来，全家团圆不正好十口人吗？我们咬住嘴唇，忍住眼泪，从饭桌边躲开。妈妈呀，爸爸再也不能和我们一起吃年夜饭了……结果，大家心事重重，默默无语，无滋无味地吃着年夜饭。看着不知真情的妈妈，看着不晓人事的孩子，我们把无奈和无限辛酸化成泪、化成血、滴在无边的

中央政策研究室副主任兼国务院参事室主任廖鲁言，于 1952 年 5 月 6 日给各国工会代表团做土地改革的报告

暗夜里……

妈妈始终得不到爸爸的消息，她的疑虑随着岁月的流逝而一天天加重。我们几次想把真情告诉她，可是话到嘴边又咽了回去。后来一些爸爸妈妈的老战友，那些忠实可信的伯伯阿姨劝我们说："把真情告诉妈妈吧，心不明是最大的痛苦，不要再折磨妈妈了。你们的妈妈经受过很多考验，要相信她是坚强的，是不会轻易倒下去的。"我们何尝不了解妈妈，她是 1927 年 4 月入党的老党员，曾经两次被国民党逮捕入狱，经受过严酷的考验，她也有一副钢筋铁骨啊！

1975 年春的一个星期天，屋子里的空气好像凝固了似的，叫人透不过气，妈妈好像预感到了不幸，她试探着问向廖玉："爸爸究竟怎样了？究竟还在不在？"廖玉克制住自己的悲痛说："妈妈，爸爸已经不在了……"妈妈惊讶得从椅子上站起来问："什么？什么时候？""就是那次生病。"妈妈的眼泪扑簌簌掉了下来，她一手颤抖着按住桌沿，一手抹去眼泪。"妈妈，你要哭就痛痛快快哭一场吧，不要憋出病来。"廖玉恳求着说。可是妈妈却止住了眼泪，重新坐在椅子上，久久地沉默着……

1979年1月26日 星期五 第二版 人民日报

沉痛悼念我党优秀党员、中国人民的忠诚战士

刘锡五 王其梅 廖鲁言 徐子荣 胡锡奎 平反昭雪追悼会在京举行

华国锋叶剑英邓小平李先念陈云汪东兴等同志送了花圈

李先念同志主持追悼会 胡耀邦同志致悼词

新华社北京一月二十五日电 廖鲁言、徐子荣、胡锡奎、刘锡五、王其梅同志平反昭雪追悼会今天下午在北京全国政协礼堂举行。

华国锋、叶剑英、邓小平、李先念、陈云、汪东兴、王震、韦国清、乌兰夫、方毅、邓颖超、刘伯承、许世友、纪登奎、苏振华、李德生、吴德、余秋里、张廷发、陈永贵、陈锡联、胡耀邦、耿飚、聂荣臻、倪志福、徐向前、彭冲、陈慕华、赵紫阳、赛福鼎、谭震林、李井泉、张鼎丞、蔡畅、廖承志、姬鹏飞、阿沛·阿旺晋美、谷牧、王任重、康世恩、粟裕、宋任穷、沈雁冰、康克清、王首道、杨静仁、张冲、帕巴拉·格列朗杰、江华、黄火青等同志送了花圈。

中共中央、人大常委会、国务院、中央军委、政协全国委员会、中央纪律检查委员会、中央办公厅、中央组织部、中国人民解放军总政治部、全国总工会、全国妇联、团中央、国务院农业委员会、国务院办公室、农林部、公安部、教育部、中国人民大学以及有关的军区、省、自治区、市、县的党委和革委会，也送了花圈。

李先念、王震、韦国清、乌兰夫、方毅、纪登奎、苏振华、吴德、余秋里、陈锡联、胡耀邦、倪志福、陈慕华、赛福鼎、李井泉、姬鹏飞、阿沛·阿旺晋美、谷牧、王任重、康世恩、宋任穷、康克清、杨静仁、张冲、江华、黄火青，有关部门的主要负责人，五位同志的生前友好，有关部门的群众代表，共一千二百人参加了追悼会。

李先念同志主持追悼会，胡耀邦同志致悼词。悼词说，我们怀着十分沉痛的心情，为中国共产党的优秀党员、中国人民的忠诚战士廖鲁言同志、徐子荣同志、胡锡奎同志、刘锡五同志和王其梅同志平反昭雪，恢复名誉，并对他们的不幸逝世，表示深切的悼念。

悼词说，廖鲁言同志是我党八届候补中央委员，原国务院农林办公室副主任、农业部部长、党组书记。他在青年时代，就献身于中国人民的解放事业，积极从事革命活动，是北平学生运动的著名领导人之一。一九三二年参加中国共产党。同年因叛徒出卖，被捕入狱。他在监狱中，表现坚贞不屈，在监狱党支部的领导下，同国民党反动派进行了英勇顽强的斗争，始终保持了共产党员崇高的革命气节。一九三六年出狱后，被派到山西工作，他同阎锡山的反共倒退的阴谋活动进行了针锋相对的斗争，为坚持党的统一战线工作、改造旧军队、发展壮大人民武装，做出了积极的贡献。一九三九年廖鲁言同志到延安后，在党中央、毛主席的身边从事党的政策研究工作。新中国成立后，廖鲁言同志在毛主席、周总理的直接领导下，长期担任中央政策研究室、中央农村工作部和农业部的主要领导职务。在这期间，他协助党中央制定了我党农村工作的路线、方针和政策，为我国农业的社会主义改造和建设事业，建立了很大的功绩。他是我国农业部门一位优秀的领导干部。

徐子荣同志是我党八届候补中央委员、第三届全国人民代表大会常务委员会委员、国务院内务办公室副主任、公安部副部长、党组副书记。一九二七年参加中国共产党。他从青年时代起，就接受马克思主义的教育，立志献身于中国人民的解放事业和共产主义事业。在第一次国内革命战争时期，他积极参加革命活动。在第二次国内革命战争时期，参加了杨靖宇、李鸣钦同志领导的农民运动。一九三二年被捕，在党支部的领导下，在监狱中同敌人进行了坚决勇敢的斗争，表现了共产党人大义凛然的革命气节。一九三六年出狱后，立即被派往晋冀鲁豫等地区，投入党的工作和抗日救亡运动。在抗日战争和解放战争中，他长期在军队中担任领导工作，参加过开辟豫西嵩山地区抗日根据地和许多重大战役，坚决执行毛主席的军事路线和党的各项政策，是我军优秀的政治工作干

1979 年 1 月《人民日报》刊载追悼会的消息

过了不久，更加不幸的消息来到了我们家中。那是 1975 年 10 月，农林部来人向我们宣布中央专案组给爸爸做的审查结论。当妈妈听到爸爸被定为"叛徒"，并被宣布开除党籍时，妈妈悲愤交加，痛哭起来，她大声质问道："那是中央的决定，廖鲁言有什么责任？你们说！你们说呀！他有什么责任？"爸爸已经不能为自己的冤情辩护了。妈妈，作为爸爸的战

友当然有权替爸爸大声疾呼，据理辩护。哪一个共产党员不是把自己的政治生命看得比生命重千倍万倍？怎能容忍那些阴谋家任意草菅？他们故意篡改历史，硬给爸爸戴上“叛徒”的大帽子，他们用罪恶的黑笔给爸爸，给许许多多清白无辜的共产党人脸上抹黑，给我们光荣的党脸上抹黑，想把我们亲爱的党搞臭、搞烂、搞垮。爸爸的冤案不仅是个人的冤案，也不仅是他们同案的一个个难友的冤案，而是党的冤案，因为党章上明确规定：“党员个人服从组织，少数服从多数、下级服从上级、全党服从中央。”那么怎么能把按照中央指示办事的人诬为叛徒？怎么能把数十年勤勤恳恳为人民服务的人说成人民的敌人？不，这绝不是党的判决，这完全是诬蔑、是诽谤、是政治陷害，这真是千古奇冤啊！我们家两代共产党员绝不能容忍。妈妈在廖玉的帮助下替爸爸写了申诉，把真实情况报告党中央、毛主席。我们坚信，经过斗争，爸爸的冤案一定能昭雪，横行一时的坏人也终究逃脱不了历史的惩罚！

廖鲁言家属在追悼会上

“文化大革命”初，康生、陈伯达、江青一伙抛出“61人叛徒集团”假案。从此，冤案假案成山，鲜血眼泪成河，多少身经百战的将军、元帅，多少经验丰富的部长、书记被关进牛棚、投进监狱，甚至被迫害致死。相比来看，我们家的悲剧只是整个国家悲剧的小小片断，到1976年“天安门事件”被打成反革命事件时，悲剧达到了高潮，也接近了尾声。“四人帮”在丙辰清明把亿万人民投入冤狱，然而物极必反，历史的辩证法无情，人民愤起冲破牢笼，砸碎监狱，“四人帮”的末日也就来到了。到了10月，华国锋主席为首的党中央根据清明节人民的意志，把万恶的“四人帮”押上了历史的审判台，亿万人民扬眉吐气，“文化大革命”终于以人民的胜利“四人帮”的彻底失败而告终。

李先念主持了1 200人出席的追悼会

当我们行进在锣鼓喧天的游行队伍中时，我们那被哀伤和仇恨凝固了的血管才冰雪消融，浑身的热血又重新沸腾，干涸了的泪泉又汹涌澎湃，我们尽情地流下悲喜交加的热泪。我们不禁想起了爸爸，想起了那些和爸爸一样被迫害致死的老共产党员们。今天的胜利来之不易，付出了过多生命的代价，我们应该记住这十年的悲剧，记取这些血的教训，发扬民主，健全法制，为了我们的孩子、为了中华人民共和国的子孙，再也不许类似的悲剧重演！

党的十一届三中全会给一连串重大冤案平了反，爸爸的冤案也得到昭雪，妈妈和我们终于熬过了苦难的岁月，盼到了、等到了这一天！亲爱的爸爸，我们要把那漫天捷报当作纸钱，在您灵前焚祭，您在九泉之下瞑目吧！您那一颗丹心将继续在我们胸中跳动，您的满腔热血将继续在我们血管里奔腾……

您活着，活在人民不朽的事业里！

(1979)

家事　家教　家风

——怀念百岁爸爸金城

爸爸——永远的微笑

爸爸金城离开我已经15年了，15年来，日思夜梦，爸爸慈祥的目光始终注视着我，伴随着我，仿佛从来不曾离去。他是一个普通的老干部，参加过“农运”、“工运”，在白区工作过，坐过牢。从延安“抗大”结业到后来，爸爸说他一生只做了一件事——统战工作。他立了一条家规：不该知道的不要问！直到我退休后，读回忆录，与老同志交谈，才得知一点他做外交和情报工作的蛛丝马迹，可惜为时已晚，我已无法破译爸爸曾经的多重社会角色……但是，作为爸爸，他的慈爱和严格，他的言传和身教，却桩桩件件历历在目。他的理智与情感，如丝如缕，绵绵不绝，萦绕于我的胸中脑际。

红装素裹皆相宜

1949年秋，我和弟弟金矛上了小学，爸爸很忙，我们很少回家，回家也是吃食堂。那时是供给制，津贴很少，偶尔，爸爸在晚上带我们到东华门大街的“馄饨侯”吃一碗馄饨，买几个芝麻烧饼夹猪头肉，就是极大的享受了。那时“馄饨侯”还是小摊儿，他们的骨头汤又浓又香，我和弟弟往往先喝完汤，碗里还剩几个馄饨，就把碗递过去，摊主又热情地把汤加满。好像那时他们只在夜晚摆摊，相邻的还有两个小摊，“馄饨梁”和“馄饨王”，生意颇好。

1953年改成薪金制，爸爸有了工资，我们的生活就大大改善了。我家孩子少，按人均生活费在里李阁老胡同35号统战部大院里属中上层。我们家住在南半部马路西最北的一排平房最东头的一大间房子里，是老交大的教室隔成的，里、外屋再用白布帘子隔开。“里屋”小，只摆一张木板搭的双人床，是爸爸的卧室；“外屋”有办公桌和一套沙发，是爸爸的办公室、客厅兼我和弟弟周末回家住的卧室，长沙发是我的床，两个小沙发对接是弟弟的床。那时我们可以两周回一次家，当我们回到家时，就发现家门口摆着一个小煤球炉子，炉门只留一条缝，炉子上有一锅汤。一掀锅盖，黄澄澄的鸡汤咕嘟着小气泡，香气充盈大院。鸡汤是爸爸给我们准备的，那时还是吃食堂，但是可以打饭回来，加上自己家里炖一锅鸡汤，是很奢侈了。那时的鸡汤可比现在的香多了，闻到就要流口水。

1956年，我们家开始自己做饭吃，这时我们才知道爸爸是烹饪高手，他还教给阿姨做自己的家乡饭菜。爸爸很会吃，也讲究吃，堪称美食家。爸爸常说：“现在生活条件好了，有条件就要吃得好一点，有营养身体才能好。生戈儿时，是延安最艰苦的时候，戈儿生下来才4斤多，一年一次肺炎。现在有条件了，要加强些营养。”

如果有亲友或我的同学来，爸爸总让阿姨多做几个菜，而且他老是亲自给客人夹菜，总怕人家吃不饱。大约是1953年国庆节，音音、小凤和徐小莉到我家来玩，爸爸为我们蒸了一大锅螃蟹，让我们吃了个够。那是我们第一次吃螃蟹，不知从何处下手。爸爸一会儿教这个掰螃蟹壳，一会儿又帮那个剥蟹钳，末了还把掏空了的蟹钳壳做成一只小鸟——小鸟有着白色的尖尖小嘴，黑茸茸的头，白亮亮的尾巴翘着，栩栩如生，引得大家拍手叫好。他还亲自调制了糖、醋、酱油混合的佐料，加上许多姜末，嘱咐我们要多吃姜，因为螃蟹性寒，生姜可解寒，吃完螃蟹又让我们每人喝一碗红糖糯米稀饭，说是暖胃……我们还真长了见识，别提多高兴了。爸爸说：“我们自己家人可以吃得简单一点，对客人就不能小气!”于是，对客人全心全意的热情和慷慨，成了我家的传统。直到今天，我也喜欢亲自烹饪爸爸教的“金家菜”来款待亲朋好友。我的儿子毛毛常说：“我就盼家里来客人，我妈准会认真做饭，我们就可以跟着解馋了。”

至于穿衣，爸爸说：“干净、整齐就可以了，不必太讲究。”他衣着朴素，一件圆领衫，一条短裤，多是长裤剪短了改做的，外加上班带的两件行头：一把芭蕉扇、一杯泡好了的茶，经常就这样去办公室了。我家虽然孩子少，但我和金矛都常穿补丁衣裤，特别是裤子，屁股上补块大饼，膝盖上补两块或方或圆的小饼干，一直到改革开放前均如此。我和我的许多同学一样，从小就学会了自己用袜板补袜子，后来，还学会了踩缝纫机补裤子，做裤子。那时的干部子弟也大都如此。手最巧的是音音和伟力，音音曾给我的二儿子做过一件绣花小坎肩，是小家伙最神气的衣服。伟力是陈云伯伯的女儿，有一年她给我们几个同学一人裁了一件连衣裙，我自己用缝纫机轧好穿上，十分舒适。家里孩子多的，小孩子捡大孩子的衣服穿更是常事。那时北京的中学生，衣着素雅是一贯传统，女附中也不例外，大都穿学生蓝衣裤，夏天则是黑色或蓝色的裙子配白衬衫。女附中1959年制定的校服也是白衬衫，学生蓝色前后包裹胸背的短背带裙。

我却有点个别，在夏天的女附中是一个“时髦”姑娘。爸爸虽然没说女孩子应当穿花衣服，但是每年夏天我都会穿一件新的花布连衣裙。因为那时爸爸有机会到上海出差，就会亲自为我挑选花布，他曾买过两块白地上印有大大小小红蓝蝴蝶的白细布裙料。我和我表姐后来用这块布料各做了一条裙子，特别引人注目。1959年，爸爸还给我买回一块枣红色上面有黑色突出梅花花纹的布料，说：“这是上海的新产品，叫静电植绒，梅花是鼓起来的，你摸摸。喜欢不喜欢?”我高兴得直跳。外婆手特巧，细针密线地给我缝了一件对襟滚着细黑边的中式夹袄，还盘了蝴蝶纽扣。这件衣服让我在国庆十周年的大会堂和苏联展览馆看演出时颇出风头，一根粗粗的长辫子拖在身后或胸前，典型的中国姑娘！

当然，也有人给我提意见，说我爱穿花衣服，不艰苦朴素，甚至上纲上线说我“沾染了资产阶级思想”，这种批评在上北大后尤甚。但是姨姨*却坚持说：“蓝布要三四角一尺，花布才两角多一尺，又便宜又好看。难道穿便宜的布不朴素，穿贵的布就朴素了?”所以爸爸和姨姨依旧给我做花布裙子，每年过年还要做一件新的花布棉袄罩衣。当然，“新三年，旧三年，缝缝补补又三年”的习惯仍保持着，穿补丁衣服去政协礼堂或怀仁堂看电影看戏也很自然自在——正所谓，红装素裹皆相宜。不像现在的孩子，比着穿名牌，穿件旧衣服就觉得不体面不自在。对于吃和穿，我们都很讲实际，没那么多偏见，倒是爸爸的上海花布呵护了我爱美的天性，这是让不少女孩儿羡慕的。

爸爸说：“人要会享福，也要能吃苦，身体好，吃苦才有本钱。鱼肉美味有条件可以吃，但是没有条件，吃糠咽菜也要能吃得下。以前我们做地下工作，吃不起鱼肉，宣侠父曾说过‘豆腐干加花生米一起吃，味道有如金华火腿’，他吃得津津有味。人要什么艰苦

---

* 注：此处指作者的继母。——编者注

环境都能适应，人能吃苦，才能有坚强的革命意志。你们大学毕业后，要服从分配，到艰苦的地方去工作，要改变国家‘一穷二白’的面貌，是要吃很多苦的，要有思想准备，也要有好身体的准备……”

没想到，我一上大学就遇上了三年困难时期。市场骤然萧条，我们每人都减了粮食定量，爸爸还主动降了两级工资。那时弟弟在哈军工，姨姨随歌剧院到苏联去访问演出。过阳历年时，家里只有爸爸、我和阿姨三个人。我在北大得了浮肿病，提了两袋共两斤的黄豆面回家，那是学校发给我的营养补助。我想家里一定有好吃的等着我，可是真没想到，家里竟然只存了两棵白菜！菜叶子都干了！灾害来得太突然，家里没有任何吃食的储备。阿姨扒下几层干白菜叶子用水泡软了，“炒”给我们吃。吃饭时三人默默无语，我不禁问道：“爸爸，怎么会突然变成这样了？好像比在延安时还苦呢！”爸爸也说：“是呀，我也没想到，现在怎么会变得比在延安时还要苦……”

我因患浮肿病，医生命我休养，于是住在家里。春节快到了，行政科打电话来叫阿姨去一趟。阿姨回来喜气洋洋，一只手提着一块猪肉，另一只手提着一只鸭子，说是机关分的年货。我拍手说：“这下好了，过年弟弟回来有肉吃了！”没想到爸爸下班回来，指着鸭子和肉问：“哪里来的？”“机关分的，交了钱了。”爸爸一脸严肃地对阿姨说：“不行！大家都没有肉吃，我们怎么能吃肉？你马上把这些送到大灶去，跟大家一起吃。”阿姨很不以为然：“这是分给您的，您怎么这样！”“不行！你马上送回去！”阿姨没有办法，不得不提起肉和鸭悻悻而去。过了一会儿，又拎着鸭子回来了，说：“人家灶上有，我说了半天，人家才把肉留下了，硬让我把鸭子提回来。”又说：“您不吃，还不给您闺女吃点儿，都浮肿了，给补补吧！”阿姨嘟嘟囔囔地提着鸭子走进厨房：“家家都分了，就咱们家老爷子！真死心眼儿！”直到这时，爸爸才默然不语了。一事当前，首先考虑群众的利益，这就是爸爸这一代共产党人的思维定势。

爸爸上完初小就辍学了，童年失去双亲，寄居于大哥门下，大哥过继给一个地主，继承了一份家产。爸爸给大哥家做“牧牛佬”，吃饭和长工在一起。在他强烈的要求下，才得以一边放牛，一边读书，勉强读完高小。按他的家境和学历，在当时混个温饱并不太难。他那一辈堂兄弟九人，到1949年，有的在家务农，有的加入了国民党，只有爸爸和四叔走上了革命道路。他曾于1926年加入国民党，然而他和四叔却又在1927年6月——那个血雨腥风的暗夜里，把脑袋掖在裤腰带上，脱离了国民党，毅然加入共产党。为什么会做出这样的人生抉择？不是出于生计，而是出于觉悟、出于信仰和理想。为了千百万劳苦大众的解放，为了建立美好的共产主义社会，为了那个崇高的理想，他选择了成为职业革命者，他抛弃了温饱乃至小康的生活，抛弃了国民党那边“锦绣前程”的利诱……爸爸是一个为了人民、为了理想，将生死置之度外的人，难道还会怕吃苦吗？爸爸后来在上海、香港做地下工作，曾当过工人，发动过工人革命。爸爸在香港做汽车喷漆工时，工钱很少，顿顿只能吃糙米饭甚至霉米加臭咸鱼，连青菜都买不起。有一次我小姑婆金铃（宣侠父烈士夫人）去看他，发现他的脸又黄又肿，病倒在床上起不来，小姑婆烧了碗青菜汤给他喝，他才慢慢缓过来……爸爸不是苦行主义者，却是一个为了理想，自讨苦吃的人。

延安交际处原址门口文物碑

爸爸的廉洁奉公是一贯的，小时候我写信都不准用他的办公信纸信封，上大学时也从没用公家的汽车接送过我。爸爸在家门口欣喜地送我去北大报到，而我当时的男友廖玉——清华大学自行车队的队员——借机大显身手：他后车座上驮着我的箱子，前车把上放着我的行李卷，冲锋在前，我自己背着书包，骑着我的飞鸽车紧随其后。爸爸只是嚷着：“当心！注意安全！骑慢一点！”我向他自豪地招招手，风驰电掣，驶向北大。凡事自己动手，自己克服困难，不依赖父母，不沾父母权力的光，是我颇为得意的事。

上世纪80年代，爸爸在北京医院住院时，刚巧我也在医院做了一个小手术，然后到病房去看爸爸，我借机请求爸爸说：“今天我做了个手术，可不可以请老杨（司机）送我回家？”爸爸想了想说：“那就让老杨送你到地铁口吧……”殊不知，我下了地铁还要倒汽车才能回到三环路以北的家。我明知是奢望，却还要张口乞求爸爸，真有点后悔，便急忙说：“算了吧！到地铁口不远，我自己走吧！”爸爸就是这样一个人。那个年代，像这样做的又何止爸爸一个人呢？毛主席家的李讷、董必武家的良翚……我们不是一起骑着自行车从北大回家的吗？一路上说说笑笑，高高兴兴，好不快活！廉洁奉公，蔚然成风，这，就是那个时代的党风。如果哪个高干子弟胆敢坐着公家的汽车（注意，那可是只归爸爸使用的，绝不是“爸爸的”私车）招摇于北大或清华，绝不是什么光荣，一定会遭来众人的白眼，说不定还会在团支部会或党支部会上招来一顿“特权思想”、“脱离群众”等等的批评。老百姓敢于监督党的高级干部及其子女，这，就是那个时代的社会风气。

梦回拳拳慈父心

大概因为我是爸爸唯一的女儿，又多灾多病，所以爸爸对我最操心，也最心疼。若不是爸爸的悉心呵护，我很难长大成人。爸爸是我梦到最多的亲人；他那慈爱的目光，总是流露出对我无尽的惦记；他那拳拳之情，又总是引起我对他无尽的怀念……

记得幼时，妈妈去东北的第二年，延安流行脑膜炎，由于发病急，又缺医少药，已经死了好几个人。弟弟和我都不幸染病，爸爸下午刚把弟弟送进医院。半夜里我又发起高烧，爸爸又把我送进医院。医院离家有十几里地，爸爸又焦急又辛苦，但由于医治及时，保住了我们姐弟俩幼小的生命。

我这一生，病病歪歪，爸爸为我求医问药操碎了心。爸爸曾说：“你这个孩子是吓大的。”我当时还听不懂，直到我面对高烧不退的儿子，急得心惊肉跳茶饭不思时，我才尝到了“吓”的滋味。一个“吓”字，道尽了爸爸对女儿生命疼爱的全部酸甜苦辣！

当我年过半百，爸爸自己也沉疴在身、久卧病榻，可他依然对我的健康日夜惦念……爸爸静静地躺在病床上，闭目养神，我轻轻地走近他，俯下身去，端详着爸爸苍白的面容，恨不能自己代替爸爸去受疾病的折磨……爸爸感觉到我来了，睁开了眼睛，对我端详良久，似有千言万语，可他已不能说话，他的气管已经被切开……忽然，我感觉到爸爸的手在被子里动，想把手抽出来，我帮着他，他颤颤巍巍地抬起手来，抚摸着我的面颊，又用食指左右划着我的嘴唇。我点了点头，学着爸爸平时的口气说：“你脸色这样不好，嘴唇一点血色都没有……”爸爸微微点了一下头，我安慰他：“爸爸，您别为我操心了……黄种人嘛，脸色就是这样……”我企图用玩笑拂去爸爸心头的忧虑：“我会自己注意的……您好好养着吧，您好了，我脸色也就红润了……”爸爸又慢慢举起手来，用四个手指在我双眼上各按了一下，我顿时明白了：他一直惦记着我的白内障，多次催我去做手术。我说：“您放心吧，一放假，我就去做手术，一定！”他微微点了点头，疲倦地闭上了眼睛……

爸爸对我的爱，如老蚕吐丝，绵绵无绝，直至他生命的最后一息。而我却是爸爸患病的15年中，尽力最少的。爸爸知道，我在忙教学忙科研忙行政忙家务，他对我很理解，因为他自己的一生也都在奉行工作第一、他人第一，所以他从来不怪我去医院太少。可是我知道，爸爸没有一天不想念我。特别是星期天（那时一周只休息一天），他从早上就盼着我、等着我，我紧赶慢赶到医院时，往往已是下午四五点钟了。爸爸见我第一句话总是说："怎么现在才来？"我无言以对。爸爸懂得我的无奈，便抓紧时间，把攒了一星期的话一一告诉我，又把攒了一星期的惦记一一询问我。后来他不能说话了，每天就把要跟我说的话写在小纸条上，塞到枕头底下，每周都攒下一厚摞纸条，我去了，他就窸窸窣窣地将纸条摸出来递给我，我就一张一张地边翻看着，边跟他聊天。可是，我们聊不到一小时，爸爸又问道："几点了？你走吧，快回去给二毛做饭吧。""没事儿，我再待会……""快走吧，二毛一定饿了！"爸爸催促着，他总是这样，对家里的每一个人有着无穷的惦记。现在，在这个世界上，再也找不到一个人，像爸爸那样，天天盼着我来，等我来了，又因为他惦记着的另一个人——他的隔代骨血——小外孙，而频频催促着我走了。

我的家人，是爸爸跟我聊得最多、惦记最多的话题：

"二毛怎么样？还犯病吗？药有效没有？要想尽一切办法给他治病！"二毛的病是我的心病，这个"文革"时生下的病孩也是老外公的心病。他说："有人歧视二毛，我知道，说他治不好，说他傻……他很可怜，你对他一定要有耐心，要慢慢教他。医生的话，不能不信，也不要迷信，什么'预后不良'、什么'不能自理'，我就不相信！孩子还这么小，下结论太早了……"

告慰外公——二毛经过14年的工作锻炼考验，于2009年年底终于获得了人民大学的工人资格

爸爸还不止一次给我讲老教育家黄齐生老人的故事："王若飞小时候四五岁还不会讲话，别人说他笨，可是他舅舅黄齐生就不相信，说他是大智若愚，他努力教他，王若飞六岁才会讲话。可是，后来他成为我们党的领导人……所以，你和小玉（指丈夫廖玉）对二毛一定不能放弃，要耐心教他。特别是你，不要急躁，要慢慢来，要多想办法。"二毛是不幸的，但他又有幸生活在我们这样一个家庭里，他今天能够成为一个基本上自食其力的人，很大

程度是得益于外公及全家人为他营造的关爱、鼓励和呵护的温暖环境。

爸爸怀抱 1 岁的外孙毛毛，摄于 1964 年 5 月

“毛毛为什么老不来？工厂加班？”“毛毛是个好孩子，他小时候很会讲话，现在来了坐在那里，很少讲话……‘文革’中他太小，心灵受创伤很深，你要多体贴他。”毛毛从生下来，就养在外公家里，每到周末保姆休假回家时，毛毛就被外公外婆抱到楼上，睡在他俩中间。我要带毛毛睡觉，爸爸就说：“你不会带，走开走开！”……一次，毛毛发高烧，吃药打针，几天不退，躺在小车里，直喘粗气，我呆呆地坐在小车旁，心急如焚，一筹莫展。爸爸下班回来，俯下身去摸摸毛毛的额头说：“已经出一点汗了，会退烧的。”又说：“你把毛毛抱起来，拍拍他，给他唱唱歌，来回走走……”“我怕把他惯坏了，书上说，小孩生病时一哭就抱，容易娇惯出毛病来。”“什么‘书上说’，‘书上说’！本本主义！乱弹琴！小孩子生病的时候最需要什么？最需要的是母亲的体贴！你懂不懂？什么叫‘体贴’?!”爸爸狠狠批评了我——这个“唯书是从”的书呆子。我抱起了毛毛，他紧紧依偎在我的怀抱里，我轻轻地拍着、唱着、摇着、来回走动着。爸爸教我当妈妈，就是这样过来的。

写到这里，我不禁又想起一件事，爸爸还曾经带我丈夫廖玉睡过一夜觉呢。那是 1967 年冬天的一个夜晚，我们已被扫地出门，几家人合住在一所房子里，不给烧暖气。廖玉从 401 所回到家，想洗澡，就端了一个蜂窝煤炉子放到卫生间里……爸爸叮嘱说：“把窗子开一条缝，快一点洗，小心煤气！”边说边在外面踱来踱去，等着他出来。不料，忽然听得

“咕咚”一声，“不好！真中煤气了！”爸爸大喊一声，飞起一脚，把门踢开…… 当廖玉苏醒过来时，发现自己躺在地上的被子上，身上也盖着被子，爸爸和姨姨蹲在旁边，焦急地注视着他。不知道两个老人是怎么把他从卫生间里拖出来的，他们想把他抱上床去，又实在抱不动，便只好…… 看见廖玉睁开了眼睛，他们俩才长长地舒了一口气。那天，我不在家，爸爸怕廖玉发生什么意外，执意叫他跟自己睡一张床，一会儿叫他喝水，一会儿给他掖被子，整整忙乎了一夜。爸爸就是这样一个对家人体贴得无微不至的人。

…………

爱——及人之老幼

“老吾老以及人之老，幼吾幼以及人之幼”，爸爸又是一个有着博大爱心的人。

我家有一个奶奶，叫王守渝。她是王若飞的舅妈，老教育家黄齐生老先生的夫人，王若飞从小在他们家生活，由他们抚养成人，并成为一个革命家。不幸的是，1946 年 4 月 8 日，王若飞、黄老及他的孙子黄晓庄跟叶挺、邓发、秦邦宪等乘飞机在山西黑察山遇难，奶奶一下子失去了三位亲人，真是天大的打击！那时她老人家住在延安交际处，受到了爸爸周到的照顾和安慰。解放战争时，老人家又随机关一起撤退到山西临县崔家坪。1948 年春天，爸爸和我姨姨陈复君结了婚，姨姨原来是黄晓庄的妻子，战争期间，除了搞“土改”，还要陪伴奶奶。从爸爸姨姨结婚开始，奶奶也就成了我们家的一员。老人家跟我们一起从临县到新绛又辗转经石家庄来到北京，历时一年多，一路上受到爸爸姨姨无微不至的照顾。

爸爸在延安窑洞里办公

记得刚进城时，敌机常来北京上空骚扰。开国大典那一天，爸爸要到天安门上去工作，姨姨去参加游行。奶奶和我们在怡园饭店楼顶上看游行。爸爸临走时叮嘱我说：“万一听到警报，你要扶着奶奶下楼，到地下室去，要注意安全，可不能把奶奶摔着……”那一年，我们在北京搬了五次家，奶奶一直跟我们在一起，她就是我们的亲奶奶。1962 年奶奶病故，遵照她老人家的遗嘱，爸爸将奶奶的骨灰送回了延安，跟爷爷黄齐生合葬在一起……

爸爸特别爱孩子，我和弟弟在战争年代远离父母，上初中以后，才过上了比较完整的家庭生活，一直到我和弟弟大学毕业。

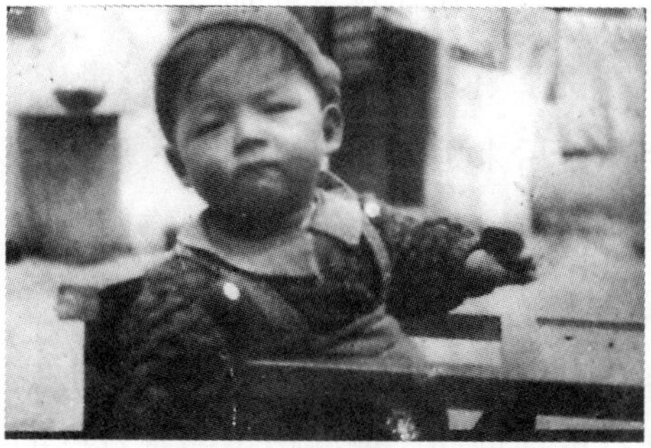
憨态可掬的弟弟金矛

虽然家里只有我们两个孩子，可是，我爸爸姨姨却招了几个儿子、女儿。上小学时，节假日来我们家住过的最调皮的孩子是张启宇。他父母是延安交际处的干部，当时在西北地区部队工作，开国大典时启宇跟我们一起回到怡园饭店（统战部交际处在那里办公和住宿）。那一天，爸爸嘱咐金矛和启宇要听我的话。可是启宇一会儿就不见了，原来是跑到街上看等待受阅的骑兵去了，他在排列整齐的马队之间跑来跑去：一会儿在红马方阵里跳着学马叫，一会儿又跟白马方阵的解放军叔叔泡蘑菇，跃跃欲试想骑马。我跑过去把他叫了回来。游行结束后，他又不见了，我跑到长安街上去找，一眼看见他正站在一个圆形的交警指挥台上，张开两手在那里模仿交警指挥汽车，一会儿面朝南，一会儿面朝北，比比划划很神气。我叫他，他根本顾不上理我。我赶紧跑过去把他一把揪下来，拽回了家，并发誓以后再也不接他这个调皮大王回家了 。

可是，过了不久，我们搬回中南海，住在迎春堂。启宇的爸爸来北京出差，我爸爸安排他也住在中南海，又把启宇接来团聚。没想到这次启宇又闯了祸，他看见一辆小汽车开来，顺手搬起路边一条又长又厚的木板就扔到了马路中间，企图挡住小汽车。幸亏司机紧急刹车，车停了，周总理开门探身观看，启宇才意识到自己闯了祸。总理的车开走了，巡逻的警卫人员跑去找爸爸，给爸爸敬了一个礼说："刚才这孩子扔木板拦总理的汽车，请首长管教好您的孩子。"爸爸点了点头，表示接受批评。在一边的张叔叔很不好意思，又不好发作，爸爸却没有生气，孩子淘气不是什么错误，只是不要太出格，他相信启宇自己已经认识到了，拉起启宇的手往家走。张叔叔对启宇说："怪不得你还没戴上红领巾呢！太淘了！太出格了！"启宇也暗暗下定了决心，后来终于戴上了红领巾，再后来成了一名军人，他一直是受爸爸欢迎的孩子客人。

歌唱家王昆阿姨的小儿子八月在西单二龙路上小学，他家住在东四，中午没地方吃饭休息，爸爸就叫他每天中午到我们家吃饭，在沙发上午睡，小八月也成了爸爸姨姨疼爱的小乖儿子。

于毅夫伯伯当时是统战部的副部长，但他强烈要求回东北做地方工作，中央批准了他的请求，临行时，他对爸爸说："我想把仲燕托给你，她明年就要考大学了，就让她在女附中读完高中吧。"爸爸很痛快地搂着小仲燕的肩膀说："我很喜欢仲燕，你把这个女儿送给我吧，她和金戈是好朋友，住在我家你就放心吧。"于是，在我的房间里加了一张床。从此我们两人同食同住，一起上学，说说笑笑，情同姐妹，后来她考上了北师大，周末仍到我家来，爸爸总是问寒问暖："仲燕，这就是你的家，放假就回来看爸爸呀。"有时，周末她没回来，爸爸就让我打电话，又是问原因，又是发邀请，对她十分疼爱。

有一次，许涤新伯伯出差去了，他的儿子"小火车"离家出走，爸爸得知后，马上找来机关里的保卫干部，安排人设法寻找，他自己也四处打电话询问，就好像丢的是自己的孩子。经过两天紧张的寻找，终于找回了"小火车"，他的父母十分感激。"文革"以后，"小火车"从部队转业回京，找不到工作，许伯伯也是个忙得不顾家的人，"小火车"想起来对他疼爱的金叔叔，就到我家来，请爸爸帮他找工作，爸爸很快帮他解决了工作问题。

我考上北大以后，爸爸常嘱咐我："你是干部子弟，不要搞特殊化，要和同学们打成一片，虚心向他们学习。"所以我一直和同学相处和谐。我们班有一个同学，是个工人子弟，很聪明，能弹一手好琵琶，他的女友越剧唱得很好，他们俩都是北大文工团的骨干。有一天我发现机关给爸爸发了两张怀仁堂的越剧票，是上海越剧团袁雪芬、范瑞娟、傅全香的演出。爸爸和我都是越剧迷，爸爸和袁雪芬她们也很熟，按惯例我会跟爸爸一起去看戏。但是我忽然想起了我的这两个很有艺术细胞的同学，就对爸爸说："爸爸，我有一个同学琵琶弹得好极了……能不能把这两张票送给他们?"爸爸听了我的请求，欣然点头允诺。于是这两个同学高高兴兴地去看了一次越剧。事隔三十多年，这件小事在我脑海中早已忘得无影无踪，但当我和同学重逢时，他却兴奋地谈起往事："那次看戏，可是在怀仁堂看的呀，终生难忘!"

大三放暑假时，我又对爸爸说："爸爸，我们班有一个同学，他家在四川，他妈妈是寡妇，含辛茹苦地把他拉扯大。他考上北大，享受19元5角的甲等助学金。他已经三年没有回过家了，他妈妈很想他，他也很想妈妈，可是他没有钱买火车票，路太远了，要坐好几天的火车呢……"爸爸马上明白了我的意思，问我需要多少路费，我说了数字，爸爸立即给了往返路费，嘱咐我送给他，让他回去看妈妈。那个同学个性强，我怕伤害到他的自尊心，就背着众人悄悄地把钱塞给了他，他终于接受了爸爸的馈赠。

我有一个小学同学，他本来是学自动化控制的，很有钻研精神。“文革”中，部内两大派争斗不断，他无法搞技术，又对派性争斗毫无兴趣，于是拜名中医为师。后来常为我们这些好友义务诊病，渐渐小有名气。“四人帮”倒台后，中国中医研究院成立了中心实验室，他很想去，可惜调动无门。我知道了他的愿望，就对爸爸说：“×××可是个人才，从小功课好，是中国科技大学毕业的。他讨厌打派仗，迷恋学中医……他现在很想到中心实验室去，苦于调动无路，爸爸您能帮助他吗?”爸爸认识他，知道他爸爸已去世了，应当帮他实现理想，没说什么话，拿起笔就给新上任的卫生部部长崔叔叔写了一封推荐信，命我拿着信陪他去见崔叔叔。当我陪他在长安街上骑行时，他感慨地说：“啊呀，现在像你爸爸这样的好人，可真是凤毛麟角啊!”

上世纪 80 年代中期，有一次回家，我问爸爸：“你知道赵××吗?”

“知道，国民党空军参谋长，1958 年在炮击金门时被打死了。”

“他的侄女在人大工作，和我是同事。她的弟弟从小过继给了赵××，现在在台湾做医生。我的同事想陪她的老母亲到香港与弟弟会亲，听说要经过统战部批准，她想请你给杨静仁部长递一份报告，以便尽快去香港，可以吗?”爸爸认为这是符合政策的，于是替赵转递了申请，使她们很快骨肉团聚。

…………

像这样得到过爸爸各种帮助的人很多，他从来不摆官架子，更不势利眼，很有人情味，总是以他博大的爱心默默无闻地帮助他人。他特别爱惜人才，同情蒙受冤屈的人，“文革”后，我还给他揽过不少“闲事”：平反冤假错案的事、房子被占的事、党籍党龄的事……他都仔细了解情况，只要符合政策，都尽力帮助向有关方面反映，转材料，从来没责怪过我给他找麻烦添乱。他是一个真正关心他人疾苦的共产党人，一个真正勤勤恳恳的人民勤务员。

生为天下百姓忧

记得 1964 年，我到湖北江陵县去参加“四清”运动，那是新中国成立以来我离开家最远最久的一次，前后历时八个月。我和爸爸经常通信，爸爸每封信都教育我要好好为贫下中农服务，要虚心学习他们的长处。有一封信中的一段话让我印象最深，终身铭记。爸爸写道："对贫下中农，要把她们当做自己的母亲、姨姨和姐妹看待……你自己要以同她们一起生活一辈子的心境（不是暂时一去的），不是为她们工作，而是为自己工作。自己不是大学生，更不是帮助她们的'救世主'，而是自己当一辈子贫下中农妇女（也即站在她们的立场地位），为自己奋斗……慢慢才能同她们打成一片。"爸爸又在信纸边上补充道："你要知道，一辈子在那里生活过来，又要一辈子在那里生活下去的人，同暂时去'帮她们一下忙'的人，即使立场观点相同，想法看法也还是会不同……"接着爸爸又介绍了他在上海工厂做地下工作时的体会和经验。实际上，爸爸就是教导我要学会换位思考，千万不要以"救世主"自居，要彻底调整自己的心态，才能和群众打成一片，才能设身处地从群众利益出发，实事求是地认识问题和解决问题，才能被群众接受和欢迎。爸爸的教导对我很重要。我跟农民同吃同住同劳动，用他们的语言宣讲政策，认真听取大家意见。我们11月进村，春节过后不久，我就及时"解放"了我主管的生产队的干部，鼓励他们大胆领导生产……我跟地方干部合作也很愉快。直到现在，村民们还给我打电话，盼望我回去看望他们。

一次爸爸到上海出差，给我寄回一封厚厚的信，原来里边还夹着一份当地的报纸，有一整版是关于郝建秀事迹的特写。其中有几段被爸爸用钢笔画了许多道道和圈圈，是让我重点阅读的。那一段是说："郝建秀成为优秀工人，有一位工友不服气甚至嫉妒她，故意把自己出的废花扔到她的机器下边，嫁祸于她，但她并不和人家计较，默默地承受了，还照样热情诚恳地帮助那位工友，终于使她感动，使她觉悟……"我明白了，爸爸这是针对我的缺点，给我树立了一个榜样，让我学会像郝建秀那样，受委屈而不耿耿于怀，待周围的人能够谅解和宽容。郝建秀的故事及爸爸的良苦用心，让我终身受益。"文革"中，我身处逆境，受误解，受冤屈，甚至皮肉受苦，历尽坎坷，却没有从天上掉进地狱的感觉，因为我没有丧失对自己的信心，也没有丧失对群众的信心，因为我平时积累了好人缘，得到大多数群众的谅解、同情、保护、救助。是爸爸的教导帮助我渡过了这场人生劫难。

学习劳动人民的优秀品质，热爱人民，永远把人民的利益、集体的利益放在首位，这是共产党人最基本的品格，也是爸爸传给我的灵魂基因。1960年5月，中学毕业前夕，我入党了。当我把这个消息告诉爸爸时，以为会得到爸爸的祝贺，以为他会喜出望外。没想到的是，一脸严厉凝固在爸爸的眉宇之间，他瞪大了眼睛盯着我，似乎我变成了一个他素不相识的人，他严厉地问道："你?! 你入党了?!"我有点委屈，点了点头，低声告诉他："今天下午支部大会讨论，通过我入党……""你怎么能入党呢?!""我怎么就不能入党呢?"我暗自想，"你怎么能入党呢?"爸爸又重复了一遍，好像是在责问我，又好像是在责问支部大会："入党是非常严肃的事情，是要经过考验的，你什么考验也没有经历过，怎么就入党了呢? 老百姓的小米养育了你，你还没有给人民做任何事情就……"原来，爸爸是认为我入党入得太容易了，没有经过生死考验。我是没有经历过爸爸那一代共产党人所经历的严峻考验，可我上哪去找枪林弹雨的战场? 去找严刑拷打的监狱呢? 爸爸似乎猜透了我的心思，对我说了一句话："你记住，从你入党的这一天起，就要把自己的一切交给党，为了人民的利益，要能献出自己的一切，包括生命!"又说，"入党可不是为自己捞名捞利来的，为了人民，要准备经受考验，包括现在我们还想象不到的任何考验!"这，就是爸爸给我上的第一次党课。

一个党员，要时时刻刻想着人民，为人民的利益献出一生。爸爸不但这样说，他一生也都是这样做的，他，对人民有着挚爱深情。

1996 年 4 月，当我离开延安 50 年之际，我做了一次"报恩之旅"——到延安大学等陕北和山西五个大学去义务讲学，以报答在那艰苦的战争岁月，在我的幼年时期，养育过我的父老乡亲。讲课之余，我回到绥德小崖嘴和临县崔家坪去看望我幼年时的房东和农村小朋友。在崔家坪，当我拜访"土改"时农会的崔殿英老汉时，他给我讲了 50 年前的往事："哎呀，你爹是金处长呀，他可是个好人呀，你爹跟我可亲着哩! 那一年，你爹来到咱们村，见我婆姨抱着个病娃娃，发烧发得迷迷糊糊，你爹摸了一下娃娃的额头，责问我：'为甚不给娃看病? 烧成这个样子?'我说：'上哪里去看呀? 没法子……'你爹马上找了一张纸，写了一个条条，叫我抱上娃娃到三交公家的医院去找医生，我拿着条条寻上了医生，又打针，又吃药，救了我娃一条命啊……哎呀，你爹跟我可亲着哩!"老人十分感慨，又说："你这个猴娃娃还记着我们哩，还思量着回来看我们，是你爹叫你回来的吧? 你爹和我们可亲着哩!"这，就是普通老百姓心中的爸爸。

1948 年早春，爸爸骑着马来到了崔家坪，这让我和弟弟意外的高兴，我们已经很久没见到爸爸了。1946 年冬天，战云笼罩着陕北，六岁的我和四岁的弟弟就离开了延安，爸爸直到第二年 3 月 14 日才离开——他本来是要渡过黄河，来和我们团聚的，可是在黄河边上遇到了周恩来副主席，周副主席一句话，爸爸就无条件服从，去到兴县贺龙司令员那里，成为了一名军人。在长长的离别的日子里，我天天盼着爸爸来，盼着爸爸搂着我们在一个炕上睡觉，盼着听爸爸讲故事……爸爸终于来了，还带回来一个纸箱子，里面放着一台木壳的美式军用收音机。原来那是一件战利品，是爸爸到西柏坡出席中央军委的一个会议后，一位首长让爸爸带来送给我奶奶的。这让我又稀罕、又高兴，可是，爸爸脸上却没有笑容。

"爸爸，你怎么了?"我问，爸爸随即讲了他在朔县碰到的一件事：

"在路上，我们遇到了一个十二三岁的小孩，比你们大不了几岁，他光着身子，没有饭吃，大雪天，他冻得浑身发抖，非常可怜，我们也没有多余的棉衣可以送他，李福瑞（警卫员）忽然想起纸箱里的收音机外面包着旧棉花套子，我们把棉花掏出来，包裹在小孩的前胸和后背、胳膊和腿上，又用绳子把棉花捆好固定住……不一会那孩子身体渐渐暖和过来，跟我们一起吃了饭，他惊喜地指着棉花问：'啊，世上还有这么好的东西，这是什么啊?让我这么暖和……'"说到这里，爸爸顿住了，他非常难过……我拽着爸爸的手说："爸爸，你为什么不把他带回来呀?""我也想把他带来，可是一想，我还要赶去前线，你们很快也要转移，实在是带不了他啊，而且，这样的孩子也不是一个。"又说，"革命成功了，所有的孩子都会有衣服穿，有饭吃，有房子住，你们都去上学……"

"安得广厦千万间，大庇天下寒士俱欢颜。"这是历代仁人志士的忧戚与憧憬，爸爸的血管里也流淌着忧戚，又蕴藏着理想和信念。那一次相聚很短，爸爸很忙，要赶到宝鸡前线去向彭德怀司令员汇报，不得不又匆匆离开了一双小儿女，骑着马奔向河西。

1948年底，爸爸回到收复了的延安开会，见到了陕甘宁边区政府主席林伯渠，林老一句话，爸爸就又跟随林老，日夜兼程奔向西柏坡，回到党中央机关，投入到迎接全国解放，筹备新政协的繁忙工作中去了……而我们当时却还留在山西。整个解放战争期间，我们和爸爸分隔两地，聚少离多，爸爸不是不爱自己的亲骨肉，而是因为他的血管里流淌着亿万人民的忧戚。事情过去了几十年，爸爸忧戚的面容和那个在刺骨寒风中瑟瑟发抖的小男孩的身影，永远地留在了我的记忆里。

爸爸是个情感深沉的人，有一次，王昆阿姨送给我几张她的新唱片，其中有《白毛女》选段。我高兴地放唱片，爸爸坐在沙发上静静地听，我一边听，一边跟着唱："人家的闺女有花戴，我爹钱少不能买，扯上二尺红头绳，对着镜子扎起来，哎咳哎哎扎呀……"我唱得那样欢快，那样无忧无虑，甚至还手舞足蹈……一回头，却大吃一惊，发现爸爸正掏出手帕悄悄地擦眼泪。我的歌声戛然而止，立即把唱片也停下来。爸爸把眼镜戴好，停了一会说：“哎，我每次听到这一段，都忍不住要流泪。”面对同一段音乐，两个人的感受，是如此不同。在爸爸脸上，我又一次读出了深深的忧戚。

爸爸是一个理想主义者，他的理想植根于对社会黑暗、民不聊生的深深忧戚之中，所以格外执着、格外坚定，他一生不止一次为革命舍小家。1930 年，他在家乡领导农民暴动失败，受到通缉，不得不抛妻别子，跑到上海，投入到新的斗争中去。他的第一位妻子陈菊花，患有肺病，又受到敌人多次抄家骚扰惊吓，贫病交加，凋谢了年轻的生命之花。我的大哥红书，吃百家饭长大，四处打工谋生。爸爸与家里几十年不通音信，但他对大哥常常思念，我很小的时候，爸爸就对我说：“你有一个大哥叫红书，等将来革命成功了，就……”所以，我对“红书”这个名字很熟悉。1949 年初夏，当时我们住在中南海东八所，一天，我接到南门传达室一个电话：“有一个叫金红书的人找金城……”“啊！是我大哥来了！是我大哥来了！快让他进来吧！快让他进来吧！”那时浙江刚解放，大哥被浙江省委派到北京来学习，一家人在胜利的日子团聚，爸爸和我们都十分高兴。大哥回到杭州，被分配做

左起：红书、金戈、爸爸、金矛、小姑姑宣平 1949 年夏相逢在中南海

团的工作，爸爸鼓励他努力学习文化，学习政治。但是，工作了一段时间，大哥觉得自己文化水平太低，不能胜任干部工作，于是主动要求到工厂里当了一名钳工。爸爸对他的选择很肯定。我的哥嫂一辈子都是勤恳老实、技术熟练的工人。爸爸和姨姨知道他们生活比较困难，每月按时寄钱给他们，让他们加强营养。爸爸也嘱咐我和弟弟金矛要关爱哥嫂，尊重哥嫂。我们兄弟姐妹之间感情一直和谐融洽。

爸爸对下属、工人，总是平等相待，没有架子，总是主动关心他们的疾苦。只要他去北戴河，就一定带着我和金矛到当地医院去看望田伯伯—延安交际处的一位老伙夫，爸爸总是给他送去营养品，让这位一生孤独的老人，这位参加过二万五千里长征的老红军，倍感温暖。在他心目中，爸爸就是他唯一的亲人。老田临终时，向领导提出的唯一要求就是："我想见金处长一面，我想见金处长！……金处长……"他临终前一直呼唤着，可是，他却没能如愿，因为爸爸那时还被"四人帮"关着。

爸爸一辈子做统战工作，因此家规甚严：不该知道的不许问！虽然民主党派领导人、知识界、文化界的知名人士都是他服务和工作的对象，其中有许多他的新老朋友。但是对于他们之间的交往，我知道得很少。由于爸爸为人忠厚诚笃，被认为是富有"人情味"的干部，不少党外朋友都愿把心里话告诉他。记得有一次我回家，看见许广平妈妈坐在沙发上用手帕擦眼泪，那时统战部还没盖办公楼，爸爸在家里办公，许妈妈常来。后来我知道，是爸爸介绍许妈妈入了党。解放初，吉胡红霞曾带吉瑞芝来访，反映天津市把他们当作军阀家属对待的情况，爸爸耐心地听取了吉胡红霞的申诉，请她们母女吃了饭，好言安慰，随后通知了天津市有关方面：吉鸿昌是抗日民族英雄，其家属应享受烈属待遇。后来又通过王世英同志证明了吉鸿昌的共产党员身份。我印象中是上世纪 60 年代的一个暑假，每次都是大清早 6 点整，就听到有人来嘭嘭嘭地敲门，一边还高喊着："金部长！金部长！我要见您！我是……"一听这打门声，我就知道是卫生部部长、冯玉祥夫人李德全女士来造访了。不等她自报完家门，我就赶紧起床，去给她开门。她身材高大硕美，穿着旗袍，拿着手提包噔噔噔跑上楼去，爸爸就在书房里倾听她的诉说。我想她一定是受了什么委屈彻夜难眠，才大清早跑来。（因为她 8 点钟还要赶到部里去上班，她是一位很敬业的女部长。）

"文化大革命"初期，翦伯赞和老舍先生的去世，让爸爸万分痛心。翦老生前常到我家来，我也曾随爸爸到他燕东园的家去拜访过，他送给爸爸的书，我们都很爱读，老舍更是我们喜爱敬重的作家。然而，这两位中华民族精英的宝贵生命，却先后在一夜之间被那场狂风暴雨吞噬了。那是多么宝贵而智慧的生命啊！爸爸欲哭无泪，心如刀绞，他对我说："老舍先生是一个非常热情真诚的人，他本来应该在医院里治病，可是他想积极参加'文化大革命'，不愿意跟不上形势，不顾劝阻出了院，没有想到……我没有为他的安全尽到责任，没有能够保护他，唉……"其实，爸爸当时自己也已是泥菩萨过江，一边要工作，一边要随时接受批斗。老舍之死让爸爸悲痛不已，在那种混乱失控的日子里，有许多党外朋友的安危让爸爸寝食难安，即使在艰苦的战争岁月，爸爸也从未这样忧愁过，他欲干不能，欲罢不忍，渺小无奈，无所作为……爸爸已失去了拿起红机子（保密电话）给周总理打电话的自由，真是叫天天不应！后来幸亏周总理给爸爸下了指示，让爸爸上报需要特别保护的党外知名人士的名单。爸爸迫不及待，赶紧拟好了一份尽量详尽的名单，上报给周总理。总理立即指示有关方面采取措施，让这批人士脱离险境，得到保护。爸爸这时才稍稍松了一口气，这大概是爸爸在副部长岗位上，做的最后一件有价值的工作。然而，总理撑起的这把保护伞毕竟有限，多少民族精英，"国之瑰宝"，以致整个中华民族还是在劫难逃。没过多久，爸爸自己也被关了起来，失去了人身自由。

在爸爸被关押的日子里，虽然是关在部里，但好几年根本不准家人探视。军代表回答我说："因为他属于中央专案，我无权让你探视。"我那时常回统战部大院去，希望能打听到一点爸爸的音信，可总是失望而归。但是，好人总会有好报。有一次，我沮丧地走出大院的大门，快走到力学胡同东口时，迎面碰到了王宝瑄师傅——一个老工人，正是看守爸爸的人员之一。他一见我，看看四周没熟人，就急切地说："你爸爸最近犯过两次心脏病，快想办法救他，不然就怕活不出去了！"正是这一至关重要的信息，使我和弟弟下决心向周总理写信求助，万般无奈的我和金矛，经胡耀邦叔叔精心指点，才终于把信送到了总理的手里，这样爸爸才得以住进了医院，保住了一条命。我怎能不感谢担着风险向我报信的王师傅！怎能不感谢担着风险帮我们出谋划策的耀邦叔叔啊！

一个共产党员，只有永远把老百姓的忧戚装在心里，能为老百姓的利益舍己舍家，能与老百姓休戚与共，才能得到老百姓由衷的爱戴和保护。这，正是爸爸的言行和命运告诉我的真理。

不教女儿觅封侯

上小学时，我们带着成绩册回家，爸爸无论多忙都要仔细查看成绩册，特别是老师的评语，还要抽时间召集一次全家四口人的家庭生活会。我家的这种民主风气与我们在育英学校每周末例行的班级生活会交相辉映。在生活会上，我们或与老师，或跟父母，平起平坐，开展批评与自我批评，坦诚直率，与人为善，互提意见。这种方式从小培养了我们的主人公意识，平等意识及民主作风。在我长大以后，这使我在工作中受益良多，不仅能够听取各种意见，集思广益，完成好任务，而且无论到哪个单位都有好人缘。但是，因为直言不讳，爱提意见，我也被有的人认为是刺儿头，目无领导，颇不待见我。

爸爸带着一双儿女，1952 年夏于府右街 135 号

在学校里，老师对我“有要强心”总是予以肯定，同学们也对我学习好很佩服。只有爸爸对此不以为然，而且给我上纲上线，说我“虚荣心强”、“爱出风头”，甚至“个人英雄主义”……大帽子一顶又一顶。开始，我很抵触。他的批评与那个全民争上游的时代潮流格格不入。那是一个崇尚英雄的时代，我心目中最崇拜的是苏联女英雄卓娅，她对自己要求严格甚至苛刻的种种故事令我很欣赏，我特别喜欢她那种锲而不舍的顽强劲头。此外，保尔・柯察金，女英雄古丽娅和马琳娜，还有车尔尼雪夫斯基笔下那位睡钉毯的拉赫美托夫，还有可敬的居里夫人，还有……所以按我直率的个性，总要对爸爸的批评进行反驳：“你老是打击我的积极性，我对自己要求严格有什么错?”“因为打仗，我在穷山沟里上不了学，到北京上学已经晚了两年，我凭什么不该努力学习?”“我不‘头悬梁’、‘锥刺股’，赤手空拳，长大怎么建设祖国?”总之，我有一百条理由力争上游，做得最好。对爸爸的那些大帽子根本置之不理。

正确理解爸爸的批评，经过了漫长的岁月。当然爸爸自有他的道理，因为我生于艰苦岁月，自幼多灾多病，在小学阶段我的体弱多病是出了名的。上中学时，我常为解一道数学题而熬夜，爸爸多次催我睡觉我就是不理，逼得爸爸狠狠地说："你就是要学王熙凤！恃强好胜！王熙凤多聪明、多能干，有什么用！年纪轻轻就病得……"这话实在太伤人，竟然拿我最讨厌的王熙凤来比我，实在让我受不了，我暗自与爸爸较劲儿，心想一定要靠自己把这道题解出来！不解出来我就不睡觉！结果题虽然一一解出来了，数学成绩也不坏，但身体却每况愈下，在中学和大学两次因病休学，结果欲速则不达——因为休学，我比同时上学的弟弟晚一年大学毕业。直到这时，我才明白了，爸爸打击的是我那过高的功利心，他是希望我能从自己的身体实际出发，用平常心对待人生，反对我以健康为代价去换取"5分"和"第一"。当爸爸先后听闻毛主席和王海容、毛远新的谈话时，更有了依据，竟打破了他一贯的保密规则，把刊登谈话的文件拿给我看——毛主席也不主张孩子们去争那个"5分"。爸爸希望我自立，能以诚实的劳动立足于世，做一个自尊自信的人即可，但从不盼我成龙成凤。

随着年龄的增长和阅历的丰富，我那恃强好胜的心态和绝对化的思维方式才逐渐平和调整过来，才体会到爸爸对我的爱心和苦心。要严肃做人，认真做事，又要有所为有所不为，才能事半功倍。这就是爸爸对我的言传身教。他曾为党立过大功，但直到他去世，他的功绩都不允许公布。他生前，也从未向家人透露过一个字。这些功绩还是他去世后，罗青长叔叔告诉我的。

爸爸一生淡泊名利，对钻营者十分不屑。有一次，他去看李维汉伯伯，正谈话间，又来了一位同事，寒暄之后，爸爸听出来他是来跑官的，便向李伯伯告辞出来了。爸爸和李维汉伯伯是君子之交，李伯伯是他的老领导，对爸爸很信任，要求也很严格。李伯伯对我们一家都很关心，1961年我休学去杭州治病，正巧李伯伯也要去上海治疗癌症，便让我搭他的公务车同行，我因为晕倒过，摔掉了门牙，咬破了嘴唇，缝了好几针，吃饭困难，李伯伯便"命"我喝他的牛奶，他每天的两瓶牛奶都被我喝了。他是一个老人，又是一个病人，我怎么忍心喝他老人家唯一的营养品？可是又抗拒不了他的意志，所以到上海后，嘴唇一拆线，我立即向李伯伯告辞，婉谢了老人家留我一同过年的美意，赴杭州姑婆家去了。

在爸爸身上，正是对功名利禄的退让，对事业的积极进取，对人生的自强不息，完美地结合起来，他才能够完成一些非常的任务。他虽不是能征善战、功绩辉煌的武将，却是默默无闻、润物无声、忠勇坦诚、善于广交朋友的能手，当然也是善于化敌为友的能手，所以，他成为毛主席、周总理最信任、最放心的干部之一。自然，他这些品格也影响到我和弟弟，形成了我们的家风。

爸爸、姨姨与北大、哈军工的大学生——金戈与金矛，摄于1961年寒假

考大学时，为了尽快实现富国强兵的愿望，有些家长逼着孩子去学理工科，不考虑孩子的个人特点和志趣，后来都学得很苦。相比之下，我爸爸是个冷静而开明的人，他因材施教，对我和弟弟有不同的要求，不同的方法。我和弟弟功课都不错，弟弟考上了四中，我被保送上了女附中，弟弟理科好，我文科好，考大学时，爸爸鼓励我们按照各自的兴趣去报志愿，我考上了北大，弟弟原打算报考清华，却被保送上了哈军工。爸爸很高兴，也很感慨，他小时候想上初中，甚至连想学个裁缝都不能如愿……所以他教导我们要学好专业，成为建设祖国的专业技术人才。

他并不希望我们当官。弟弟从小没当过什么官，他有一个顶聪明的数学脑瓜，学习工作举重若轻，得心应手。他的专业技术能力不仅让同事佩服，也让外国同行折服。他原本是要吃一辈子技术饭的，可是，却有了当官的种种机遇，而且在他到了退休年龄并打了退休报告以后，还因为工作需要，被破例提拔为某军种副司令。我们戏说，“金矛一不小心还当了一个大官！”那时，爸爸已经去世了。他如果健在，也不会不同意的，他小时候，爸爸就说过：“矛肚量大，像朱总司令，肚子里能撑船。”弟弟因为他过硬的科技才能，也因为爸爸赋予我们的正直清廉品格，当了一个专家型的称职的好军官，并以此赢得了好口碑，无论是全国人大代表，还是党的十六大代表，他都以全票当选……

但是，爸爸对我当官，却又是别样态度。

我似乎是一个有官运的人，从小学、中学到大学都当过学生干部，这些社会工作锻炼了我的能力。但我对当干部却越来越不感兴趣，老是要开会，老是要说教……我很头疼，特别是在上大学以后。

没想到到人大任教五年后，又被“逼”得“双肩挑”。在我被领导“封”为外事处处长前后，爸爸知道我不想干，他很支持我一心一意搞专业。为此，他甚至说：“我给宝华同志（指当时人大校长袁宝华）打个电话怎么样？请他另外选一个人吧！”我想了想说：“我都这么大了，还让您操心？我自己去找校领导谈吧。”我找了几个领导，说明我不想也不适合当干部，但是领导最后说：“你是共产党员，服从组织决定吧！”我一向组织观念很强，知道党员要“下级服从上级”，“个人服从组织”，听了这句话，便无可奈何。我丈夫廖玉是一个“技术迷”，他多次谢绝了当官的机会，见我满面愁容，便嘻嘻哈哈地说：“咳，没那么严重，你就不去上任，还真会执行纪律？我就不信！共产党还从来没有过把一个不想当官的党员开除党籍的。”关键时刻一句话，让我茅塞顿开。任命书下来了，我就在家赖着，不去上任，想把这个“官儿”拖黄。耗了三个月，快过年了，我以为就算躲过这一劫了。没想到有一天去上课，还是被党委书记在校园里撞见，“押”着我去外事处报了到，无奈被压上了一顶乌纱帽。

上世纪90年代初，某科研单位急需配备干部，我们系两位教授极力向他们推荐我，认为我是一个“被埋没了的好干部子弟，正派，又有工作能力。”几个同事好友都极力劝我去。并断定说：“你现在升了官就进了‘高干’阶层，到退休时还能升到‘副部’！”“副部”又怎么样？我娘家婆家好几个正副部长，我爱他们，敬他们，但也没觉得他们有什么特别的了不起，还没有达到让我摧眉折腰也能开心颜的地步。他们之中没有一个像屈原、陶渊明、李白、曹雪芹、鲁迅，像莎士比亚、巴尔扎克，像居里夫人，像霍金……让我心灵震颤，灵魂出窍，五体投地过。朋友们不知道，此前，已经有两次“官运”被我婉拒了。不过，我也不是一个不食人间烟火的人，对我来说这确实也是最后一次机会，我是该考虑考虑。朋友们的忠告激起我内心一片欲望的浪花。对我最大的吸引力是可以享受“高干”医疗待遇，且定点医院是北京医院。但是衡量利弊，我觉得还是会失掉很多精神上的东西，而且最难受的是意味着要我改变性格，这对于我来说很难。我犹豫不决。到北京医院探视爸爸时，我征求了他的意见。他知道那个单位有两位领导是他在延安就熟悉的老同志，我若去，是不会吃亏的。可是……当时爸爸病情严重，因喉癌切开了气管，不能说话，但他还是示意让我把纸笔拿给他，用颤抖的手很费力地给我写了一句话：“搞研究，可去。当官，不去！”我点了点头说：“搞研究，在人大也能搞，而且，还可以教学，可以在讲台上自由地发表自己的见解……”又过了几天去医院，我对爸爸说：“那边很需要干部，他们催我去报到，我去吗?”我还在犹豫，爸爸仍然坚决，他摇头又摆手，态度十分鲜明——“不去!”我向爸爸点了点头。

亲家——爸爸金城和婆婆陶桓馥——两个在 1927 年血雨腥风中加入共产党的老战友

我终于没有去报到，留在了人大，一直坦然而平静地工作了 12 年直至退休。

不教女儿觅封侯——爸爸和我的心是相通的，他不能说话，但我能听到他的心声，他有很多理由不同意我去，其中最重要的是：顺乎我的自然天性来帮我选择人生。性格决定命运，我的性格天生不适合做官，我对人对事对社会都追求完美理想化，眼里容不得沙子；我个性太强，得理就不让人；我又是个很情绪化的人，很任性的人——“我要做”胜于“要我做”……这一切，虽然经过了严酷的“文化大革命”，可花岗岩脑袋——没改变！种种性格决定了我不通为官之道，做官对我来说会很苦很累。而做一个学者，最大的好处是真实而自由，可以得到更多“我要做”的机会，因而也就会得到快乐，得到发现的快乐，桃李满天下的快乐……

爸爸希望我快乐，我也确实得到了快乐。这是可以告慰于爸爸的。

迟到的小弟金钺，是我们家的宝贝疙瘩，他也遂了爸爸的心愿，清华毕业后，留学美国，从太平洋大学跳到纽约市立大学，还不甘心，又跳到耶鲁商学院，遍尝了“洋插队”的艰辛，获得 MBA 学位后，加入了“海龟”行列，成为一名职业经理人。

爸爸的四个儿女，工人、教师、军官、经理人——各选其位，各得其所，各有自己的酸甜苦辣，又都活得平凡自信，自在得意，有滋有味儿……

爸爸，我们快乐，您也快乐，这不就是您老人家最大的赏心乐事吗?

儿女如花尽歌舞

小学中学时代，是共和国继承“五四”传统，对东西方文化实行“拿来主义”的开放时代，是一个兼容并包的时代，也是我课外阅读最丰富的时代，我与普希金、雨果、莎士比亚、巴尔扎克、狄更斯、小仲马、歌德……结缘，我读诗词歌赋，四大名著，我喜爱各种地方戏曲，民间艺术。这一切，都与爸爸那种海纳百川的开阔胸襟分不开。小学时，爸爸给我们订阅《中国少年儿童》、《中国少年报》。继而，又给我们订了《中国青年报》和《中国青年》杂志。当看到报载《鲁迅全集》要出版的消息时，爸爸就让我去预订。我说：“要订就订特种精装的吧，是道林纸的，贵一点儿。”“当然要订最好的，这套书是要看一辈子的。”我便拿钱到西单商场的新华书店去预订了一套，后来许广平妈妈又送给爸爸一本回忆鲁迅的书，这些书虽然历尽劫难，却始终陪伴我至今。我想看《圣经》和《金刚经》，爸爸就托好友龚饮冰伯伯从香港给我买来。还领我去雍和宫，听班禅大师讲经……因为，爸爸和我都非常喜欢列宁在《共青团的任务》中的一段话：“只有用人类创造的全部知识财富武装头脑，才能成为共产主义者。”

当然，我们读的最努力、影响我最深的还是马克思主义的著作和毛主席的著作，特别是我上大学以后。更是常与爸爸一起“奇文共欣赏，疑义相与析”。至今，我仍然坚信理想的共产主义社会的必然实现，正如《共产党宣言》所预言的，“到那时，人才能从奴隶变成自我的主人，社会的主人，从每个人到所有人才能实现彻底的自由解放。”我这一生，令我最感动，对我启示最深的，是马克思恩格斯这些伟人的学术和人格魅力，他们的创造性思维和伟大的社会实践，其中最宝贵的，是打破了人类社会有史以来所有的关于神仙皇帝救世主的神话，启发引导人们摆脱精神的奴役，心灵的枷锁，掌握自己的命运。这是爸爸和他那一代共产党人的信仰，也是我的信仰。所以，我们和爸爸是在《国际歌》的乐曲声中作最后的告别的。爸爸离开我已经15年了，至今，我们父女天地之间仍然心相通……

我们的家风是严肃而严谨的，但又是平等和谐的。

爸爸常和我们讨论各种问题，有时争得面红耳赤。他鼓励我们参加各种文体活动，以满足我们对美的兴趣。我参加过学校里的合唱团、舞蹈组、戏剧组，女扮男装演过话剧《万水千山》；我也当过疯狂的追星族，追捧过演《董存瑞》的张良，追捧过苏联影星……

追捧过严凤英；参加地方戏剧组，排演黄梅戏《天仙配》……面对今天被作业和考卷压得喘不过气来的孙子，回顾我的青少年时代，是多么快乐自由，多么丰富多彩！

爸爸有时间也看小说，当他看完柳青的《创业史》时，我们曾经交谈争论，他认为梁三老汉这个老农形象很真实、很自然，这与我们北大老师严家炎先生的看法不谋而合。爸爸也十分推崇梁生宝对集体事业的执着与克己。在谈到女主角时，爸爸与我发生了分歧，我喜欢改霞，她有追求，向往新的更为文明的生活，敢于离开乡村走向城市去探索，去追寻。而爸爸则说："我还是认为秀兰更踏实、淳厚、质朴，这个人物很真实……"我们各抒己见，求同存异，这样的谈话在我们家庭生活中俯拾皆是。

在欣赏曲艺时，我们全家四人是中西兼容的，但我姨姨迷恋她的专业——西洋及俄罗斯音乐、歌剧。而爸爸最迷恋袁雪芬、范瑞娟、傅全香、王文娟的越剧。每当她们来京演出时，爸爸不但看戏，有时还到后台去看她们。一次在怀仁堂看完《祥林嫂》，爸爸到后台去问候她们。袁雪芬很高兴地说："您用家乡话跟我们谈天，在北京真难得！真难得！"爸爸哈哈大笑起来，"我实在也只会讲家乡话啊。"爸爸虽然离家二十多年，但乡音未改，不是不想改，是因为爸爸没有语言天赋，虽然想说普通话，但却只会讲家乡话，他如果开会发言或作报告，还要有江浙人当翻译呢，这是袁雪芬不知道的。有一次，爸爸在部务会议上发言，讲"人事安排"问题，讲了半天"人事安排"、"人事安排"……吉林人于毅夫副部长听来听去，心里纳闷，金城怎么总讲"城市恶霸"、"城市恶霸"，于是便给爸爸起了个外号——"城市恶霸"。这成为大院里家喻户晓的笑谈。

一次我正在写大字，爸爸顺手拿起字帖一看，是欧阳修的《醉翁亭记》，便坐在沙发上高声朗读起来："环滁皆山也……"那声音抑扬顿挫，加之摇头晃脑，俨然一位老夫子！我笑着坐在了爸爸身边，爸爸一手揽着我的肩，另一只手比比划划，念一段，讲一段，又念一段，再讲……绘声绘色，兴味颇浓。呵，坐在爸爸怀抱里，感受着爸爸温暖的气息，听着爸爸讲读古文，世间没有比这更惬意的事情了。之后，爸爸给我买了一套《古文观止》。

我读孔稚珪的《北山移文》，觉得很艰涩，死活啃不懂，我去问爸爸，他也看不懂，想了想说："我给你请一位老师吧。"原来，老师竟然是赵朴初！我喜出望外，赵伯伯解决了我的难题，成为我的恩师。至今，他老人家爽朗的语调，书房里盈室的书香，佛堂里缭绕的青烟，常常亦真亦幻的出现于我的眼前耳际。爸爸曾经不止一次地当着陈叔通老人的面向我介绍：“叔老是清朝的翰林，很有学问。”爸爸是个心态平和而开明的人，对郭沫若、马寅初、翦伯赞、章士钊等大家的学问很佩服。我原本是有机会去拜更多的学问家为师的，可惜，越来越“左”的偏见，蒙住了我的眼睛，让我有眼不识泰山！失去了许多宝贵的学习机会，是我终身的遗憾。

然而，由于爸爸的开明，加上我姨姨又是搞音乐的，我家总是充溢着浓浓的热情、欢快、和谐的氛围。1956年的夏天，一个满园芬芳、百花齐放的季节，我姨姨在中央音乐学院协助苏联专家搞教学。赶上他们培养的学生毕业演出，演出的剧目是柴可夫斯基的歌剧《叶甫根尼·奥涅金》，爸爸带着我和弟弟去领略西洋歌剧的风采。老专家梅德维杰夫的心血真没白费，培养出一批优秀的青年歌唱家：罗昕祖的抒情女高音、苏风娟的女中音、李展的男中音、张光华的男低音……都很到位，听得我们心旷神怡，如醉如痴。演出期间，爸爸和姨姨还向老专家和夫人及他们才情并茂的得意门生发出邀请，他们高兴地到我们家来欢聚，觥筹交错，弹琴唱歌，欢声笑语……友谊、艺术、青春、理想……一串串美好的音符在夏日的星空下飘向远方。

后来，家里买了一个大件——一台捷克的电唱机，它在当时的中国是很先进的：一是它有钻石的唱针，不像老式留声机那样放一张唱片就要换一枚唱针；二是可以放密纹唱片，不像老唱片，一张唱片只能存录很少的几首曲子，而是可以一次放30～60分钟。一张唱片可以灌录多首曲子，甚至一首交响乐……爸爸最爱听《十八相送》、《楼台会》、《断桥》、《何文秀》、《庵堂认母》等越剧名段，而姨姨则爱听贝多芬、柴可夫斯基、威尔第。我和弟弟虽然什么都听，但我倾向于“中”和“民”，弟弟则欣赏“西”和“洋”，我跟着唱片唱《蓝花花》、《天仙配》、《刘三姐》，也唱《山楂树》、《田野静悄悄》、《桑塔露琪亚》。于是，我们家里总是歌声不断，乐音绕梁，大家都沉浸在音乐的享受之中……

国庆十周年时，有几个国外的艺术团体来华演出祝贺，我听说乌兰诺娃也要来，天天盼星星盼月亮似的，翘首以待。一天，爸爸带回来两张票，爸爸说票很紧，只分到一张芭蕾舞的票，另一张是交响乐的票。三个人，怎么分呀？以往，我和弟弟如果争抢一个苹果一本小说或一件玩具，我通常要让给弟弟，谁让我是姐姐呢？这是爸爸的家规。可是这一次可不同，一睹举世闻名的芭蕾大师的神姿仙态，是千载难逢的机会，是我梦寐以求……这次我绝不当孔融！我立即先发制人：“爸爸，你一向对西洋艺术不感兴趣，您就在家里休息休息，听听收音机吧。啊？……”爸爸眨了眨眼睛，微笑着，用食指刮了一下我的鼻子，算是默许了。我又对弟弟说：“矛，你从来就喜欢交响乐，德累斯顿是世界有名的交响乐团，你就去欣赏交响乐，让我去看芭蕾舞吧！怎么样?”弟弟了解我的心思，很痛快地同意了。我如愿以偿，急忙梳洗打扮，到北京展览馆剧场去欣赏乌兰诺娃主演的名剧《吉赛尔》……如今回忆起往事，那是多么让人心醉的舞蹈！又是多么好的爸爸和弟弟啊！

1960年暑假，我和弟弟及我们的好朋友都考上了理想的名牌大学，过了一个最轻松快乐的暑假。在暑假的最后一个夜晚，梅梅、侯侯等几个好友都到我们家中来，我们一张一张欣赏唱片，一会儿又全体充满激情地跟着唱起陕北民歌、俄罗斯民歌，一首又一首……一会儿又静静地倾听《茶花女》中的《饮酒歌》，一会儿又去享受贝多芬的《英雄交响曲》，那雄浑的旋律令人震撼。我的爸爸呢？他坐在沙发上，听着音乐，注视着一张张如花的笑脸，陪伴我们这些即将走向新的人生阶段的孩子们，尽情狂欢了大半夜。梅梅回家后还受到她爸爸林枫副委员长一顿严厉的批评，因为她实在是回家太晚了！前几天，已经成为技术专家的梅梅自美回京，回忆往事时还说：“在你们家度过的那个夜晚，是一个多么快乐的夜晚啊！是年轻时最迷人、最值得留恋的一个夜晚……”那迷人的夜晚，那如花的笑脸……

如花青春，（左起）金戈、小林、林梅梅、罗玉田、吴本立、叶利亚、胡木英，摄于1961年8月暑假

有人说：最高的伦理学是美学。爸爸啊，您和姨姨为我和弟弟营造了一片古今相通、中西相融、温馨和美的家庭氛围，让我们尽情分享着人类创造的美的财富。这，对于塑造我们的人格，陶冶我们的情操，开阔我们的视野和胸襟，是多么弥足珍贵啊！

（2006）

跨出闺门的黄埔女兵

——洞庭女杰陶桓馥[①]（上）

2011年7月1日是党的90岁生日，正月初三是廖玉的妈妈、我的婆婆陶桓馥诞生110周年纪念日，她是一位1927年在蒋介石叛变的血雨腥风中入党的党员。原来，我们只知道她是一个老革命、老干部，是一个被称为“陶大姐”、“陶妈妈”的长辈，是我们亲爱的妈妈，但对妈妈的一生，却知之尚浅。近年翻出了被退回的“文革”中妈妈所写自己历史的“交代”材料，看了《大革命洪流中的女兵》以及山西抗日决死队女生队的史料……才觉得我们的妈妈和她那一代革命妈妈们真是不容易、不平凡……

名门闺秀

妈妈陶桓馥出生在湖南岳阳“浔阳堂”一户官僚地主家庭。源远流长的楚湘文化滋润着这个家族，上下求索，九死未悔的屈子追求，先忧后乐的范公情怀，代代相传。

妈妈出生的那年——1901年，正是丧权辱国《辛丑条约》签订的国耻之年。列强瓜分、清廷暗弱、官场腐朽、经济衰败、民不聊生、社会黑暗。正义爱国之士，无不悲愤忧思。

妈妈的祖父陶澄轩本是洞庭湖上一渔民，后投身湘军王鑫部，曾参加镇压太平天国及捻军革命，也参加过平回、征西等战争，转战中国半壁江山；曾任三镇（水师、陆军）总兵，守卫东南海防，为专制的清廷效力；也为维护国家统一及领土、主权完整立下战功，官至提督军门，受朝廷一品顶戴。

澄轩公幼时家贫，为官后深感子弟读书之必要，一日听我们的外祖父诵读《义田记》，茅塞顿开，遂设立“陶氏义庄”，为贫困子弟兴办义学，普及教育，族中子弟皆入义学，赢得后世口碑。

我们的外公陶幼澄生活在鸦片战争到“五四”运动前夕，那时中国沦为半封建半殖民地，山河破碎，民不聊生；而西学东渐，改良和革命思潮日升。外公接受儒家文化传统，忧国忧民，以天下为己任，不满腐败黑暗的弱国现实，曾赴东瀛考察，希冀仿效明治维新，变法图强。然强国之梦随谭嗣同人头落地，康有为、梁启超亡命海外而破灭，未能找到一条救亡图存之路，也只做得一个爱民如子的父母官。时值外公担任大冶知事，1918 年江湖水患，金湖决堤，他率民日夜坚守湖堤，冒雨指挥，抗洪抢险，不幸染疾，英年早逝，享年 45 岁。那是 1918 年夏，差一年未能看到“五四”新文化运动之曙光……

妈妈的外祖父彭家也是一户官僚地主。其外祖父官至云南镇守使，曾代表清廷参加中印缅勘界谈判，是一位维护祖国领土主权的封疆大吏。他去世时，有人送挽联赞曰：“拍案相争，不许边疆失寸土！”表达了对其爱国精神的敬仰。

妈妈的舅舅彭寅叔曾留学日本，在东京参加同盟会，回国后剪辫子，提倡妇女放足，于 1913 年毁坏县城圆通寺菩萨，开办洞庭女学，倡导妇女解放。[②]妈妈和姨家的罗叔章[③]、舅家的彭援华[④]及姨家的李沐英[⑤]等多位表姐妹均在该校接受新学启蒙。舅舅以秋瑾为榜样，激励女生自立自强、男女平权、担当国忧、不让须眉。妈妈自幼个性倔强，吟咏“休言女子非英物，夜夜龙泉壁上鸣”，更被鉴湖女侠的革命精神鼓舞，颇有叛逆性格。在舅舅的培养和教育下，妈妈和她的多位表姐妹弟兄先后成为家庭、社会的革新者、革命者。

跨出深闺

我们的外祖母陶彭氏知书达理、深明大义、性格坚毅、乐善好施。外公去世后，她担负起抚养教育 12 个子女的重任，使他们都受到良好的教育。其中 5 人大学毕业，7 人受过中等教育，妈妈和她的 5 个兄弟、6 个姐妹日后都成为品学兼优、具有一门专业技能、能够自立于世的人。妈妈的表姐罗淑章家境不宽裕，外婆见她心灵手巧，长于湘绣，接她来家为姐妹们绣嫁妆，并送她入学读书。

妈妈的革命活动，一直得到兄弟姐妹们的同情、支持和帮助。特别是妈妈两次被捕入狱，全靠九舅陶桓棼及其岳父等全力取保救出，出狱后得到母亲及姐妹悉心救治肺病，才得以重返革命队伍；妈妈“文革”中在干校劳动时突患脑溢血瘫痪在床，又不准回京，幸得十二姨妈陶桓泉接到武汉家中悉心护理，十姨妈、七姨妈等常常探视安慰，才得九死一

1932年陶桓馥出狱后与家人在南京。前排右一为陶桓馥之母陶彭氏，左一为刘励冰；后排左起：陶桓梧、陶桓乐、陶桓芬、夏粹华、陶桓馥、陶桓连、陶桓宁

生。十一舅陶桓乐20世纪40年代留美归国，从事医学教育和科研工作，1950年参加抗美援朝，后任北京医院内科主任，是肺心病、老年病专家，曾担任毛主席医疗组医生。十一舅和舅妈陶溁（留美归国儿科专家）更是我们家祖孙三代的健康保护神！

然而，外婆毕竟守旧，她重男轻女，遵循旧规，给女儿缠足，包办婚姻，为女儿准备体面的嫁妆，妈妈十七八岁时，就被许配给一户名门望族的李家姨表少爷。郎才女貌，门当户对，实在是令人称羡的美满姻缘，阔小姐当上了饭来张口，衣来伸手的少奶奶。其夫婿文质彬彬，对妈妈相敬如宾，又好学上进，也会有锦绣前程……外婆和家人都认为妈妈应当心满意足，相夫教子，恪守妇道。而妈妈却闺中少妇"不知足"！

妈妈的少女时代——20世纪一二十年代的湖南，激荡着"五四"反帝爱国、科学民主新文化运动的风雷，《新青年》、《向导》等杂志传播着思想启蒙的春风……妈妈虽每日里凝妆翠楼，做女红，看闲书，但也特别勤于读书阅报，不甘闺阁闲适。特别是舅舅的启蒙，以及舅舅家表哥彭抟黄⑥从北京带回来的新思想、新信息，更让她内心涌动着青春的憧憬，开始渴求自由的思想和新的生存方式，渴望新的有价值的生活。她扒下裹脚布，自我松绑。她不甘为衣食无虞的家庭妇女，她有主见，一旦追求，便毅然前行，不做"啃老"、"啃夫"之人！举步跨出闺门，她到本城的小学任教，摒弃了养尊处优，选择了自食其力。

后来，表妹彭援华和李沐英赴长沙省立第一女师学习，妈妈求知的渴望愈烈，她趁夫婿留学日本之机，冲破婆家的阻挠和娘家的反对，于1924年举足出岳阳，南下长沙，考入稻田女子师范学校。在长沙求学的两年里，她如饥似渴地吮吸新文学的滋养，接受革命书刊的鼓舞。当时，湘南著名教育家徐特立担任长沙师范学校与稻田女子师范学院的校长，妈妈有幸得到徐特立校长的教诲。她受到彭援华、李沐英等同学影响，参加了抗议日本人在上海屠杀工人顾正红的"五卅"反帝爱国运动，上街游行，抵制日货，宣传国民党一大制定的三大政策，追悼孙中山逝世…… 她深深感受到国家民族的灾难深重，也体会到民众力量的伟大。她眼界大开，思维活跃，信心倍增。她坚信：要改变自我命运，必须投入改造社会的斗争！

陶桓馥的表姐和入党介绍人彭文与表姐夫、潜伏虎穴龙潭的周恩来助手靖任秋

靖任秋与教育家彭文夫妇一家

1925年，为躲避军阀军警盯梢，带头闹学潮的表妹彭援华和李沐英被校长徐特立和校总务主任熊瑾汀送去北京上大学。而妈妈不顾家庭催归，一直在稻田女师坚持学习到1926年，后来在家庭逼迫下，不得不返回岳阳。她表面依从，却不断寻找新的机会，比如她自食其力，进入岳阳女子职业学校任教。除了教学，还先后兼任训育主任、教务主任，承担起学校的实际领导工作。她教学认真，要求严格，组织学生活动，朝气蓬勃，能力非凡。她把女校办成了新思想的园地，常鼓励女生们自主自立，奋发有为。女儿未必不豪杰，不让须眉患国忧！在师生中，陶先生享有很高威望，她的学生后来去延安参加革命，还来看望过她。然而，家庭对她的特立独行却越来越不满，冲突日益尖锐。

不久，表妹彭援华从北京返回岳阳探视病中的舅舅，那时她已是北京女子师范大学的学生，加入了共产党。她向妈妈讲述了参加反对段祺瑞投降日帝的“3·18”游行示威，讲述了她被军警追打，从死伤者中抢抬出杨德群遗体，为其清洗血迹、整容入殓，和同学们将国民党党旗覆盖其棺，抬棺在长安街示威游行的经历，这使妈妈对烈士肃然起敬，对卖国军阀义愤填膺。妈妈发现表妹更为成熟、干练，十分羡慕。她俩一谈如故，表妹知道国民革命的大好形势，她也知道该做什么，该怎么做，妈妈隐隐感到，她背后似乎有座可靠的大山，身上有一股取之不尽的力量，妈妈找到了知音，找到了信心、力量和勇气。

陶桓馥 1937 年摄于成都

那时，国共合作，北伐军所向披靡。妈妈便跟彭援华同心协力，一起组织岳阳妇女，动员妇女学习，两人登台演讲，号召妇女不缠足，剪短发，反对包办婚姻，争取男女平等……她们把岳阳妇女引入两湖妇女运动。1926 年 10 月，北伐军解放岳阳，她俩组织姐妹们和女子职业学校学生欢迎北伐军，慰问、宣传……紧接着组织成立了岳阳县妇女联合会，彭援华被选为妇联主任，妈妈协助她推动岳阳革命运动，组织妇女参加反对恶霸地主、土豪劣绅的斗争。妈妈深感扬眉吐气，彭援华和妈妈成为岳阳早期革命创始人之一，岳阳城一派崭新的革命气象！

北伐的洪流自南向北如春雷滚滚，革命中心从广州移至湖南，进入武汉。1926 年 10 月，黄埔军校发出招生广告，湖南各地的共产党组织也动员和选拔有觉悟、有文化的男女青年报考。湖南招生的宣传、招考工作由徐特立校长主持，报名地与考场皆在黄埔女子师范学校内。11 月，妈妈跟彭援华经过严格的初试和复试被黄埔军校武汉分校录取。妈妈毅然与丈夫离异，彻底与封建官僚家族决裂。这个叛逆的女儿，终于北上大革命的中心武汉，投身于轰轰烈烈的工农革命运动当中。

黄埔女兵

妈妈和彭援华成为黄埔军校（1927 年 3 月 27 日根据国民党三中全会决议改名为中央军校）第 6 期学员，成为中国第一支女兵队伍的战士。黄埔军校第 6 期共招收了男生 986 人，女生 195 名，湖南籍女生最多，达 61 人，其中一批人是跨出地主官僚家庭并与之彻底决裂的名门闺秀。她们把个人命运、个人的自由幸福和劳苦大众、和中华民族的命运融为了一体，开始了崭新的、富于理想激情的军校生活。

在正式入伍之前的 1927 年 1 月 3 日，武汉各界为庆祝北伐胜利和国民政府北迁举行庆祝活动。不料，发生了残暴的血腥事件，光天化日之下，英军士兵竟敢在中国革命的中心用刺刀刺伤、杀害参会的民众多人，怎能不激起众怒！武汉三镇开展了声势浩大的抗英斗

黄埔军校女生队 1927 年 3 月 5 日合影（右起第二排第三人是一班班长陶桓馥）

争，强烈要求驱逐英国殖民军！武汉国民政府遂颁布命令，庄严宣布：收回汉口英租界！第二天，报纸大字刊登收复英租界的消息，武汉三镇各界民众走上街头，示威游行，热烈欢呼革命政府行使主权。正在接受入学训练的军校男女学生威武雄壮地走上街头，宣传、鼓动，和工人、学生、市民们一起来到昔日殖民者称霸的英租界，江汉关下，钟声与鼓乐喧天，“打倒列强，除军阀”的嘹亮歌声响彻长江之滨。宣传、游行活动持续进行了三天，殖民者心惊胆寒，黄埔女兵和三镇市民倍感扬眉吐气。

2 月 4 日入伍那天，女生们集合在中央军校所在地武昌两湖书院隔壁的一个大楼里。因为妈妈年长，又有一定的组织能力，她被任命为女生队第一区队一班班长。妈妈领来灰色军装，女生们脱下短袄长裙或旗袍，换上军装。妈妈给同学们做示范，打绑腿，系皮带，每人胸前还别着学校标志，上写有学生姓名。20 岁上下的女兵个个齐耳短发，英姿飒爽，彼此欣赏，兴奋不已。不一会，整队集合，队长讲话，要求遵守纪律，服从命令。女兵们入住两湖书院西斋，开始了严肃、紧张而朝气蓬勃的新生活。

在北京出席中国妇女第一次全国代表大会的六位第一次国内革命战争时期参加革命的女战士。左起：刘亚雄、陶桓馥、张金宝、赵世兰、杨之华、赵君陶，摄于 1949 年 4 月

“晴川历历汉阳树，芳草萋萋鹦鹉洲”，当太阳升起在波涛浩浩的春江之上，嘹亮的军号响起，年轻的女兵便一跃而起。按规定，10 分钟内要整理好内务，妈妈常帮助年纪小的

同学，带领大家把被子叠得方方正正、有棱有角。10 分钟后军号再响，女生们集合操场，跑步出操，开始了紧张的队列训练。

2 月 12 日，军校开学典礼在两湖书院举行，学生们走近大门，见门楣和两侧书写着孙中山先生的校训：上下联为“军纪如山”、“党纪似铁”，横批是“天下为公”。会场内气氛庄严、凝重。主席台上除了代校长、国民党左派人士邓演达、教育长张治中、政治总教官、共产党领导人恽代英等军校领导之外，国民党中央党部和国民政府负责人宋庆龄、徐谦、孙科、彭泽民、吴玉章，国民党湖北省党部和武汉市党部代表董必武、詹大悲等多位来宾也莅临祝贺。学生们宣誓后，举行阅兵式、分列式，充满青春朝气的女兵队列走来，她们昂首挺胸，英气蓬勃，口号震天，步伐矫健地走过检阅台……从此，第一批中国女兵正式诞生在曾经发生过“辛亥首义”的光荣城市武昌。开天辟地第一回，中国历史上诞生了第一支现代女兵，也是世界历史上诞生的第一支现代女兵！她们比西点军校女兵队早诞生 50 年！妈妈和她的战友们内心赞叹：我多么骄傲！我多么自豪！

1981 年 2 月 18 日陶桓馥（左一）在革博出席“回忆恽代英座谈会”

女生队原计划学习一年，毕业后与男兵一样当国民军军官。军校设有丰富的政治理论课，恽代英讲工人运动、学生运动和马列主义基本原理；沈雁冰讲妇女解放；许德珩讲“共产主义 ABC”。女生们如饥似渴地听代校长邓演达、政治总教官恽代英讲演，听女生队指导员彭漪兰等各级教官讲课，学校还经常邀请国、共两党和国民政府领导、社会各界名流来校演讲，郭沫若、彭泽民、徐谦、谭平山、陈独秀、瞿秋白、彭述之、甘乃光、吴玉章、宋庆龄、李鹤林、董必武、孙科、向忠发等都曾到校讲演，毛泽东也曾来校做两湖农民运动的讲演。一次，出席全市欢迎国际学联代表团的大会上，宋庆龄讲演，女生队站立在台前警卫，圆满完成了任务。军校理论学习形式多样、生动活泼，重视指导员的理论辅导，特别重视结合形势，联系女兵的思想实际，答疑解惑；还常组织小组讨论，参考《向导》、《中国青年》等刊物文章，自我教育，互相帮助，女兵们通过系统而又联系实践的学习，打下了理论基础，提高了理论水平。

女兵们和男兵一样，刻苦顽强地学习军事理论、军事技术。4月1日，举行了授枪仪式。女生队队长发表授枪演说："同学们，经过刻苦训练，你们已经取得了一定的成绩。现在革命正在向前发展，北伐军已经打到河南，为了适应北伐战争的需要，现在发枪给你们，你们要用这杆枪去打倒帝国主义，打倒封建军阀，完成国民革命。你们对枪要非常爱护，军人没有了枪，就等于没有了生命！……"作为一班班长，妈妈第一个接过了枪，那是一支汉阳造，枪比她人还高，沉甸甸的，但她硬是背起枪挺直腰。妈妈在回忆文章里写道；"当想到从今以后，我可以效命疆场，进行革命，内心就振奋不已，当时，背着这枪参加野外训练时，我们都无比自豪。"那个年代，女子上学的都很少，何况是上军校，扛起枪！女兵们怎能不感到神圣而自豪？军事教官上"步兵操典"、"射击教范"等课程，女兵们随着教官的示范举枪瞄准，卧倒起立，起立卧倒……继而还有攻击、防御、实弹射击、冲锋、"筑垒教范"、"打野外"等更为艰苦的训练，每次课后女生们的衣服都被汗湿透，可以拧得出水来，累得腿酸臂痛，对于妈妈和几个"解放脚"的女兵来说，背着沉重的步枪"打野外"，要咬紧牙关克服更多的艰苦，然而妈妈和她的战友却意志坚强，神采飞扬，内心无比喜悦。女兵们曾经到1926年10月北伐军攻克武昌城的故道参观战壕遗迹、炮兵阵地、机关枪掩体等，并且演习攻防战术。她们克服了体力、体能上的种种困难，完成了和男兵一样的全部课程，她们的军事技术、体能和意志都有了很大的提高。

黄埔军校女生队学员陶桓馥（右三）参加1981年2月18日在革博举行的"回忆恽代英座谈会"后留影

女生们开始不习惯军校严格的纪律，个别人甚至开了小差。学校狠抓纪律教育，组织学生讨论纪律的必要性，遵守纪律的觉悟有了很大提高。

社会实践也是学校教育计划委员会规定的重要内容，妈妈和同学们经常参加社会活动，她们步伐整齐地列队行进在武汉三镇，呼喊着口号："打倒列强！""打倒军阀！""工农兵联合起来！"……她们高唱革命歌曲，到街头、工厂、码头刷标语、撒传单、演话剧、做讲演，武昌裕华、震寰等纱厂里经常活动着女兵的身影。她们鲜活的存在本身，就是对封建传统的巨大冲击，每到一处都迎来妇女们惊羡的目光，青少年们追逐着、呼喊着："女兵！快来看女兵啊！"3月8日，她们参加了武汉市纪念"三八"国际妇女节的盛大集会。女兵，让男人惊艳，令女子羡叹！她们成为武昌三镇最引人瞩目、最震动心灵的美景，尽管也引起一些保守人士的责难，但得到更多的是鼓励和支持。

女生队有三分之一的人是共产党员或国民党左派，她们有严格的组织生活，处处起模范带头作用，关心其他女兵。邓演达代校长和夫人，总教官恽代英和夫人经常到女生队来领导党支部的活动，找学生谈话。在组织内，官兵可以相互批评、建议，畅所欲言，无所顾忌，气氛民主，心情舒畅。妈妈在岳阳已经参加并领导过妇女运动、革命活动，到军校后党组织也常分配她做一些工作，让她参加研究学生思想状况，并且让她到指导员彭漪兰、钟复光处看党内文件，她也处处严格要求自己，成为同学表率、女兵骨干。

1927年4月，蒋介石背叛了革命，屠杀共产党人，白色恐怖中的一天，彭援华通知妈妈说："你的入党申请已被批准，原来准备召开支部大会讨论通过你入党，举行入党仪式，但现在形势紧张，来不及了。从今以后你就是中国共产党党员了！"妈妈在忆文中写道："我听了非常激动，决心为共产主义事业奋斗终生。"

就这样，妈妈在白色恐怖中，迎着血雨腥风，成为献身共产主义事业的女战士！

西征讨逆

那是一个全世界革命洪流激荡的时代，是一个全世界工农联合起来挣脱奴役锁链，争取自由、民主、独立，争取翻身做主人的时代，从西方到东方，工农革命的思潮、理论与实践形成了时代的主旋律。顺应时代潮流，革命的先行者孙中山先生实行"联俄、联共、扶助农工"三大政策，重新解释"三民主义"，共产党员以个人名义加入国民党而成为左派骨干。继而国共合作发起反帝、反封建的北伐战争，一直打到河南。北方的冯玉祥也誓师北伐，出师潼关，与南来的北伐军在郑州会师。那时，顺应时代呼唤，融入工农运动，推翻帝国主义、打倒封建军阀和地主阶级——成为一批出身富裕家族而背叛本阶级的先进知识分子的追求，成为他们的梦想与光荣。妈妈和她的表姐妹罗叔章、彭援华，以及她的表妹兼小姑李沐英三姐妹，和彭抟黄烈士等三个表兄弟都先后成为共产党员；我们的九舅陶桓棼参加了国民党左派，成为金陵大学党部书记，之后十一舅陶桓乐也成为共产党员。

当时的中国革命受到国际工人运动的同情和支持，斯大林得知中国成立了女生队的消息，十分赞赏，还特别要了一张女生队集体照。大约在1927年4月初，英、美、法、朝工运领袖汤姆、白劳德、多理越、马天文组成的国际工人代表团到军校参观，军校举行了隆重的大会，各国代表发表热情洋溢的讲话，介绍本国如火如荼的工运热潮，国际社会坚决支持中国革命。妈妈和她的同学们受到极大鼓舞。

然而，革命与反革命、革命与叛卖、新思潮与各种旧思想观念的斗争与冲突在社会上、在军校内、在女兵队里始终没有停止，甚至十分激烈。他（她）们不仅要面对封建卫道士的攻击、嘲弄，还要在国民党右派“孙文主义学会”、“西山会议派”与国民党左派、与共产党的种种复杂尖锐的论争中做出抉择，表明态度。争论常常发生在课堂讨论中，也发生在宿舍里。一次，一位“孙文主义学会”的女生在宿舍里标榜自己是中山先生的忠诚信徒，自己不左不右，赞成既不要帝国主义、也不要共产主义的革命。这引起多数同学反对。据胡毓秀回忆：李淑宁（赵一曼）当即驳斥：“共产主义是要让劳动人民能工作、有饭吃，与‘新三民主义’是一致的，你攻击共产党就是攻击‘新三民主义’和三大政策……”陶桓馥说：“我们革命是为了中华民族的解放、独立，为了广大劳苦民众，苏联就是我们的榜样……”游曦等同学也群情激愤地批驳，在激烈的唇枪舌剑中那位演说家哑口无言。

那时，北伐军解放了的两湖、江西等地，组织了农民协会，开展了打土豪、分田地的农民运动，实行了孙中山提出的“耕者有其田”，实现了中国农民几千年来成为土地主人的梦想。女兵们也经常收到家书中带来的农运信息，但是有的女生却议论：“农民协会好野蛮”，斗争土豪劣绅是“无法无天”、是“野蛮人的野蛮行动”……与之对照，胡毓秀和陶桓馥、彭援华等湖南同学却竞相交流自己家乡的大好农运形势，对土地革命拍手称快。

大革命时代女战士（左起）黄杰、李伯钊、陶桓馥

正当北伐势如破竹、胜利向前发展、

得到民众越来越广泛支持的时刻，早有充当新军阀野心的蒋介石发动了“4·12”反革命政变，公开大肆屠杀共产党人和国民党左派人士，屠杀革命群众……革命被叛变了！消息传来，军校男生有的动摇搞分裂，有的想逃离，妈妈在忆文中写道：“我和女生队一些同学得知后，跑去和几个男同学一起，将他们扣押了起来……”

绝大多数军校师生对蒋的倒行逆施义愤填膺，整个武汉成为愤怒的海洋，到处是示威游行的队伍。4 月 14 日，军校几千男女学生在书院广场召开声讨蒋介石大会，邓演达、恽代英和师生代表登台讲演，口号声此起彼伏、异常激烈。会后师生兵分几路上街游行，沿途散发《告武汉军民书》，张贴标语，妈妈在队伍中不断带领大家喊口号：“打倒新军阀！”“国民革命胜利万岁！”“工农兵联合起来！”……一路上群情激愤，队伍走到国民革命政府门口，口号声更高亢，强烈要求政府主席汪精卫出来接见支持，然而，这位一向以左派面目出现的“领袖”却避而不见，这，更引起了妈妈和同学们的愤怒和疑虑。不久，武汉的党组织领导成立了有军校师生代表参加的各界民众“讨蒋委员会”，妈妈和同学们一起投入到激烈的“讨蒋运动”中去。

陶桓馥（右）与张颖新——苏联东方大学同学

叛变在继续，5 月 17 日，蒋介石暗中策划，在宜昌的北伐军夏斗寅独立十四师与四川军阀杨森勾结叛乱，向武汉进军，打到离武汉只有 30 里地的纸坊。而北伐军主力在河南，武汉只有叶挺的二十四师。为了保卫武汉革命政府，叶挺率二十四师西征讨伐夏斗寅，部分武汉工人纠察队和农民自卫军也参加了西征。军校学生和南湖学兵团、中央农民运动讲习所的部分学员奉命组成了中央独立师，女兵队成为独立师的一个分队。妈妈和战友们打紧了绑腿，足蹬草鞋，扛枪待发。妈妈先后参加了军校共产党员及全体学员的出征誓师会。女兵出发前，国民党湖北省党部妇女部和省妇协代表赠送了两面锦旗，上面写着“ 杀尽敌人”、“革命前锋”。女兵们开拔到纸坊前线，双方已经交火，战斗激烈进行，女兵们救护伤员，运送弹药，妈妈和大家紧张地为伤员包扎、抬担架运送……看到牺牲和负伤的战友，无比心疼，无比愤怒。

女兵队紧跟主力西进，于 5 月 19 日攻占土地堂，收复贺胜桥。一路上有时行军，有时坐闷罐子车，经咸宁、蒲圻、沔阳、天门……6 月 15 日长驱追击到沙市，24 日收复宜昌，直捣夏斗寅老巢，西征大获全胜！

行军路上，女兵们除了参加战场救护、后援、慰劳等工作外，还进行宣传。妈妈被抽到师部担任宣传队队长，每到一地就带领宣传队员提着墨汁、拿着毛笔到街道上刷大标语，演出自编节目和活报剧，妇女们见到她们追着问长问短，有的还要求参军；有时到农村，她们还随身带一点小药，送给患病的穷人。她们经常深入农家，宣讲国民革命，宣传打倒土豪劣绅，实现耕者有其田的革命理想。在蒲圻，一个老婆婆惊奇地问道："你们都是女兵？你们怎么当兵呢？"妈妈亲切地对她说："我们原先是读书、教书的，军阀、土豪不叫大家活下去了，为了让老百姓过上好生活，就一定要打倒土豪劣绅，我们才当兵的，你家……"老婆婆说："我家祖祖辈辈给财主家种地，打的稻谷都缴租了，我们没得饭吃，好造孽！"女兵们还帮助整顿或重建农协、妇协组织，由于土豪劣绅疯狂倒算，她们又召开打土豪、分田地的大会，镇压反攻倒算的恶霸反革命分子，帮助贫苦农民当家做主。

6 月底，叶挺部和中央独立师班师返回武汉，凯歌高唱，胜利凯旋，受到武汉各界热烈欢迎，妈妈和她年轻的战友们经过血与火的考验，更加成熟而自信。

然而，革命的总形势一天天恶化，在蒋介石和三十五军军长何键策划下，长沙的许克祥三十三团在 5 月 21 日发动马日事变。由于我党缺乏独立的武装力量，几无设防，长沙又一次沦入敌手。何键叫嚣："宁可错杀三千，不可放走一人"，许克祥部疯狂地摧毁湖南省的革命机关，仅半月就在长沙及二十余县大肆屠杀共产党员和革命群众一万余人，形势险恶！汪精卫公然左一命令，右一命令，逼迫共产党员离开军队，其叛徒嘴脸暴露无遗。7 月 15 日，汪精卫公开叛变，武汉国、共两党分裂，宁汉蒋、汪二逆合流。

随着叛卖和屠杀日益扩大，革命转入了低潮。中央军校被迫停办，学生提前毕业。7 月 18 日，学校在悲愤的气氛中举行了毕业典礼，颁发了毕业证书。分裂与分化已不可避免，军校决定：所有学员自由选择，可以回家，也可以跟部队走。每一个学员面对屠杀与鲜血，必须当机立断，做出抉择；每一个共产党员随时准备服从党的需要，走向新的战斗岗位。

为了保存党的生力军，党组织将已经公开身份的党员一一安排去向，命令她们分散隐蔽，各自前往新的岗位。共产党员一部分返回家乡隐蔽，伺机发动群众，从事秘密工作，继续坚持地下斗争；一部分跟随叶挺部前往九江，准备参加南昌起义，建立共产党自己独立的武装。妈妈和李淑宁（赵一曼）等一批同学则被组织遴选，派往苏联留学，进一步深造，以待日后成为共产党自己的军事、政治骨干。

行前，妈妈去看望了因病住进军医院的胡毓秀，告诉她："敌人已经开始大规模屠杀了，在武昌已经看到人头挂在电线杆上，局势非常严重！……组织决定李淑宁和我到苏联留学，明天就走。这几天学校里也在抓人，学生已经四分五散，你出院后，千万不要回军校！你可以到汉口我姐姐家待几天，她会设法帮助你回到南昌。"

血雨腥风中，妈妈告别了武汉的亲人，告别了军校，告别了短暂而丰富的女兵岁月，登船驶经血雨腥风的南京、上海……驶向茫茫的大海。仰天长啸，壮怀激烈，志士恨，何时灭！她向往着莫斯科的红星……

上海滩“女剑客”出生入死
老虎桥女囚徒忠贞不屈

——洞庭女杰陶桓馥（下）

浦东、闸北闹罢工

1930年8月，妈妈陶桓馥在苏联学习3年后，与20几个同学一起回到了白色恐怖下的上海。在恐怖气氛下，几个同学脱离了共产党，其余的人后来也不知下落。妈妈则坚持了自己的选择——立即到中央组织部报到。

组织部分配她到文件处工作——这是十分机密的工作，属于中央特科领导，入住到特科领导人之一的吴德峰住处，接替吴的工作——主要是管理和分发党中央文件。与陶桓馥联系来取文件的是刘亚雄，她也是从苏联留学回来的一员女杰。妈妈工作了一两个月后吴德峰出差回来，组织部调妈妈到中央军委，因为她是黄埔第六期参加过北伐的女兵，留苏时又学习过军事、政治知识，军委准备派她去江西中央苏区，妈妈本人也很向往苏区，十分高兴，就住到肖桂昌家待命。但是由于通往苏区的“交通”被困阻，总是不能出发，妈妈心中十分焦急。

大约在11月，妈妈就主动要求到基层去，到工人中去，发动工人运动。妈妈在留苏时，曾到纺织工厂实习过半年，每天上半天课，到纺织厂工作半天，所以对女工生活也比较熟悉。中央组织部批准了妈妈的要求，让她到中共浦东区委负责妇女工作，化名阿宝，她的直接领导是陈云同志。陈云在苏联时已认识了妈妈，互相已有了解和信任，当时他是江苏省委的一位负责人，直接领导浦东区委工作。那时浦东区委书记是一位工人，委员有妈妈和曹孝琴。妈妈担任妇委和组委。曹孝琴也是莫斯科留学回国的，开始她们两人同租

陶桓馥

市区一个亭子间住，生活十分俭朴，旗袍换成了短袄，便于和女工打成一片。

妈妈本来想直接进纱厂去做工，赶上日本人办的裕华纱厂招工，妈妈也去报名，但工厂只招10个工人，当时妈妈已30岁，没有考进工厂。为了深入工人群众，妈妈决定住到工人聚居区，为一烟厂女工马嫂子当保姆。马嫂子的丈夫被国民党逮捕关进了监狱，妈妈就跟马嫂子母子一起住在一个小阁楼里。阁楼要登竹梯子才能爬上去，里边又黑又矮又挤，爬进去站不起来，只能睡觉。楼下住着马嫂子的哥嫂一家，哥哥是铁厂工人，曾经参加过周恩来领导的上海工人三次武装起义，是一名秘密党员，嫂子理家。妈妈作为保姆和他们一起吃着带砂石的糙米饭，每天抱着小孩走东串西与工人和家属聊天，还抱着孩子送到烟厂去喂奶。在厂外，她来往于英美烟厂和铁厂之间，很快与男女工人建立了密切的联系。妈妈给工人谈天讲道理，夜晚组织工人们开会、学习，启迪他们认识资本家的剥削本质，帮助他们提高觉悟——为了改善生存条件，只有团结起来与资本家斗争。

那时，正是中共中央四中全会召开之时，一天，邓颖超同志组织了市委干部会，妈妈也去参加，邓传达了四中全会决议：市委讨论通过了拥护四中全会决议案。妈妈回到浦东，向区委作了传达，并通过了区委的“拥护中央决议案”。

1931年2、3月，妈妈和战友们领导了浦东区纱厂、烟厂和铁厂的年关罢工。工人们在厂子里静坐示威，要求年关实行双薪。机器一停转，资本家就受损失，他们很害怕，不得不答应了年关发双薪等条件。罢工取得了胜利，工人们过了一个好年，十分高兴。陈云见到浦东区委同志时，高兴地说：“你们胜利了！”妈妈很有成就感。

快过年时，浦东C.Y.书记被捕叛变，供出了区委书记和曹孝琴在市区的住处（他以为妈妈也还住在那里），结果区委书记和曹孝琴都被捕了。妈妈虽然从浦东进城开会办事时，偶尔到曹孝琴的亭子间住一夜，但平时基本住在马嫂子家，并不知道曹已被捕，仍继续自己的工作，后来发现有暗探跟踪盯梢，妈妈几次机智地甩掉“尾巴”。不久她就得到江苏省委通知，命她及时撤离浦东，躲过了一劫。妈妈调走后，江苏省委派帅孟奇大姐接替了她的工作。

廖鲁言与陶桓馥 1950 年于
北京孟端胡同甲 21 号

在 1931 年“三八节”前，妈妈秘密在工厂区党支部会上布置了“三八节”工作。“三八节”那天，在一位女工家里，召开了有 30 多位女工参加的纪念“三八节”大会，并一致通过：向厂方提出恢复原有的较高工资待遇的要求，而且后来曾派代表向资本家交涉，但没有成功。和妈妈一起工作的有一个化名阿四的女同志，是妈妈在武汉上军校时的伙伴，那时她和丈夫就常来军校，与妈妈这些女共产党员相当熟悉。这时阿四也来到了闸北区，还有一个姓周的叫秋娃子的女同志也来一起工作，力量加强了，妈妈非常高兴。她们在闸北区办工人夜校，教工人文化，讲解革命道理，还常到职工子弟学校的师生中开展活动。妈妈虽是出身于官僚地主大家的名门闺秀，但是，经过革命的洗礼，认识到群众才是革命的主力，所以积极与他们平等交心成为朋友，并对他们做革命的启蒙教育工作。她深信，一旦群众接受了真理，就定能成为改天换地的历史的主人。所以，妈妈一直热衷于基层工作，热衷于群众工作。

农历三四月份是上海的梅雨季。天，雾气蒙蒙，雨，淅淅沥沥下个不停。气候潮湿，厂房里又闷又热，纱线老是断头，又费力又费时，女工们身心疲惫，对资本家十分不满。妈妈就抓住机会，领导工人发动了“梅雨季节大罢工”。那时蔡畅受党中央派遣，也来到闸北区委指导罢工。蔡妈妈也是湖南人，妈妈与她早就相识。她俩接头时，蔡妈妈穿一袭旗袍，是当时妇女的时兴打扮，如约站在约定好的商店橱窗前，仔细观看着窗内的商品，妈妈走到了她的身边，给她一个眼色，把她带到了妇委开会的地方，蔡妈妈布置了有关大罢工的工作。

后来，省委又派关向应来具体指导罢工。这次罢工动员充分，组织严密，女工们已有多次罢工的经验，工作紧张而有序地进行着。罢工，先从一个工厂开始，由党员骨干带领女工首先关掉电闸，推倒发电机，让全厂的机器都停转，然后全厂女工集合冲向另一个丝厂或纱厂，让机器停转……就这样从一厂冲向另一厂。这种办法是工人们创造出来的，叫做“冲厂摇班”，声势浩大，具有冲击力，罢工声浪从一厂波及全闸北区，形成了纺织行业的“梅雨总罢工”。面对强大的罢工潮，各厂资本家无计可施，遂与警察局勾结，逮捕工人运动的积极分子。但工人们并不屈服，仍紧密团结，坚持提高工资等要求，资本家只有答应了工人代表们提出的要求，工人们才复工。然后，再由各厂党支部组织“后援会”，营救被捕的女工。妈妈一直深入第一线，与罢工姐妹们一起斗争，直到大罢工获得全胜。

王明当时也管闸北区工作，可是他把工作重点放在抓节日游行、飞行集会等方面，一次次暴露了党的力量，致使地下党不断遭受损失。他不重视基层工厂的党支部建设，也不愿对工人群众做艰苦细致的启蒙教育，更不堪与工人同吃同住。妈妈在苏联留学时就认识王明，并且参加过对王明为代表的教条主义思想倾向的斗争。这次，在闸北区，妈妈针对王明要发动“五一节”示威游行的意见，直言不讳地提出反对意见，加以阻止。王明夫人孟庆树开始时还来闸北区转转，当“梅雨季节大罢工”发动起来后，她就再也没有出现过，妈妈她们对其举止言行很不以为然。

因工作紧张、生活条件极为艰苦，妈妈累得肺结核病发作，咯血不止，不得不请假到上海的四姐家里休养、治疗。到1932年底，妈妈的病情好转，又被中央组织部派往中共河南省委去担任宣传部部长兼妇女部部长。她的工作重点仍在秘密发动工人、妇女和学生运动，还创办了一份《妇女杂志》。

特科侠女“三剑客”

1932年7月，妈妈在河南被捕，被家人保释出来后，曾回武昌外婆家治疗肺结核病，但是，只休养了两个月，她便又一次不顾外婆和舅舅、姨妈劝阻，返回上海找到了党组织。因那次被捕未暴露其共产党员身份，组织审查后立即派她到党中央特科继续工作。那正是上海滩白色恐怖最严重的岁月，国民党颁布了《中华民国紧急治罪法》，疯狂逮捕、屠杀共产党员和革命人士，志士的鲜血染红了龙华！1931年，党中央出了顾顺章和向忠发两个大叛徒，加上王明教条主义的错误恶果，白区地下党组织受到毁灭性的破坏。这时，中央特科尤其需要坚定、坚强的战士。

在那段动荡不安的岁月里，妈妈几天就调动一个工作岗位，她深知这时的上海滩是虎穴龙潭，处处需要敢于降龙伏虎的共产党人；她也清楚，自己的脑袋是时时系在裤腰带上的，但是，为了砸毁这黑暗恐怖的地狱，对每次调动，她二话不说。

1932年10月，她与一位男同志扮作假夫妻，住在中央局机关里。据杨尚昆伯伯回忆录记载，机关在北四川路的一座石库门房子的前楼，他们与陈云同志同住。陈云当时以商务印书馆职员的身份为掩护，实际是临时中央常委、全总党团书记。妈妈的掩护身份是陈云雇的娘姨，实际上从事机关日常工作，包括照顾和保护陈云同志。12月，地下党又有一批人被捕，担任团省委领导的胡钧鹤等多人被捕后叛变，直接威胁到陈云的安全。组织上让杨尚昆设法通知陈云转移，杨尚昆冒着瓢泼大雨找到了他们的住处。当时陈云不在家，杨便写了一张字条，意思是那边出了问题，让陶桓馥“务必转交陈云本人”。妈妈当晚及时把条子交给了陈云，他们立即转移，避免了一场灾难。妈妈前后在那里工作了大约两个月。

后因“互总”被敌人破获，负责人被捕，中央组织局分配妈妈去担任“互总”党团书记。没几天，又有一个叫李竹声的人通知妈妈说：“政治局已派了一个同志去担任‘互总’书记了，现在机关需要人，你还是先去住机关吧；中央妇女委员会也需要人，等机关找到合适的人时，你再调到中央妇委工作……”但是，仅几天后，组织局秘书长又找妈妈谈话：“现在急需‘内交’，没有合适的人选，你无论如何帮一段时间。”妈妈又一次从机关转入“内交”。在上海地下党遭受破坏最严重的岁月，党组织多么缺乏干部！妈妈成了一颗万能螺丝钉，哪里需要她都可以去发挥作用。对于党的需要，早已将生死置之度外的妈妈，只有“服从”，坚决服从每个需要！坚定地执行每个命令！并且出色完成了每个岗位的任务。

“内交”是当时党中央特科的一项重要工作，任务是在地下党团组织之间秘密传送中央文件，革命书籍，并及时传递组织被破坏，同志遭逮捕等信息。“内交”工作要求交通员忠诚、勇敢、机智，应变能力强，要求宁死保守党的机密！还要求熟悉上海滩的大街小弄，熟悉地理交通等情况。妈妈就这样来往穿梭于团中央各机关之间，来往于中央与上海工人区党团组织之间，她知道的机密太多了！妈妈是称职的：她革命意志坚定，她随时准备被捕、准备献出生命！

当时“内交”的负责人之一是以商人身份出现的熊瑾汀——熊老板，大革命时期他在长沙女子师范学校工作时，妈妈也在长沙读书，妈妈的两个表妹都是女师学生，妈妈那时就认识了熊老板。熊老板也在1927年“4·12”事件后的白色恐怖中加入了中国共产党，妈妈和熊老板是老同志了。和妈妈同时期承担“内交”工作的还有革命母亲夏娘娘的女儿

（左二起）张元、夏之栩、周惠年 1938 年于武汉

夏之栩、左翼女作家葛琴。开始时，她们仨互相不得见面，互相不知底细，只是轮流到熊老板处，穿一件狸猫皮大衣取文件、送文件，任务完成后须立即把狸猫皮大衣送回来复命。另一个交通员再来穿大衣，取文件、送文件……然而，旧历年后的一个雪花飘舞的日子，她们三人接到通知后在熊老板开的湘绣铺第一次相聚了，熊老板和老板娘朱瑞绶接待了她们。熊老板说：“原来，组织上安排你们分头跑交通，任务就是送文件，三个人送三条不同的路线……联络暗号就是这件狸猫皮大衣。以前你们互不知道底细，今天让你们一同来，原因是最近又出了叛徒，来不及通知所有的机关，要你们紧急通知各机关，一个人先去，另两人在此等待她回来复命，再出去一人……”“先由葛琴去，一定要保护好狸猫皮大衣啊！到那里先看窗口暗号还在不在。千万谨慎小心啊！”那件狸猫皮大衣上的花纹好像一把把利剑，三个侠女轮流穿！妈妈和两位战友穿梭在上海滩大街小巷，犹如侠女穿梭在刀刃上，她们都勇敢出色地完成了任务。所以，特科同志亲切地称呼三侠女为“三剑客”！

两天以后，妈妈来到湘绣铺，葛琴刚刚到学生区完成了任务，把狸猫皮大衣还来复命，熊老板交给妈妈一箱子书，命她送到霞飞路一个机关去。后来妈妈才知道那里是 C. Y. 团中央的一个机关。临出发时熊老板叮咛道：“那个机关的警号是在窗户上挂着一只鸟笼，如果鸟笼子不见了，就说明这个地方暴露了，你就千万不要进去！”妈妈拿起书箱点了点头，穿过飘着雪花的街道，来到目的地，远远望见鸟笼子依旧挂在窗户上——“警号未动”。妈妈放心地走上三楼，谁料一推门，才发现屋子里情况不妙！有几个陌生男人在抽烟，妈妈正想回头下楼，门外又窜出一个男子从背后一把拽住妈妈，将她手上的书箱夺了过去。妈妈挣脱那男子转身冲向窗户，想把鸟笼取下，向以后再来的同志报警。可那男子用手枪猛击妈妈的头，然后和另外两人一起把妈妈架到了楼下，推推搡搡，把妈妈塞进了躲在旮旯里的一辆汽车上，汽车在寒风中向法租界开去……

妈妈后来才知道，原来有一个叫蒋平的人，被捕后叛变，率领了另外三个早已叛变的叛徒：袁炳辉、胡钧鹤和老马，当天早上到霞飞路机关来等人、抓人，所以警号如前未动……可惜妈妈当时并不认识这几个家伙。

再说熊老板等妈妈，等了两天也不见她回来还大衣，十分焦急。夏之栩在一个傍晚如约而至，熊老板对夏说："之栩，前天桓馥去霞飞路，一去未回，你快到她家去一趟，别人没去过她家，只有你知道她家地址和警号，你赶紧去找她，把警号撤掉！"夏之栩急忙赶到妈妈住的弄堂，远远看见妈妈住的亭子间还有灯光，警号——一盆吊兰还挂在窗前，之栩想："警号没撤除，大概桓馥一人病在家里了吧。唉，她的肺结核老是好不了，那当然还不成狸猫皮大衣啦！"于是她慢慢走近了那家后门。突然看见弄堂路灯柱下闪出两个黑影，之栩心里咯噔一下：是两条狗（特务）！正在这时桓馥家后门开了，走出来的是房东太太，她假装倒垃圾，暗地里向之栩摆摆手，之栩全明白了，立即转身进入另一条弄堂。两个黑影急步紧追，之栩加快脚步钻进了又一条贯通英法租界的弄堂，拼命快走，七拐八拐，连拐七八个弯，回头看看那两个特务被甩掉了，才松了一口气，连忙跑回熊老板家去报告。熊老板说："一定是叛徒出卖的！不然，警号怎么没撤掉？……"熊老板一面立即撤掉了湘绣铺，搬家改开了一家酒店。同时，命令夏之栩到旧货店又买了一件半旧狸猫皮大衣，命她与葛琴轮流穿起"剑客"皮大衣，紧急通知各方面与陶桓馥有过联系的同志转移。

这一年冬天，夏之栩在马路上被一个男叛徒认出，纠缠不放，她也被推进了囚车……一年后与陶桓馥在南京监狱相遇。不久，熊老板也与她俩在狱中相聚了。而葛琴仍在地下党领导之下，往来于沪宁线上。老板娘朱端绥继续开设正泰酒店，她们为营救狱中难友而继续战斗着，这是后话。

舌战叛徒斗敌顽

妈妈被他们塞进汽车后，发现车里已有两个人，都是在 C. Y. 秘书处工作过的，但妈妈也不知他俩的姓名。汽车开到一座旅馆前，妈妈和他俩被押上了五楼。有一陌生人询问情况，胡钧鹤、袁秉辉和老马站在了那人旁边，妈妈当时虽不知这三人名字，但怀疑他们已经叛变，助纣为虐。妈妈十分冷静地想：这些人反正我一个也不曾认识，他们也不知道我的底细，于是就对询问者一口咬定说：“我叫周秀珍，是湖北人，培德女学的学生。书箱是一个同学让我顺路送去的。”对其他问题，妈妈一概回答：“不知道！”

当天晚上8点多，妈妈和其他七八个被捕者被警车押解到了国民党政府上海市公安局，第二天公安局提审，妈妈的口供仍和前一天一样简单而坚决。

大约是到公安局的第五天，公安局派胡钧鹤、袁炳辉来和妈妈谈话，仍是威逼利诱。妈妈想，他们若不是国民党特务、便衣警察，就一定是可耻的叛徒！反正要提高警惕，保守党的机密，仍坚持前口供不改。随后，胡钧鹤佯装善意，把妈妈带进一间小屋子，故作机密地说：“我也不是真叛变，我是为了保存革命干部，我并不要求你出卖同志，说出机关，你只要承认你曾经误信共产主义，误入歧途，以后放弃此信仰就行了。年纪轻轻的……”妈妈面对叛徒，十分憎恶，但仍然沉住气，坚持前口供，一字不改。气得胡钧鹤暴跳如雷，举手要打妈妈，守在门外监听的公安局的人见他问不出结果，就推门进来，当晚就把妈妈送进了公安局的女看守所。

大约过了九天，公安局又把妈妈押进一个大厅，妈妈定神扫视了一圈，面前有七个人，只有一个叫王云程的，与妈妈在苏联时是同学，其他人员她还是不认识。王云程把其他六个人的姓名和在党内的工作职务一一向妈妈做了介绍……妈妈忍住愤怒，心想：你们这些软骨头！狗叛徒！为了一己私利出卖了多少同志！我要一个个记住你们的狗名字——王云程、孙际明、胡钧鹤、袁炳辉、胡大海、徐维仙、老马。妈妈暗想，日后有机会时一定要向组织报告，坚决除掉你们这群狗叛徒！王云程说：“我们都是从莫斯科回来的，我知道你担任‘内交’，为了你的前途，你还是老老实实悔过吧！”妈妈暗想：“你知道我的底细不过如此，我回国后与你并无工作关系，我看你能把我出卖到何等地步！”王云程厚颜无耻地叙述了自己入党、留学、被捕、自首的经过，然后就痛骂我党领导同志如何地不重用他这样的“人才”！继而假惺惺地说：“你看你，留学回来也不受重用，在党内有什么地位？当个小小交通员，成天担惊受怕，除了被抓起来，有什么出路？我是为你好，你不如跟我们一起自首，共同起草发布一个宣言，宣布脱离共产党。”妈妈心想：你刚回国两年，就经不起考验而叛变，妈妈怒不可遏，大声斥责道：“你这个叛徒！变节分子！想让我背叛自己的信仰，真是痴心妄想！我绝不会背叛党，你不要白日做梦！”其他六个叛徒也前后一个个介绍自己入党、被捕及自首的无耻经历，向妈妈展开攻心战。妈妈单刀赴会，舌战一群叛徒小人，义正词严，毫不畏惧，坚决拒绝与之同流合污，从政治上给予了明确而坚定的答复："我严正地告诉你们，我坚决拒绝你们起草自首宣言的提议！我警告你们，背叛共产主义、背叛党，捞取一己私利，最终绝不会有好下场！"妈妈反复说："我相信我们党领导的革命斗争一定会受到工农大众支持拥护，一定会胜利！你们这群叛徒，绝不会有好下场！"后来，又有人转换话题说："唉，我看你不自首也行，我也不想逼你写反共启事，只要你同意脱离共产党，我们会送你回原籍老家，你难道不想回家吗？有不少人想脱离工作回家，可是还找不到机会。现在是国民党的天下，他们回老家也会被逮捕，可是如果是我们送你回原籍，你当然就可以安安稳稳当老百姓了。你那么年轻，又有教养，在原籍一定能找到一份好工作，何必当共产党，天天都有掉脑袋的危险……"妈妈立即洞烛其奸，心想："你们看见我拒绝变节，就又来软化我，骗我先脱离党，脱离革命，再达到你们的目的。"妈妈嚷道："卑鄙无耻！不要来这一套，我决不会背叛我的信仰！"妈妈对叛徒们软硬兼施的伎俩一一明确而坚决地反驳答辩。经过了三个多小时的舌战，叛徒们色厉内荏面面相觑、无计可施。舌战以妈妈的胜利，众叛徒哑口无言而告终。公安局的人不得不把妈妈又押回了女看守所。

当年"三剑客"，（左起）陶桓馥、夏之栩、葛琴

在上海市公安局羁押了半个月，经过一次审讯，两次与叛徒舌战，妈妈一直是大义凛然，坚持了自己的坚定信仰。同时，妈妈也知道了自己的共产党员身份和留苏经历已经被王云程出卖，妈妈准备迎接更为残酷的考验。

半个月后，妈妈跟女看守所中关押的共产党人张金宝（当时没有党员身份）、黄俊、周萍和几个不认识的女犯，一起被押往南京。

到南京后，妈妈先与王云程等 17 人被关押在首都宪兵司令部，这里的女政治犯仅妈妈一人，案件由国民党中央党部审理。四五天后，中央党部派了一人携胡钧鹤、胡大海二人提审妈妈，妈妈早已根据叛徒们已掌握的经历，编造了新的口供。她承认自己是从莫斯科回国的，但仅仅是个 C. Y. 团员，回国后因肺结核在庐山疗养，什么工作也没有干。省党部人员用"三民主义"大道理来说服妈妈，并且叫胡大海拿出一本讲"三民主义"的书给妈妈看，妈妈将计就计，反而给他们讲起了：“我在莫斯科是研究经济学的，我佩服马克思，深信他的剩余价值学说。揭示了资本主义残酷剥削工人阶级的罪恶，工人阶级是资本主义的掘墓人，因此无产阶级革命必然胜利，共产主义事业不仅在西方有前途，在苏联有前途，在中国同样有前途……”胡钧鹤说：“人生在世，不过是为了享受生活，许多人少年气盛，个性倔强，其实人一过三十岁就完了，何必这样一定要争一口气呢！为了一个主义而牺牲生命是不值得的，你怎么就不能转过来呢？为什么那么死心眼呢？”妈妈也随机应变，佯装消极来表明自己对信仰的坚定：“是啊，人生本来就是没有什么意义的，所以，我早已将生死置之度外了！”经过一番理论纠缠，妈妈意气风发，而党部人员已感疲劳无望，当胡大海要送给妈妈那本“三民主义”的书时，妈妈说：“我被你们关押了 20 多天，肺结核病又复发了，身体不好，哪里有心思读书啊！”胡大海说：“算了吧，看来她是不会看的。”敌人一无所获，妈妈又被押回了宪兵司令部看守所。

过了十几天，宪兵司令部看守所所长叫妈妈去“谈话”，他手中拿着一本花名册一一指给妈妈看，说道：“这些人都是和你一辆车来到南京的，他们都写了自首书了，并且准备发宣言，你看，这就是他们签了名的宣言，你只要签上你的名字，一道在报纸上发表，就可以自由了。”妈妈坚决拒绝签字，她发现那份宣言上面签名的除了同一囚车押来的 16 人外，还有其他 3 人，共 19 人叛变自首。心想：这一帮软骨头、败类！妈妈把那份卑鄙的“宣言”丢给了看守长，昂头向门外走去，誓死不变节！接着又被押回了看守所。

大约到南京一个月后，宪兵司令部法官正式提审妈妈，企图找到破绽。妈妈只根据敌人已掌握的情况来编自己的历史：“于 1928 年加入 C. Y.，从未参加过任何暴动，也从未担任过什么职务，从苏联回来，就在庐山休养。你们问我还认识谁，我就只认识蒋平，这次不就是他把我抓来的吗？”法官一想蒋平还未释放，遂叫人从看守所将蒋平提来，问他道：“你认识她吗？她是干什么的？”蒋平道：“我认识她，她是从莫斯科回来的。别的，我也不大清楚。”这，证实了妈妈的猜测，蒋平也不掌握自己的底细，就更有底气了，对法官说：“他已经自首了，你问他吧，他知道我的全部情况，他会全告诉你们的。”蒋平一听“自首”二字，立即气急败坏叫起来：“什么自首不自首！你怎么这样乱讲……”“自首就是变节！就是叛变！还怕人讲吗?!”妈妈厉声责问，理直气壮。蒋平气急败坏，理屈词穷，还想动手打人。法官把二人斥责一顿，妈妈又被带回看守所。

又过了几天，所长对妈妈说：“法官认为你的口供太简单，还要提审你。”一天，法官一人来到所长室，再次提审妈妈：重新又问了一遍姓名、籍贯、经历，企图与前几天口供对比找出破绽，特别问到妈妈入团以后的情况——在团内担任过什么工作？参加过什么暴动和斗争？妈妈又重新叙述了自己的情况："我叫周秀珍，湖北人，只有老母现住陕西，多年没有见面了，也不知近况如何……"讲到经历，妈妈承认自己于1928年入团，1930年从苏联回国，因为在苏联患上肺病，回来后生活无着，病情加重，由一个南洋群岛回来的华侨朋友资助，在庐山养病，什么事情也没干。后来"1·28"抗战发生了，受到很大震动，为国担忧，虽然想再做些拯救民族危亡的事，可是，病仍然很重，时常咯血，不得不继续养病，直到1932年冬天才从庐山抵沪，在上海遇到了过去认识的朋友许××（此人姓名系妈妈编造的）。许君劝我恢复团的关系，让我做一些抄抄写写的技术性工作。我想参加抗日救亡工作，还没有找到机会。在团里我只认识一个蒋平，结果他把我抓来了……法官从口供中找不出破绽，就说："你还年轻，要看清自己的前途，你看看王云程，他不也是和你一起从莫斯科回来的吗？你看他们多么识时务，发表一个声明，重新做人，前程无量，他走的是一条正路……"妈妈十分气愤，再次严词拒绝了法官的诱降诡计。然后又故作消极地说："唉，我离家多年，母亲也渺无音讯，自己飘零在外，一身的病，说起来也很伤心，反正我认为人生不是以享乐为目的，所以我对出狱与否，觉得也没什么关系……那就听信命运安排吧！"

这次以后，妈妈没再受审，直到5月间宣判。尽管敌人始终未掌握到什么有力的人证、物证，并不能证明妈妈是共产党员，也没有事实证明妈妈有什么"危害民国"的罪行，却硬是宣布判处妈妈10年徒刑！把妈妈关押进南京老虎桥模范监狱，全称"江苏省第一模范监狱"。

从被捕到判决，从上海到南京，历时两个多月，经过旅馆、上海市公安局、南京宪兵司令部，先后由公安局审讯一次，叛徒谈话三次，中央党部人员谈话一次，看守所所长审问一次，宪兵司令部法官审问两次，妈妈的口供开始是根本不承认，后来遇到了认识她的叛徒王云程和蒋平，就随机应变，根据他们了解的情况编造了自己的经历。妈妈舌战群叛徒，智勇斗敌顽，始终未承认自己的共产党员身份，没有说出自己的真实工作，更没有出卖组织和任何同志，一而再、再而三地严词拒绝了变节自首，保持了共产党人的高尚气节。

老虎桥铁牢巾帼豪杰

1933年4月，妈妈被关进南京老虎桥第一模范监狱女牢，女牢中的普通犯关在大号，女政治犯20多人关在10间小牢房内。在这里，妈妈见到了比她早几个月被捕且受尽酷刑却铁骨铮铮的帅孟奇大姐，她被捕时是江苏省委常委，领导女工运动，妈妈对帅妈妈肃然起敬。后来钱瑛和夏之栩也先后被捕，投入女牢，她们俩都曾留学苏联，早就认识。妈妈和夏之栩同是特科内交“三剑客”。女牢中其他共产党员彭镜秋、耿建华、何宝珍、王根英、黄海明、陶谷芳和关入母子牢房的张金宝等，其中有的是妈妈黄埔女生队同学。有的是留苏同学。她们被捕后经受了威逼利诱种种考验，信仰坚定，宁死不屈，都被判重刑关进了老虎桥监狱，何宝珍后来英勇就义于雨花台。女牢中逐步形成了领导核心，开始有帅妈妈和我妈妈、黄浩等，在夏之栩和钱瑛被关入后也被吸收进了领导核心，几位女杰成为女牢里中共秘密支部的领导人和骨干。这一批巾帼豪杰以牢房为战场，团结战斗，取得了一次又一次斗争的胜利。她们为了保守党的机密，彼此互相掩护，都在受审时用了假姓名，编造了假履历，因此在狱中互相以外号相称：帅妈妈因受敌人灌辣椒水等酷刑而几近双目失明，被战友们称为“觑觑”；钱瑛行走轻快如水上漂，被称为“漂漂”；妈妈讲话像喜鹊唧唧喳喳，被称为“喳喳”。党支部秘密组织狱友学习文化和政治时事，教唱歌曲，演唱京剧，带领大家做踏步操，锻炼身体，牢房里洋溢着革命乐观主义情绪。

党支部工作重点有分工，妈妈因曾留苏三年，懂俄文和英文，她的一项重要工作是与外国人牛兰夫妇联络。牛兰夫妇是共产国际在1927年下半年秘密派往中国上海联络站的负责人，他们夫妇虽然是参加过十月革命的布尔什维克，但当时在华以非苏联籍人士身份经商，手中持有比利时、瑞士等国护照，平时从不讲俄语，只讲德语或英语。除了左尔格，从不与苏联任何驻华机构联系。除了宋庆龄，也未与中共任何机构发生联系。虽然被叛徒顾顺章猜测后出卖，1931年6月在公共租界被英国巡捕房逮捕，后引渡给国民党政府，但由于国民党只掌握了其掩护身份——赤色职工国际驻华联络站代表（该组织是当时公开合法的国际工人组织），而牛兰夫妇由于在上海等城市开办了“大都会贸易公司”等三家企业，在中国人脉很广，信誉很好，因此自牛兰夫妇被捕后，“营救牛兰夫妇”成为国际国内的世界性运动，特别是当他们在狱中绝食斗争抗议时，更掀起了抗议营救的高潮。在这个过程中，妈妈就负责用英语与牛兰夫妇联络。牛兰夫人汪德利曾每次放风时，会走到妈妈牢门口，把她当天在外文报纸上获得的关于红军长征、爱国学生运动等消息告诉妈妈。这些消息再由妈妈报告给支部领导，传达给狱中战友。

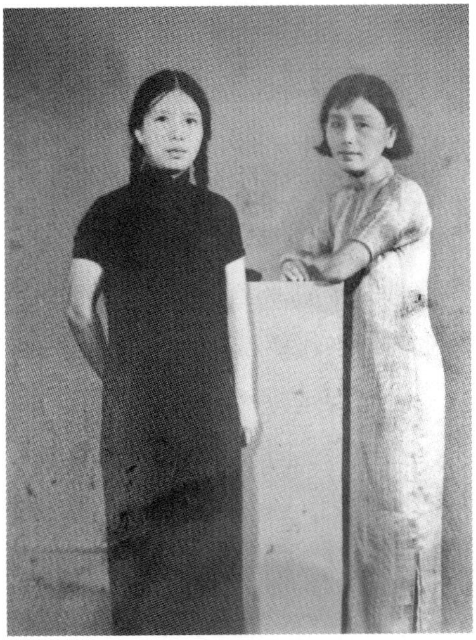
陶桓馥第二次出狱后与十妹陶桓宁在武昌

女牢支部关心政治犯，极力从物质上和精神上给予支持和关怀。妈妈发现张金宝被关在母子牢房里，便借放风机会与她聊天，了解到她在入狱前被执行王明路线的人开除出党，虽然失去了党籍，但仍坚定地从事革命工作，不幸被捕。由于她不变节不自首，被国民党法院判处了无期徒刑。她在狱中仍然用共产党人的理想信仰要求自己，主动组织狱友斗争，争取到母子牢房每天倒两次马桶，打扫两次地面，放两次风等权益，还争取到每过半个月一次的洗澡权，犯人恶劣的生存待遇得到改善，她也得到同牢母亲们的尊敬。妈妈了解到她的这些活动，不断鼓励她。妈妈看到她带着一个未满月的孩子小铁锚坐牢，孩子营养匮乏，面黄肌瘦，还有病，十分心疼，于是借放风之机把张金宝母子的情况用英语告诉了牛兰夫人汪德利曾，牛兰夫人因是国内外声援的外国人，待遇稍好，比如他们夫妇每日可以一起吃顿晚饭，可以得到狱外友人的资助。汪德利曾对张金宝母子十分同情，她托朋友送来布料给小铁锚做衣服，送来药棉和硼酸水给小铁锚擦洗发炎的眼睛，有时还送些饼干、糖果给小铁锚解馋，使母子艰难的处境稍有缓解。

支部组织了一场抗议国民政府法西斯暴行、声援牛兰夫妇、争取合法权益的绝食斗争。那是 1933 年冬，“福建事变”发生不久，女牢支部决定发动配合反蒋抗日运动的斗争。一天，她们得到一消息：国民政府司法部部长罗××要来视察，便决定向罗提交一份呈文：要求改善待遇，改善医药条件等。当罗××手持呈文走到男监时，牛兰要求他到自己所在的牢房对话。罗知道不好应付，看了牛兰一眼就走了。自此，牛兰宣布绝食，几天后狱方毫无反应，汪德利曾也宣布绝食，狱方仍无反应，女牢支部决定全体绝食，提出的条件是：强烈要求将牛兰夫妇送医院，支持牛兰夫妇“无罪释放”的要求。同时提出：改良医药条件；改善监狱伙食。那时狱方规定普通犯伙食标准每月 3 元，政治犯每月 4.5 元，但政治犯吃的是和普通犯一样的饭菜。所以支部提出要求：政治犯每月按 4.5 元标准得到饭菜供应，并要求准许亲友送来食物和书报。绝食第二天，监狱长召集训话，要求复食，帅妈妈因受过坐老虎凳的刑罚，双腿受伤，行动不便。我妈妈和钱瑛就代表大家去谈判，声明狱方如不答应要求，就坚决拒绝复食！狱中有个别人受不了饥饿，有些动摇，妈妈和帅妈妈等反复做其工作，鼓励她们说：“只要团结斗争到底，我们必然取胜。”到第四天，监狱长陪宪兵司令部军官提审妈妈、帅妈妈、黄浩、小袁等四人，威胁说：“你们再不复食，就把你们送到宪兵司令部处置！”四人为保持体力，不管敌人如何咆哮，硬是一声不吭！无声的抗议让敌人无计可施。绝食到第七天，监狱长到牢房宣布：上面基本答应了你们的要求：一是送牛兰夫妇进医院抢救，保证其生命安全；二是答应改善医疗条件，增加一些设施；三是答应每月吃三次肉；四是允许亲友送食物、送书报。绝食斗争获得了胜利，大家受到鼓舞，方才开始进食。

陶桓馥怀抱 10 个月大的廖玉，摄于 1939 年 1 月

巾帼豪杰越战越有经验，越有劲头，以后又领导了多次斗争。母子牢房中还有带着孩子坐牢的彭镜秋、黄海明。敌人不讲信用，不久就又禁止亲友送食，刘少奇夫人何宝珍质问狱方：“你们为什么出尔反尔，又不准亲友送食了？”她因此遭到看守的毒打。妈妈等共产党员愤起高呼：“不许打人！不许打人！”都遭到拉扯和踢打。领导核心又发起绝食斗争，迫使狱方第二次同意亲友送食。又一次，钱瑛秘密辗转给在母子牢房的彭镜秋送了一床棉被，被女看守查出，遭到毒打，还给钱瑛戴上了手铐。妈妈她们又一次发动组织绝食斗争并且获胜。此外，为了争取每个月恢复放风权、洗澡权、洗衣权、政治犯自己倒马桶、吃饭时开门等等，发动了一次又一次的斗争。在“文革”专案组摘抄的妈妈的档案中，妈妈有这样的自述：“我在监狱中的活动，参加了狱中的领导，并与汪德利曾发生关系，由我与黄浩负责翻译，历次斗争都是坚决积极的，因为发动组织者就是我们几个。”妈妈还写道：“在狱中，政治犯大部分是坚定的，其中，帅大姐、夏子胥（夏之栩）、钱英（钱瑛）最坚强。”

再别慈母赴戎机

妈妈原本多年患肺结核病，已数次咯血。入狱后环境更艰苦，霉米烂菜，谈何营养，再加上几次参加并坚持绝食斗争，以至病体瘦弱不堪，咯血不断。那时按狱方规定，患病者是准许保外就医的。我们的九舅陶桓棻大革命时是金陵大学国民党左派领导人。蒋介石“4·12”叛变后，九舅也受到迫害，被开除国民党，关进监狱，后来被好友杨显东营救出狱后，进入中国银行就职。他对妈妈一直支持同情，妈妈在1932年担任中共河南省委宣传部部长兼妇委主席时，被反动派逮捕后关入开封监狱，就是由九舅到开封营救出狱的。这次得到妈妈被判十年徒刑的消息，九舅又一次利用各种关系上下活动，请开水泥厂的岳父夏文谰先生出面做铺保，成功使妈妈在坐牢两年多之后，于1935年7月保外就医。

妈妈回到武昌县花岭戈甲营的外婆家治病调养。那是当过清朝提督军门的太外公、担任大冶知事的外公留下的祖产之一，是一所七进大宅院，侧院有家学和花园，后院有佛堂。外婆吃斋念佛，在她的12个子女中，妈妈自幼性格耿直刚烈有反抗性，是最不受外婆喜爱的。但毕竟是亲生骨肉，看到女儿备受牢狱之灾面容憔悴，不断咯血，还是十分心疼。当时大舅、三舅两家及未出嫁的十姨妈和十二姨妈都住在戈甲营，外婆一大家人一边为妈妈请医治病，一边劝妈妈再也不要去参加随时有性命之虞的革命工作，劝妈妈老老实实治病，病好了找份工作，尽快找个婆家嫁人。要知道，那时妈妈已经是34岁的“剩女”了！外婆又吩咐家人看住妈妈，不准她随便外出。

然而，妈妈自1926年底考入黄埔军校，入党、参加北伐征战，又到苏联留学深造，树立了共产主义信仰，回国后出生入死上海滩、黄河边，两次坐牢，虎穴狼窝斗敌顽，早将生死置之度外，怎么可能听得进亲人们的劝导呢？她嘴上不说，心中有数。她在上海工作两年多，在家治病期间，她绞尽脑汁思索在上海可能联系上的坚定可靠的同志，千方百计寻找党的组织关系。一天，趁人不备，妈妈把三舅的儿子辛秋哥偷偷叫过来，交给他一封信，让他到附近街上找邮筒，观察周围无人时将信投入邮筒，还叮嘱辛秋哥千万不许对任何大人讲这件事。辛秋哥看见信封上写的地址是上海某寺庙，收信人的名字是“八目道人”！辛秋哥人小却机灵懂事。他对六姑妈的坚强性格暗暗佩服，很小心地完成了投信任务，也对家人保守了秘密。不过，“八目道人”这一稀奇古怪的名字却深深印在了他的记忆里，直到90多岁还能讲给我们听。他帮妈妈陆续给上海发过几封信，但其他人的名字已记不起来了。

妈妈只是治病，却拒绝家人给她提亲，不过她对别人的亲事倒是十分上心。她和两个妹妹相处很好。那时陶家还出租部分房屋，妈妈和房客接触中发现一位随父母同住的青年叫宋百俭，是在通讯公司架电线的，人很正派老实，妈妈认为他属于工人阶级，和当护士的十姨妈十分般配，就积极给他们做媒，鼓励他俩交往。

陶桓馥与刘亚雄携刘纪原，摄于1937年

那时由于国民党残酷镇压，加上“左倾”路线的错误，上海与白区地下党几乎损失了百分之百，妈妈的领导和战友陈赓、熊瑾汀、帅孟奇、夏之栩等先后被捕。同事们或在监狱里坚持斗争，或在红军长征路上……所以妈妈为找党的关系费尽周折，只能边治病，边寻找，等待时机。

那时日寇已占领东三省和华北，北平发生了“12·9”爱国学生运动，全国抗日呼声响彻神州大地，妈妈在家里再也住不下去了。这时她终于接到了党组织的秘密通知——指示她到北平去。妈妈的肺病有所减轻，便暗自找机会逃离家庭。外婆和舅舅们看到妈妈安分守己在家里住了一年多，也逐渐放松了对她的看管。1936年夏秋之交，外婆出远门到南京、上海走亲戚，妈妈趁机对舅舅们谎称要到北平去教书，并让十妹陪她同行。舅舅们信以为真，认为她再也不会到上海去“胡折腾”了，便同意她姐妹俩到北平去投奔其六哥。她们到北平后住在六舅陶兰亭家，妈妈进入一所小学任教，不久就与地下党派来的人接上了头。让妈妈喜出望外的是，原来接头的竟是留苏老同学刘亚雄，也是一位女中豪杰！她俩曾在上海吴德峰住处交接文件。妈妈详细述说了自己被捕及在狱中坚持斗争，回家治病的经过，并表示愿意接受组织的审查。刘亚雄向妈妈介绍了当时的抗日形势，介绍了党中央的抗日政策。党组织决定派妈妈到山西去从事争取阎锡山抗战的统一战线工作。妈妈立即结束了教学工作，把十姨妈送回武昌，参加完十姨妈的婚礼，匆匆辞别了母亲和兄妹，奔赴抗日前线太原。薄一波代表党组织又对妈妈被捕后的经历进行了严格审查，正式批准妈妈恢复了党的组织关系。妈妈虽然告别了武昌的慈母、亲人，却回到党的母亲的伟大怀抱，投入到轰轰烈烈的抗日斗争中，妈妈感到无比振奋！她和刘亚雄一起奉命筹建了山西抗日军政训练班女生连，刘亚雄担任连政治指导员，妈妈因有黄埔北伐经历，又在苏联学习过军事，担任了连工作员。她俩把各地来报考军政训练班的女学生编入连队，遵照我党建军宗旨，为党培养出一批杰出的抗战女军人、女干部。

就这样，从1930年留苏归国，到1936年底，妈妈出生入死沪、豫、宁、汉……战胜了一批批国民党宪警匪特，唾弃了一群群可耻的叛徒，辞别了慈爱的母亲，告别了爱她救她的兄弟姐妹，再次拒绝了安逸的生活方式，置顽疾病痛于不顾，义无反顾地坚持了自己的人生选择——为中国人民、为中华民族的自由解放而献身！

“千里赴戎机，关山度若飞”，我们的妈妈——出身岳阳名门望族的洞庭女杰陶桓馥，大革命时期的黄埔女兵，英姿飒爽地投身到挽救民族危亡的伟大洪流中去。

（2011）

无名英雄杨黄霖和淮安杨门忠烈

2010年9月28日，杨黄霖叔叔病故，那天正是先父金城的忌日，杨家人说黄霖是追随老首长而西去了。确实，黄霖叔叔是爸爸在延安时的得力助手和战友。

杨黄霖

杨黄霖，在延安交际处工作时叫黄霖，我记事时就认识他，因他皮肤黝黑，大人们叫他“黑人牙膏”，我也就叫他“黑人牙膏叔叔”。他的妈妈肖禹（人们尊称杨老太太），1946年春携长媳及一双孙儿女，也从大后方来到延安，入住交际处，成为爸爸机关里的一家客人。当时的烈军属住在交际处的还有孙炳文夫人任锐妈妈及其女儿孙维世大姐，欧阳陶承——陶妈妈（即20世纪50年代畅销书《我的一家》的作者），黄齐生夫人王守瑜老太太，郭沫若的岳母喻老太太，还有林彪之父林华卿——林老太爷及林彪寡姐林宝珠（我们称她林姑妈）一家祖孙三代……他们都是交际处的烈属和干属，是贵客，也是客人中的“自己人”。我们从小受父亲影响，对这类客人尊敬有加，十分亲爱。然而，我当时并不知道这些家庭的故事，到北京后我渐渐长大，爸爸与这些家庭又一直保持联系，我才知道这些平凡老人及其家庭的一些感人故事……

无名英雄杨黄霖

先父金城去世后，罗青长叔叔来到我家，他看了机关起草的先父生平，十分动情地说："为什么把草稿中他情报工作那一段删掉了!?""组织上说不解密。""唉……"罗叔叔长叹一声道："你爸爸活着是无名英雄，死了还是无名英雄！他是立了大功的啊！他始终就是我们（安全部）的人……"我听了莫名惊诧，只知道先父是平凡的共产党员老干部，做人低调，默默无闻，怎么会是情报人员？怎么还会是英雄？他老人家生前对所从事情报工作始终滴水不漏，保密到底！……我退休后决定破译"金城密码"。可是，去查档案——不解密；去拜访爸爸的老部下、老战友——那些曾在交际处给爸爸当过"秘书"的叔叔们：刘坚夫（后来任公安部副部长）、慕丰韵（公安部边防局长）……无论我如何软磨硬泡，他们个个缄口不语．好像是把我当作来套情报的"特务"！让我哭笑不得。我还特意跑到烟台，想拜访98岁的王再天叔叔（曾任内蒙古自治区人大常委会副主任），他考虑三天后给我的答复是："侄女儿啊，这是党的秘密，我不能对你说，我只能让它们烂在肚子里带走了……我们必须遵守党的纪律呀！对妻子儿女、对谁都不能说!"一年后，可敬的王叔叔揣着一肚子党的秘密，捧着一颗忠诚的心离开了我们大家……

我的访问，一个个落了空，只有黄霖叔叔经再三考虑，又征求了卓琳同志意见，获得她的准许和支持后，才告诉了我有关延安交际处窃取联络参谋密电码的故事：

"西安事变"后，实现了我党提出的抗日民族统一战线，红军改编为八路军。来延安参加抗日、参观访问的人员很多。客人大部分是友好的，也混有特务和间谍。蒋介石的军队派来了专门联络八路军的"联络参谋"，他们中就混有军统高级、将领级的职业特务，他们的主要任务就是窃取情报。因此，这些客人表面上是抗日民族统一战线中"友军"的"自己人"，而暗地里却是破坏统一战线的间谍——敌人。联络参谋李克定就是因为在一一五师收买一个报务员，窃取我军密码而被驱逐回重庆的；联络参谋的一个随员，假装积极要求入党，还送给我们假情报，被识破了诡计；有的联络参谋还故意把金戒指"掉到"地上，企图拉拢腐蚀收买年轻的招待员；周励武竟然敢调戏给他们看孩子的保姆关淑珍，被小关打了几个耳光，我爸爸还令他当众三鞠躬赔罪，并予以训斥警告。因此，父亲领导的交际处，除了担负接待、交际、联络、统战、外交等友好交往任务外，还不得不在延安的窗口一线承担起反间谍及搜集情报的重任。

为适应这种特殊需要，交际处的干部和勤杂工作者——招待员个个都是好样的，政治上可靠，又具有较高文化水平（全部在初中以上），机智又灵活，既要对客人热情服务，又要警惕和防范“敌人”的情报工作，甚至要伺机获取敌人的情报。黄霖叔叔正是适应这一特殊需要、1942 年调入交际处的一名招待员。后来升任了招待科科长，也就是侦察科科长，级别是县团级。他告诉我：招待科的 18 个招待员，个个都是好样的！

黄霖是淮安杨姓盐商之后，在日寇侵华以后，随母亲和兄姐举家参加革命，1937 年 16 岁时到延安，入陕北公学学习后分配到保安处，在保安处的七里铺训练班第一期接受侦察专业技术训练，开始从事侦察工作。他小小年纪，机智勇敢，来交际处之前已有较丰富的谍报工作经历，曾受党派遣潜入阎锡山军队内部。后来趁日军招收情报人员之机，奉命报考，打入日本特务机构，当了三重间谍，这段工作由赵君实同志单线领导，搜集了不少情报。1940 年，他奉命调到八路军一二九师三八五旅任联络干事，仍做情报工作，并出色完成了任务。本来黄霖叔叔是要给我讲这段工作中的故事的，不幸他一直生病未能讲成，遂成不可弥补之憾！

延安中央社会部西北公学老三班（保卫干部班）部分同学合影（由同班同学海宇提供）。前排左起：孙振、吕万吉、胥群、马敬铮；后排左起：刘祥伦、钟永骥、慕丰韵、许凤图、刘坚夫、杨黄霖

任务完成后，黄霖奉调回延，在专门培养谍报工作人员的学校——西北公学进一步深造，是老三班的学员。他是班上的小弟弟，而卓琳是班里的大姐姐，她对这个小弟弟格外关心。黄霖叔叔说：“我能打开各种锁，到北京后朋友谁家忘带钥匙就会找到我，我轻而易举就能打开，还不留任何痕迹，这些技术都是在特殊专业中学到的。”学习结束后又回到保安处，保安处处长和科长王凡分别与他谈话，将他派入交际处监视、侦察联络参谋的活动。他与王凡单线联系，在交际处的工作，受金城直接领导。保安处有严格纪律，他与保安处派往交际处的其他人员如刘坚夫、慕丰韵等，虽互相认识，但每人各有自己的侦察对象和任务，横向不许互相打听，不发生工作关系。黄霖每天要到金城窑洞里汇报当天工作，并用金城的电话向王凡汇报。

黄霖一面认真做好服务工作，与联络参谋和国民党官员的随员交朋友，同时也用雪亮的眼睛察言观色。一次他为一个马夫看手相，告诉他未来命运非常好，那人很高兴。与此同时，黄霖也发现那人的双手细皮嫩肉，十分绵软，根本不是干锄草、拌饲料等粗活的手，识破了其真面目。

1944 年的一天，他例行去金城窑洞汇报和打电话，不料从耳机中传来了“滴滴答答”的声音，怎么回事？哪里在发报!？他警惕起来，立即记录了发报的电码并汇报给王凡和金城。他作为招待员，就住在联络参谋的小院里。第二天夜里，他在小院里转，忽然又听到联络参谋住的平房里传出的发报声。第三天趁打扫房间时，他侦察到联络参谋床底下有一只皮箱，估计发报机就藏在里边。根据黄霖的汇报，枣园社会部的电台也在同一时间收到了同样的发报信号。交际处一般客人要发电报，都是到国民党所属县党部和县长领导的肤施县（延安的别名）邮电局去，而联络参谋却私下藏有秘密电台，直接和重庆的军统局秘密联络。他们来往的电报枣园社会部全能收到，却苦于不知道密电码无法破译。

在 1943—1945 年间，蒋介石不断进行军事进攻、挑衅共产党领导的抗日根据地，一直玩弄假和平、真备战的把戏，为了及时戳穿其假面具，必须获取敌方情报。于是破译联络参谋与军统之间往来的密电，就成为迫在眉睫的任务。实际上从 1943 年下半年，党就开始策划窃取密电码的工作，由叶剑英参谋长亲自领导。到 1944 年春，趁联络参谋徐佛观回重庆述职之机，金城担任了窃取密电码的一线指挥官。经过与保安处周密布置，指挥交际处三个科分工合作，采取调虎离山之计，成功窃取了联络参谋的密电码。

在风和日丽的初夏，一天，总务科的小灶给联络参谋烹饪了烧鸡、卤鸡蛋、香肠、面包等美食和自制的梨子酒……联络科科长周韧叔叔等陪同联络参谋郭仲容及随员们到杜甫川延河边郊游和野餐。警卫班战士每一里路站一个便衣岗哨，从杜甫川一直站到交际处，充当“烽火台”，以便一棒接一棒接力传递郊游者那边的信息。那时无手机、对讲机等通信联络工具，只好采用这种土办法。与此同时，接待科几个写字工整、熟练的同志被委以重任，黄霖打开电台箱取出密电码本，给每人分了几页。抄写密电码，要求迅速而准确无误、万无一失！联络参谋在流水潺潺的延河边尽兴游乐、酒足饭饱，当日已西斜时，烽火台岗哨传回了联络参谋开始打道回府的消息，爸爸立即指挥抄写人员将密码本原样装订好，放进电台箱，将屋子收拾得了无痕迹。然而，第一次只抄写了一半。不久，交际处又伺机安排联络参谋看戏，黄霖等招待员继续窃取密码本，认真抄写，顺利完成了窃取全部密电码的重要任务。

枣园社会部的同志拿到密码本后，顺利地破译了联络参谋与重庆军统之间的全部密电，对蒋介石假和平、真备战的阴谋了如指掌。据此，毛主席和有关领导不断发出一些烟幕信息，联络参谋发回去的电报传达的不少是他们自己的错误判断——他们误认为毛主席不会应邀赴重庆与蒋谈判。蒋介石信以为真，根本没有和谈诚意，更没有和谈准备，他料想毛主席不敢来、不会来。他故作和平姿态，连发三封电报邀请，企图收买人心。岂料毛主席果断决定亲飞重庆，用事实戳穿了蒋的假面具，表明了中共的和平、民主诚意。毛主席在重庆处处打主动仗，广泛活动于追求和平、民主的各界爱国人士之间，大得人心。在毛主席去重庆前，延安不了解内情的干部和群众都力劝毛主席不要去重庆，担心主席的安全。可是大家不知道，毛主席正是通过社会部提供的准确情报，才情况明，决心大，带着一身正气和勇气，直飞重庆。给蒋介石打了个措手不及，打了一个争取民心的漂亮仗。

爸爸金城是一个极善讲故事的人，但他至死也从未给我们讲过他领导窃取密电码的精彩故事。他们那一辈革命家是怎样地严守纪律，又怎样地淡泊名利啊！

由于成功窃取密电码，父亲领导的交际处立了大功，“黑人牙膏”杨黄霖叔叔也受到社会部书面嘉奖。然而他们的功绩却由于革命的需要而始终保密。他在保安处的战友刘坚夫、李启明（李克农之子）等在本世纪初看到杨黄霖的回忆文章后给他打电话说：“我们还猜测是×××窃取的呢，搞了半天，是你干的呀！”

杨黄霖一家携子来访金城夫人陈复君，（左起）金矛、金戈、陈复君、张淑芳、杨黄霖、杨黄霖之子，摄于 1996 年 7 月

黄霖叔叔曾说，他还有几个精彩故事，等有精力时再讲给我听。然而，老人毕竟一天天衰老……战火硝烟中出生入死的英雄故事被写进史书、拍成影视作品，万古流芳，而隐蔽战线的战士们却终身默默无名、无欲无语，精彩故事就这样烂在他们肚子里带走了。黄霖叔叔这一代无名英雄，是我内心里深深崇拜的长辈。在黄霖叔叔住院时，我们全家前往探视，弟弟金

矛（海军副司令）多次对主任医生讲述黄霖叔叔的功绩，恳请他们全力救治！令人感到遗憾的是，如此忠诚的革命者，由于离开了隐蔽战线，又严格遵守保密纪律，从来不对外言说，更不争名夺利，以至于他后来的工作单位不知道他的功绩，一直对他提拔很慢，离休时仍旧是一位局级干部；更令人伤感的是，就连黄霖叔叔住院、逝世后遗体告别，都要靠儿女找关系解决！在八宝山与黄霖叔叔告别时，母亲率我们全家敬献了一篮鲜花、一副挽联："永远怀念隐蔽战线无名英雄杨黄霖同志！"黄霖叔叔，您将永远活在我的心里！

大勇之母与她的英烈长子杨道生

在平山县西柏坡有一座朴素的坟茔，墓碑上镌刻着田家英撰文、周钊书写的碑文《肖禹墓志铭》：

杨黄霖 1948 年春在河北省平山县西柏坡肖禹墓，左起：肖禹次子杨述、长媳汪蕙芳、三子杨黄霖

"女共产党人肖禹，江苏扬州人，笃信真理，教子革命，年四十八入中国共产党。曾经毕其私蓄，为党兴办事业，殚其精力，为党掩护工作。爱子成仁而不顾，镣铐在前而不屈，险钜备经，忠贞若一。一九四五年来解放区，翌年患脑溢血。方期愈可，再事辛劳；而药石无灵，终以不起。一九四八年卒于河北平山，享年五十又七。呜呼，大慈大勇，吾党范型……"这位"大慈大勇"的肖禹是谁呢？为什么是中央办公厅的田家英和交际处的周钊叔叔来撰写碑文呢？后来访问黄霖叔叔时才知道：肖禹，原来就是黄霖叔叔的妈妈——大伙尊称的"杨老太太"！

肖禹——我幼时称她为杨奶奶，个子不高，衣着朴素，十分慈爱。她是在周恩来副主席安排下，脱离虎口从成都来到延安的，与她同来的还有她的长媳及孙子、孙女。其长子杨本基（杨道生）已经牺牲！这让幼小的我，对他们一家肃然起敬。不幸的是杨奶奶到延安交际处不久，即患脑溢血，被爸爸他们送入医院抢救才脱离危险，但是落下轻度肢体行动不便。1946 年冬天，中央得到胡宗南军队进攻延安的情报，随即部署延安的机关、学

杨黄霖、杨道生烈士之母
——革命老人、共产党员肖禹

校、医院和老弱病幼干部家属有序转移，交际处机关的部分工作人员保护着一批贵客——烈军属及我们这些本机关的家属，先来到黄河边绥德县一个叫小崖嘴的村庄里住下。大人们参加当地土改，老人们休憩，孩子们快乐地滑冰、打雪仗……一点闻不到硝烟味，一心想着赶快赶跑了“胡儿子”（当地老百姓对胡宗南军队的贬称），回延安去见爸爸。

记得在小崖嘴过了阴历年（1947 年春），在打谷场上跟奶奶爷爷及乡亲们一起看了叔叔阿姨们演出的秧歌剧《回娘家》和《睁眼瞎子》，主题是反对包办婚姻和提倡识字学文化，载歌载舞的形式很为老百姓所喜闻乐见。我和弟弟还挨家挨户去给老人们拜年，慈祥的杨奶奶等老人们塞给我们一把把红枣、花生、南瓜子……全是我们平常吃不到的！我们穿的兜兜上的小口袋哪里装得下？于是我们就拽起兜兜的衣角把枣子、花生和温暖、慈爱、快乐一起兜回了家。

杨柳发芽时，我们并没有如愿回到延安，而是在一个月夜和爷爷奶奶们一起坐着大木船渡过了滔滔黄河，来到了河东山西吕梁山区的临县，入住三交镇附近的崔家坪。在这里，我们和爷爷奶奶们一起度过了大约一年时光，大人们领导土改，奶奶爷爷们也参加学习和群众集会，分享着农民实现“耕者有其田”的快乐，大家满怀信心地等待着毛主席指挥打胜仗的消息……

在崔家坪过完离开延安后的第二个新年，杨柳再次发芽的 1948 年春，我们一家得到消息，奉命留下等待调往西北军区工作的爸爸，不得不与杨奶奶等老人们依依惜别——他们全部跟随着得胜西渡黄河而来的毛主席，转道去了河北建屏县（今合并入平山县）西柏坡……我们家在山西又过了一个年，1949 年春节过后—离开延安后第三个杨柳吐翠的春天，从山西直接来到解放了的北平。可是在与来自西柏坡的交际处的奶奶爷爷们喜相逢时，却没有再见到慈爱的杨奶奶。原来，她老人家没能看到五星红旗升起，就在西柏坡病故了。所以，有了本节开头时那座简朴的坟茔和纪念碑。

后来，黄霖叔叔给我讲了杨奶奶举家投身革命的经过。

杨奶奶出身于扬州一个寒士家庭，幼读诗书，富有正义感和慈悲心。十五岁嫁到淮安杨姓大盐商家，因娘家贫困受尽白眼。1923年丈夫病故时，长子年仅十四岁，四子尚未出生。寡母幼子尽受族人欺凌，杨家二叔为淮安土劣，对孤儿寡母欺压有加，母子渐生反抗意识。杨奶奶一方面教育子女努力读书、奋发向上；同时自己也经常阅读孩子们从中学里带回的新文学作品和报刊，特别受高尔基的小说《母亲》的感动，她曾对子女说："我将要像此书中的革命母亲一样，支持你们！"她不顾二叔的斥责反对，坚决支持孩子们参加革命活动。"12·9"运动爆发，她深感民族危机日深，遂嘱在北平读书的次子杨述把两个女儿带去北平，送入思想先进的中学就读。抗战爆发后，她毅然变卖家产，率全家经武汉赴四川，参加革命。在武汉，她把两个女儿娄明、娄华和三子黄霖送往延安。当时黄霖才16岁，依偎母怀，依依不舍。临行，母亲带他们登上黄鹤楼，赠豪言以壮行色，鼓励他们到延安去寻求真理，为民族解放而献身。

杨道生烈士照片

杨奶奶则与长子杨本基（杨道生）一家到成都开展革命工作。本基在成都参加了共产党，1939年5月18日，杨奶奶和长媳汪蕙芳也加入了共产党。她把变卖家产的钱全部无私地用于革命。他们家成为中共四川省工委开会、联络、工作的场所，不少共产党人曾吃住在这里，受到杨奶奶的悉心掩护、照顾，1938年底四川省工委扩大干部会就是在她家召开的。党组织缺少活动经费，杨奶奶变卖家产资助，开办了成都战时出版社，出版宣传抗日救国的书刊。杨奶奶自己还常常为党油印文件。1939年底，国民党反动派挑起了第一次反共高潮，成都的国民党特务制造了一系列反共摩擦，他们无端捣毁了战时出版社，还逮捕了杨本基。杨奶奶及时销毁了党的文件，敌人才一无所获。杨奶奶全家受到特务监视。敌人威胁利诱，逼她劝儿子投降国民党，被她严词拒绝，她反而告诫儿孙坚守革命气节。杨本基赋诗言志："中原大地起腾蛟，三字（指'莫须有'——作者注）沉冤恨未销。我自举杯仰天笑，宁甘斧钺不降曹！"

1942年底，国民党特务在没有任何证据的情况下，在成都东门外沙河堡厚生农场附近，用破布堵住杨本基的嘴，用刺刀狠刺他的太阳穴和心脏，残酷地秘密杀害了杨本基，然后将其尸体投入了硝镪水池中，焚尸灭迹。

杨奶奶强忍悲痛，继续从事抗日救亡工作。她曾经写过一首名为《故乡》的诗："故乡的园柳是否在春风中荡漾/亲友是否俱无恙/暴日是否那样疯狂/吃人的人是否还是照样/这三年来在大后方/见多少青年有的是青云直上/有的是堕落彷徨……"诗中充满对故乡的怀念，对日寇的憎恨，对青年的担忧和希冀。继而，笔锋一转："我的儿女都奔波四方/他们都是为了劳动人民/为民族解放奔忙/在共产党的旗帜下/站在自己的岗位上"。表达了革命母亲的自豪情怀。接着老人抒发了自己的壮志："我虽然是年迈并不徒伤/决不能让时代巨轮/将我抛弃在路旁/海燕不断在天空中翱翔"。正是这对沦陷故土的怀念，正是那海燕般迎着暴风雨搏击的情怀，老人把自己最疼爱的幼子显基送回了故乡，命他投身新四军，去解放家园，解放沦陷的国土。

杨奶奶和长媳留在成都继续从事抗日工作。可是，国民党特务不去抗日，却继续对共产党人搜寻迫害。一天，杨奶奶遭特务盯梢，天降瓢泼大雨，老人步行几里仍甩不掉"尾巴"，一直跑到郊外，在泥泞里艰难跋涉，衣履湿透，天黑时躲入一片竹林，方得脱险。以后白色恐怖加剧，逮捕杨奶奶的风声日紧，杨奶奶无法与党组织取得联系，不得不带长媳与两个幼孙躲避到隆昌乡间。即使在这样恶劣的环境里，老人还设法找到一张地图，又伺机寻找《新华日报》，每次阅读报纸，看见我八路军、新四军从日寇手中解放某城镇的消息，就用红笔在地图上做上标志，与家人分享消灭鬼子的胜利喜悦。

一天，在延安，杨述到交际处来，对黄霖说："已经许久得不到母亲的消息，你在这里工作，遇见周恩来副主席的机会多，你把母亲的情况告诉周副主席，请求南方局的同志帮助打听联系……"遂留下一封给周副主席的信件。周副主席也是淮阴人，与杨家为世交，对杨门一家革命忠烈十分熟悉。他得知杨母的险境，便命八路军重庆办事处派人到成都，四处打听，终于找到了杨奶奶一家四人，并把他们送来延安。

1972 年杨述、韦君宜夫妇与女儿杨团

杨奶奶逝世后，中直机关为这位英雄的母

亲召开了追悼会，在交际处与杨奶奶朝夕相处的老人们：张曙时、吴均、任锐携女儿孙维世、欧阳陶承……都写了挽联或悼念诗文。杨尚昆同志代表中央直属机关党委撰写了纪念文字："杨肖禹同志千古：您自己革命，儿、媳革命，孙子又革命。您是好母亲，好婆婆，好祖母。您是一个模范的女同志。"

杨奶奶在西柏坡，天天看到四面八方传来埋葬蒋家王朝的胜利捷报，天天听到贫穷农民实现"耕者有其田"的欢快锣鼓，相信她已经看到了东方地平线上喷薄欲出的新中国的曙光……

破译奇才杨肆的功与悲

黄霖叔曾自豪地告诉我说："我们杨家不仅是革命世家，还是情报世家，我的堂哥杨肆是打入军统，军衔至少将的红色谍报专家，为我党提供了许多情报。他十分聪明，是一个数学奇才，对数字排列组合颇有研究，他不用查密码本，可以破译许多密码。可惜，在解放后的'肃反运动'中，他被定为历史反革命战犯，关入监狱，忍辱负重前后共计二十余年……"黄霖遂将一份2004年3月15日《南京晨报》王炳毅先生有关杨肆的文章复印件给了我，并给我讲了他的情况，使我了解了杨肆的丰功伟绩和悲剧命运。

杨肆是黄霖叔父的儿子，1933年毕业于上海光华大学数学系，曾在南宁的广西大学数学系执教两年。1935年，经其表弟王维钧（毕业于光华大学化学系，后来也为我党提供情报）介绍，进入在南京国府路上的国民政府交通部电政司，经司长温毓庆博士考核录用，令其从事"密电研究"，成立了密码检译所，设在南京宁海路西桥7号。当时日本侵略中国之凶相毕露，杨肆主要研究日驻华使馆及其领事馆等机构间的密码组织，破译一些日本使馆与日外务省间的往来电报，获悉了日本对华政策。杨肆还发现了安装于日本使馆内的大功率秘密电台，日本侵略中国的狼子野心昭然若揭，日中交战也迫在眉睫。杨肆预见到中日外交关系随时可能中断，日本外交密电码的报底来源也将断绝。杨肆建议组织力量进行科研，在鼓楼青云巷设一电台，侦察监视日本使馆内的秘密电台动向，获取其与日本外务省间的通讯情报，并训练专业技术人员，专门设台接收日本外交密电，直接获取日方密电报的来源，同时做好准备，一旦战争爆发，即可破译日本陆海空军密电。经过一年多的筹备，工作取得了重大研究进展，虽然日本外务省等单位发来的密电码不断变换，但杨肆的团队基本能跟上变化而破译获取情报。杨肆的出色工作受到司长奖励。后来，在密码检译所下设了三个组：研译组、研究组和侦察电台，杨肆被任命为研究组组长。

这时，杨肆的才干引起了国民党中统和军统部门的注意，他们用高官厚禄、花园洋房诱其升官发财，然而杨肆是一个正直清高的自由知识分子，出于维护祖国利益而从事密电码研究，对特务机关的利诱丝毫不为所动，想起军统暗杀史谅才、杨杏佛等爱国人士的罪行，更是十分憎恨，对他们的邀请坚决拒绝。

与此相反，杨肆对共产党人及其抗日主张十分欣赏。那时他的堂弟、黄霖的三哥杨述在北平清华大学上学时是“12·9”学运骨干，已是秘密共产党员，他每年假期回家途经南京，都要与杨肆及王维钧见面深谈，杨肆也把自己研究日本密电码的事告知了杨述。

1937年“七七事变”和“淞沪会战”后，电政司及其密码检译所继续科研工作，对外称军委会特训班交通队，是一个半公开机构。随着抗日民族统一战线的建立，中共在武汉设立了长江局，王明担任书记，李克农担任八路军驻武汉办事处处长。杨述也经常到武汉来工作，常常住在杨肆家，与杨肆、王维钧交谈甚深。

杨肆在工作中破译了一些国民党官员与日本机构暗中勾结的密电，其中竟然发现有密电所研译组组长霍实暗通日寇的电报，十分震惊，他通过王维钧向上级反映，然而却石沉大海，并未引起军统的注意，他和王维钧对国民党的消极抗日越来越失望；同时，对共产党的抗日行动很是佩服，日渐向往。杨述的到来为他们联系共产党架了一座桥，杨述曾带领两位兄长去见王明，深谈后对共产党的抗日主张十分敬佩。杨述又带他俩到汉阳临江的一茶楼上与李克农见面，杨肆将日本密码组织的情况告诉了李克农，王维钧将自己负责保存的最新密码总结报告交给了李克农，报告中绘有日本外务省国际无线电台通讯联络网，有在华日军的军用电台联络网、电台呼号、通报时间及文字说明，这种总结报告每月更新一本，由王保存。李克农拿到这些资料如获至宝，因为这些资料对八路军研究破译日方密电帮助极大。自此，杨和王经常向李克农提供日本情报。杨肆也经常到肖禹家去，肖禹也十分鼓励杨肆的抗日热情和抗日工作。

杨肆性格耿直，从不趋炎附势。电政司司长温毓庆是宋子文的表弟，有时也仗势对杨肆斥责，当武汉失守危机到来时，电政司奉命撤往桂林，途经衡阳时，杨肆与温毓庆有过一次激烈的争吵。杨肆遂与王维钧密谈，继续寻找共产党，想投奔延安参加革命。几经辗转，密电所随电政司迁往了重庆。中统和军统又多次想与电政司合并，遭温毓庆拒绝。戴笠不死心，就找温要两名密电专家为军统作专业指导。温毓庆无奈，不得不把常常顶撞他的刺儿头杨肆派去工作，但杨肆一直拒绝前往。

那时杨述在中共《新华日报》社工作，得知戴笠的意图后报告了八路军重庆办事处，他根据中共南方局周恩来等的意图，多次说服杨肆，让他趁机潜入军统。然而杨肆还是不同意。最后，李克农在上清寺秘密约见杨肆，劝说他趁机打入军统内部，这样可以更有效地为党的抗日工作出力，提供更多的情报。杨肆这才同意，奉李克农之命潜入了位于瓷器口的军统局。自此后，杨肆与中共地下党人员每两周接头一次，不断变换接头地点，向党提供情报。1940 年夏，杨肆由重庆八路军办事处主管情报工作的周怡同志介绍，秘密加入了中国共产党，从此以后就与周怡单线联系。日后，杨肆总共成功破译了日本太平洋舰队的 12 种密电码，日本关东军的 17 种密码，还掌握了日本海军航空兵、特种兵、陆军乃至中国派遣军第十一军、十三军等若干种频频变换的密电码。每获得一个成果，他都要冒死秘密提交给周怡一份，为我党的抗日情报工作做出了巨大贡献，立下汗马功劳。

在重庆工作期间，杨肆还抽空到成都去探望他尊敬的伯母肖禹，同她短暂相聚。

由于杨肆杰出的才干和成绩，戴笠不断向蒋介石邀功领赏，他本人对杨肆也很器重。1943 年，戴笠将杨肆从中校破格提拔为特技研究室少将衔主任。

然而，正是这个国民党军统少将衔主任，给他惹来了后半生的牢狱之灾。解放初期，杨肆曾到北京去找他的入党介绍人和单线联系人周怡，不料周怡已经病故。他只好硬着头皮去中央调查部（延安时的社会部、现在的国家安全部）找部长李克农，李克农了解他的历史及对党的卓越贡献，对他破译密码的才能也颇为器重，便安排他在调查部的技研司工作，但是李克农后来于 1956 年病故。在运动中，公安部按照划分历史反革命和战犯的有关条例，把杨肆这位曾在国民党军统中被授予少将军衔的情报人员划成了战犯，关押于徐州战犯管理所。无论杨肆如何申诉，终因两位共产党内了解他情报贡献的关键性人物的去世，而不得不蒙受沉冤。杨肆被判处 10 年徒刑，刑满释放后，在上海滩靠卖菜、打零工度日。“文革”开始时，他预感到自己在劫难逃，就主动跑到公安局去要求坐牢，理由是自己知道的人和事太多，机密太多，为了保守机密，坐牢最保险、最安全。

“文革”结束后，他继续为自己的冤案申诉，直到改革开放的 20 世纪 80 年代，才被上海市有关单位予以平反，却一直没能得到原定罪单位公安部的平反。

杨肆原本是能够运用自己的赤胆忠心，用自己的智慧才能和经验为我国情报工作做出更多更大贡献的人啊！他的悲剧命运不仅是他个人及家人的不幸，更是隐蔽工作自身难以避免的莫大遗憾！其实他们是最彻底的奉献者，战场上的烈士献出了生命，流芳千古美名扬，其烈属得到抚恤与荣耀，而隐蔽战线的英雄，多数终身隐名埋姓、默默无闻，如黄霖叔叔、王再天叔叔，更不堪的如潘汉年、杨肆、张秀萍、黄慕兰、苏联的佐尔格者……他们因为种种错综复杂的历史原因，因为保密工作需要的单线联系方式，而蒙受冤屈。特别是在长期找不到自己队伍内的历史见证人的情况下，他们的赫赫功绩湮没无闻；他们的外在公开形象、身份和社会地位长期被误解为可憎的敌人，且“有目共睹”！他们难免遭受自己队伍的冤狱，甚至遭受自己骨肉的误解。杨肆蒙冤以后，他的兄弟姐妹与他不同程度地拉开了距离，有的甚至怀疑他会不会是投降了敌人后又被派遣回来潜伏的特务。这种情况也不是没有发生过啊！杨肆们奉献了个人的自由、才华、事业、名节和尊严，甚至株连到家人后代的生存、名节和前途，在漫长的岁月长河里被荡涤、被摔打、被凌辱、被沉浮，或许有朝一日能够还他或她以清白，或许永无出头之日，也未可知！他们会有怨、会有恨、会忍辱负重、会为亲人的遭遇流泪，但是，回首往事却无愧无悔。因为，情报工作者，必须具备的精神素质就是对自己的队伍、对追求的理想信仰、对祖国人民的绝对忠诚！对组织纪律的绝对遵守与服从！这不是愚忠，也不是奴性，因为他们深信：我所从事的工作，曾经为了我的理想、为了祖国的解放、为了人民的胜利，做出了历史性的贡献！——这是实实在在的！千真万确的！永远不可磨灭的！为此，他们可以献出生命、名节和个人的一切。淮阴杨氏家族——特别是肖禹奶奶和她的子侄杨道生、杨黄霖、杨肆，都是真正最无私、最高尚、最纯洁的人！

为新中国大厦奠基

1949 年，是中国革命的胜利年，是中国历史的转折年。当五星红旗在天安门广场上升起的时候，杨家兄弟姐妹在胜利的凯歌声中，在北京、在祖国大江南北，满怀激情地投入了为新中国奠基的伟业之中。

黄霖叔叔的大嫂、杨道生（本基）烈士夫人汪蕙芳，随中央组织部从西柏坡进了北京，一直在组织部工作。她的一双儿女都上了大学。儿子杨馨在总参三部工作，曾担任本单位副主任，从事情报工作，在师职岗位上退休；女儿杨莹留学苏联，回国后在兵器工业部门从事技术工作，为国防现代化贡献了一生。

黄霖的二哥杨述（德基），在淮安中学学习时就与爱国同学一起创办了“古堡烽火社”，反对封建礼教，宣传科学、民主、自由新思想。中学毕业后考入清华大学历史系，“12·9”运动中，他和蒋南翔等一起领导学生爱国运动，是杰出的革命宣传家，曾和南下抗日宣传队一同请愿要求抗日。后来在南京、武汉和重庆从事抗日民主统一战线和文化宣传工作。杨述后来也到了延安，曾在整风时的“抢救运动”中挨过整，受过冤枉，后又得到甄别，但他对自己的信仰始终矢志不渝。新中国成立后，他先后担任团中央宣传部部长、北京市委统战部部长、中国科学院学部副主任兼政治部主任、中国社会科学院顾问等职。他的夫人也和他一起为新中国的文化大厦添砖加瓦。夫人韦君宜是著名女作家和文化出版界领军人物，她曾以肖禹为原型写出小说《母亲》。她同时是一位思考者，她的忆文《思痛录》，以他们夫妇参加革命后的曲折经历回顾思考了党内矛盾斗争的种种教训，在知识界产生了影响；“文革”后，她提携培养了一批青年作家，女知青作家竹林就是在拨乱反正初期得她鼎力支持，突破重重阻挠而登上文坛的新秀之一。

杨家的二姐、三姐都是和黄霖一起跟随叶林经董必武介绍到延安去的。

二姐杨晶明（婺明），与刘作先结婚，新中国成立后与丈夫回到江苏省工作。二姐夫在四川做地下工作时因组织遭受破坏而失去组织关系，后又重新入党，他们解放后在北京工作过一段时间。回到江苏后，刘作先当中学教师，为培养学生操劳一生，因病过早去世。二姐担任过吴江县委书记，现在作为离休老红军，在吴江县安度晚年，年届九十，仍健康乐观。

三姐杨静（婺华），在延安时与1927年入党的红军将领詹才芳结婚，他们夫妇随部队南征北战。詹才芳参加过黄麻起义、鄂豫皖反围剿、长征三过草地。后来在百团大战、晋察冀抗战中英勇抗日。解放战争中参加指挥辽沈、平津、衡保等战役，出生入死，屡建战功，是1955年第一批授衔的开国中将。他英勇善战，对敌狠；他淡泊名利，对己严；他爱护部下，对人和。在张国焘清整AB团时，在“文革”

杨静与丈夫詹才芳将军

浩劫中战友和部下挨整时，他多次不顾安危，仗义执言，予以保护；当梁兴初挨批斗时，有的人避之不及，他却挺身而出，跑去陪斗，公开伸张正义。1955年授衔时，他的老部下许世友、洪学智、秦基伟、尤太忠授为上将，给他当过勤务员的陈锡联、谭如耕、甘思和、王进山，有的也授为中将，甚至成为他的上级。别人为他抱不平，他却说："革命的目的是为人民的解放，不是为个人争名夺利，多少烈士献出了生命，他们授了什么衔?"他对儿女要求严格，与妻子相濡以沫，彼此信任，当妻子杨静作为广东省直机关党委书记在"文革"中被批斗时，儿子要带同伴去省委大院解救，被他制止。他对孩子们说："你妈妈从小参加革命，她很坚强，要相信她能够渡过难关!"他嘱咐儿女："你们一定要相信党！这些坏人是长久不了的！你们不准去搞打砸抢！……"因此，董必武曾为他题字："大勇若怯，大智若愚，大善若恶"。他们夫妇严格教育儿女，身教重于言教，培养了五个优秀的子女。

杨家的四弟杨显基抗战时从四川回到家乡江苏参加了新四军。解放后到北京，在中国科学院工作过，后来又回到南京，曾在轻工业厅工作，离休时是处长。其夫人杨韶华在省科学院工作。四弟一家都努力工作，低调做人，默默奉献了平凡的一生。

杨门忠烈，（前排左起）杨黄霖、杨静、大姐婺辉、汪蕙芳、张淑芳等

不该忘记的是杨家还有一位同父异母的大姐婺辉，她是杨家最富长姐风度、最有人情味的人。她肄业于北京一所教会大学，从事教育工作。大姐夫周作仁1919年赴美留学，在哥伦比亚大学获得经济学博士学位，抗战时期曾在西南联大任教，新中国成立后在北京大学和中国人民大学教学，是财政系教授。他的兄长周作民是金城银行的创办人、董事长，曾经在困难年月资助共产党经费30万美元，新中国成立后担任过全国政协委员。他们夫妇正直无私，宽厚仁慈，同情革命，在"12·9"学生运动时就掩护过杨述等弟弟妹妹。杨述被追捕时，大姐把他藏入衣柜躲过一劫。杨述后来被捕，又通过周作仁之兄周作民的关系，在上层活动后获释。蒋介石逃台时，周作仁弟兄拒绝去台，而选择了留在大陆，投身新中国的奠基大业之中。所以，北平一解放，杨述回

到北平即去探望大姐一家。

大姐与大姐夫的博学、宽厚和慈爱，使他们成为杨家兄弟姐妹联系的纽带。特别是杨肆，解放后的一天，杨肆正兴致勃勃地在保卫祖国的岗位上努力工作时，突然来了一辆吉普车，下来两个军人要把他逮捕，他要求到姐姐家取衣服，获准，到大姐家，他通报了自己被捕的信息。从此，大姐不断地资助他在上海的妻子。杨肆妻子生活困难，想把小女杨铮送人，大姐不准，予以资助抚养；他妻子还带来一个前夫（去台人员）的女儿若琼，她考上清华大学后也得到大姐家资助得以完成学业，成绩优异，留校任教，和她的丈夫都成长为教授。杨肆在徐州战犯所刑满释放后，大姐婺辉一直对他最为关注，往来也最多，充满了同情与关爱。

“文革”中，弟妹们先后遭受磨难，尽管大姐自己也曾被迫离开教师队伍，去看管自行车，但她一直不怕担风险、受株连，坚定地相信杨家兄弟姐妹满门忠良！逆境中得到大姐一家的信任、温暖和抚慰，是支持这帮兄弟姐妹顽强度过劫难的精神力量。特别是在过年时，大姐总是把弟弟妹妹们请来团聚，一家忠义之士，在暂时蒙冤受屈、报国无门时，相互慰藉、相互鼓励，是高尚纯洁的亲情，也是共同的理想和信念，凝聚成杨家儿女顽强的生命意志和力量，支撑着他们度过浩劫！因此，大姐和大姐夫一直受到弟弟妹妹们的敬重。

…………

杨黄霖、张淑芳在“纪念金城百年诞辰座谈会”上

1949年，黄霖叔叔与我父亲在北平喜相逢，那是在北京西苑的华北人民革命大学（简称“革大”）。“革大”是建国前夕我党成立的第一所大学，为建立新中国培养和输送了大批急需的干部和知识分子。根据中央战略部署，全国各大区先后建校，华北地区就建在北平西郊颐和园附近的原国民党西苑兵营。“革大”在全国公开招生，生源主要是大、中学生和旧中国时期的公务员、职员、军人和失业人员。学制半年，主要学习马列主义、中共党史、时事政策、集体主义价值观等。学员们听课、讨论、批评与自我批评。学

校主要任务有三：一是用新思想教育培养新干部；二是严格对学员进行政治历史审查，进行思想改造，进行马克思主义理论教育，树立为人民服务的崭新价值观、人生观；三是筛查特务等反革命分子。当时，因为国民党离开大陆时潜伏下一批特务，以后又不断派遣特务，潜入我党政军机关和科教单位，企图颠覆新生的政权。黄霖主要就是从事这方面工作，在这所12 000名学员的大学里担任三部政治研究院的保卫科科长。“三部”又被称为“小台湾”，因为这些学员主要是国民党高级官员和上层人士，学员的政治历史和思想都比较复杂。父亲在中央统战部工作，又最早奉周恩来之命提前进入北平，成为北平军管会的成员，他在完成接收北平城的任务后，党中央也从西柏坡搬来北平，爸爸又投入到召开新政协的紧锣密鼓的工作中去，他参与选拔、拟定参加新政协会议的人员名单，以提供给中央讨论审定。因此，在“革大”学习的旧政权中的高级官员和高级知识分子自然都是要经审查和选拔的工作对象。爸爸与黄霖叔叔一见之下欣喜若狂，握手拥抱。爸爸简单询问了杨老太太和杨家兄弟姐妹的情况后，便立即投入到紧张的工作中。临走，爸爸嘱咐黄霖坚守岗位，努力工作，并催他抓紧解决婚姻问题。

正是在“革大”，黄霖叔叔与18岁的美貌姑娘张淑芳阿姨相识、相知，成就了美满姻缘。淑芳阿姨是报考“革大”的高中毕业生，在招生政审时，发现她履历表中填写的是“民联”成员，那是中共北平地下党城工部领导的先进青年群众性组织，是新民主主义青年团（后改称共青团）的前身，于是学校动员她暂时放弃学习机会，直接参加“革大”的工作。当时，“革大”的干部中战争年代的老干部占了三分之二，急需补充年轻干部。淑芳阿姨于是愉快地服从了安排，工作热情，积极肯干，不久就秘密加入了中国共产党（那时中共党组织还没有在校内公开）。她回忆起那段岁月，充满了激情与怀念。在她眼里，虽然“革大”的生活还相当艰苦，男生睡地铺，女生睡通铺，蹲在地上吃高粱米饭萝卜菜，在露天广场上坐着小马扎听报告，开讨论会，看露天电影……但“革大”生活好似当年的“抗大”，团结、紧张、严肃、活泼，丰富多彩、朝气蓬勃，学员们除了正常上课之外，还能够听到赫赫有名的朱德、薄一波、黄敬、安子文、郭沫若等革命家的报告，听到杨献珍、艾思奇、王朝闻等学者的讲座，听到青年运动领导者陆平、冯文斌的报告…… 小组会上讨论、争论十分热烈，也十分坦白真诚。特别是青年学生，竹筒倒豆子般地反思家庭和历史、解剖自我、痛哭流涕、互相批评、与人为善、坦诚相见……那时，大会小会，看电影前后，互相拉歌、赛歌……满腔热情的青年学生人人对自我、对新中国充满希望、充满理想、充满信心……

淑芳阿姨与黄霖叔叔结婚后，快乐而幸福。后来，她终于圆了大学梦，于1954年考入中国人民大学计划统计系，毕业后从事政府部门的经济管理工作，担任过北京市进出口委副主任、市委经贸部副部长等职。

黄霖叔叔在“革大”学习结束后，曾被选拔到高级党校的局级干部班学习，准备派往外交部担任驻外使馆参赞。后来，不幸患了传染性肝炎，未能成行。虽然他后来在华北行政委员会、卫生部和广东省工作过，但是工资、级别在每个单位都未及时得到提拔。究其原因，主要是他离开了安保战线，而为了保密，他的情报生涯及其功绩只留在了公安部和安全部的档案里，而在他个人的干部档案里不准体现，所以他在阎锡山部、在与日军接触时期、在八路军一二九师三八五旅的情报功绩、在延安交际处的情报功绩都被屏蔽。而新单位、新领导不了解他的情况，所以忽略了他。第二个原因在他自己，他只会全力以赴地工作，对工作有胆有智，但是对自己的待遇、升迁却满不在乎、无暇顾及。这在今天那些对权势、金钱锱铢必较的人看来实在是有点“弱智”！据淑芳阿姨告诉我：黄霖叔叔在卫生部当保卫处处长，调广东省报到时填表就填写了“处长”，后来遇到卫生部部长徐运北，徐对他说：“你在卫生部就是党组成员，就是正局级。你怎么那么傻！给自己降了级！”黄霖想：降了就降了吧，以后还有机会。等到再调级时，他又奉调回北京，他想，回京再说吧！不料回京后，单位已经调过级了，于是又一次错过了机会。1965年，他被调到轻工业部担任塑料局副局长，部长很关心他，调级时让他填写表格，那时新中国的塑料工业刚刚起步，他忙得不亦乐乎，竟然忘记了填表。后来淑芳阿姨发现了表格，赶紧催他填写，但是，等他把表交上去时，人家已经完成了调级工作。真是“过了这个村就没这个店”！接下来又赶上“文革”，一耽搁将近20年，直到1984年离休时，黄霖叔叔才享受到正局级待遇！这，也可看成是某些情报工作者的悲剧命运吧。淑芳阿姨说：“他就是这样一个不怕吃亏的人。本来我们家的房子刚够居住，当他得知一个年轻干部结婚无房时，就腾出一间让给人家结婚，一住就是多年。我们一家五口挤得不行，孩子都长大了，我紧着催他，他才找部里给我们调了房子。”黄霖叔叔继承了母亲肖禹的大慈大爱，一贯公而忘私、心地善良、助人为乐！直到晚年离休后，当他看到延安保安处的同事，甚至比自己晚参加革命的同志，甚至自己介绍入党的后生们，都一个个当上了部级领导，而自己却因级别低而在看病、住院时屡遭困难时，才有些郁闷、有些自责：对于本应得到的晋级、待遇等涉及自身和全家生活质量的那些事，实在是一贯地太粗枝大叶、太马虎了！而只有当他想到自己在安保战线立下的功绩，想到自己为我国塑料工业奠基作出的开拓性贡献时，才感到安慰和自豪。

杨黄霖、张淑芳夫妇全家福：（后排立者左起）杨青、杨洋、杨杰与丈夫池富康

黄霖叔叔与我的爸爸特别亲，他经常来看爸爸和我们，然而，他却从未找爸爸为他的级别待遇等“私事”说过一句话。他的调级“不公”遭遇，还是在他病重、逝世后，由他的家人告诉我的。他的执着奉献，淡泊名利是真正共产党员的品格。他是我最尊敬的长辈之一，平凡而伟大！我们两家后人一直保持着交往，堪称世交。

黄霖叔和淑芳姨育有二女一男，也许是继承了杨家祖先盐商的遗传基因吧，三个孩子都成为改革开放商业大潮的弄潮儿。两个女儿从美国回来，长女杨青已经退休；次女杨杰用自美带回的专利技术入股，开办了用木纤维制造纺织品的企业，干得红红火火；儿子杨洋做茶叶、古董生意已经入门入道，兴趣盎然，生意也做得风生水起。

…………

淮安杨门三代，为民族独立、人民解放和祖国富强，每个人都全心全意地贡献了自己的胆识才能和智慧，他们就是鲁迅先生所称颂的中国的脊梁！杨家光荣而坎坷的家族史仅仅是百年中国历史长河中的一滴水，却闪现出中华民族的生命活力、坚忍不拔、生生不息，正是这亿万水滴汇聚成滔滔黄河，滚滚长江，奔流到海不复回！关于淮安杨门忠烈——这一平凡、坎坷而又英雄的家族，值得写一本可歌可泣之书、大美礼赞之书！本文权且算是给有志探询中华民族之大美历史者，提供一个案例，提供一部长篇小说的引子吧。

（2012）

注释

未能亮相的“左联”作家宣侠父

①参见张健英编：《中国共产党组织史资料汇编——领导机构沿革和成员名录》，288页，北京，红旗出版社，1983（内部发行）。

②该文1982年发表于《光明日报》。收入《丁玲散文选》，北京，人民文学出版社，1985。后又收入《宣侠父诗文集》，北京，中共党史出版社，2003。

③参见《宣侠父诗文集》。

④金城（1906～1991），原名金树栋，1927年6月加入中国共产党，曾化名方可韧在香港、广西等白区追随宣侠父工作。曾任中央统战部副部长、顾问、政协常委等职。

⑤金树望（1910～2009），1927年6月加入中国共产党，曾在天津、上海、西安等地追随宣侠父工作。曾任国务院编制委员会主任、人事部副部长、顾问等职。

⑥黄埔三期学员，国民党军官。

⑦黄埔三期学员，国民党军官。

⑧参见《宣侠父诗文集》。

⑨同上。

⑩参见阳翰笙：《宣侠父与左联》，首刊于1982年《人物》杂志，后收入《宣侠父诗文集》。

⑪参见《宣侠父诗文集》。

⑫同上。

⑬参见钱理群、温儒敏、吴福辉：《中国现代文学三十年》，北京，北京大学出版社，1998。

⑭参见《杨义文存第三卷：中国新文学图志（下）》，391～394页，北京，人民出版社，1998。

⑮参见《鲁迅日记》下卷，北京，人民文学出版社，1976。

⑯参见《鲁迅书信集》上卷，北京，人民文学出版社，1976。

跨出闺门的黄埔女兵

①陶桓馥（1901—1997），留苏归国后在上海、河南等地从事白区地下工作，两次被捕坐牢。抗日战争爆发后，任我党领导的山西新军青年抗敌决死队11连（女生连）工作员。后赴延安，先后在中央统战部、中央组织部工作。解放战争时期，在河北参加土地改革，后任中央政策研究室副秘书长。新中国成立后历任中央农村工作部副秘书长、国务院农林办公室副主任、国务院城市知青安置办公室主任、农业部顾问等职。曾被选为中共第八届代表大会代表，第三届全国人大代表和第一、四届全国妇代会代表。

②陶桓馥自述，据“文革”后农业部机关退回的陶桓馥“文革”中所写个人历史交代材料记载。

③中国全国妇女联合会、黄埔军校同学会编：《大革命洪流中的女兵》，北京，中国妇女出版社，1991。

④《纵横龙潭虎穴间——靖任秋回忆录》，北京，中共党史出版社，2009。

⑤《罗叔章文选》，北京，人民出版社，1992。

⑥陶炜、陶嶙编：《湖南岳阳浔阳堂陶氏部分亲戚通讯录》。

后记

遵人民大学出版社总编贺耀敏君之雅意，将回忆毛主席等老一辈革命家、文艺家、学者教授和家人的文章选出十八篇，汇集为《毛主席和我们这些孩子》一书出版。这些文章多是在教学、科研和兼任党政工作之余，在心有所思、有所感时，情不自禁而书。一口气吐尽胸中块垒，顿觉心宁气顺。有的稿子扔到一边二三十年，这是第一次面世，感谢贺耀敏君给了它们出头之日；也有些文章是退休后，出于好奇，有意探寻老一辈人的人生足迹，破译他们崇高的理想密码，苦心追寻所得——他们的人生令我叹服，虽然和他们一起生活了大半辈子，却有失之交臂之感，悔没有在他们健在时对其足迹心迹刨根问底！原来身边的这群人是这样的平凡又不平凡，他们是真正的中华民族的脊梁！我希望与我的儿孙、与年青一代将这一份精神遗产同享共继。

感谢我的兄弟姐妹：任远征、叶燕、杨绍明、胡德华、徐禹强、左太北、刘涓迅、陈东海、张复、杨杰，还有远去的仲武弟、利亚妹……他们为我提供故事之余，还提供了许多珍藏的自家老照片，为本书增辉。

感谢曹沁颖君和出版社为此书出版所付出的辛劳！感谢夫君廖玉和病残的次子帮助我录入稿件、扫描照片，终于完成了我们家的一件大事！

2013 年 3 月 18 日于双榆树

图书在版编目（CIP）数据

毛主席和我们这些孩子/金戈著．—北京：中国人民大学出版社，2013.6
ISBN 978-7-300-17602-4

Ⅰ.①毛… Ⅱ.①金… Ⅲ.①散文集-中国-当代 Ⅳ.①I267

中国版本图书馆 CIP 数据核字（2013）第 144548 号

毛主席和我们这些孩子
金戈　著
Maozhuxi he Women Zhexie Haizi

出版发行	中国人民大学出版社		
社　　址	北京中关村大街 31 号	**邮政编码**	100080
电　　话	010－62511242（总编室）		010－62511398（质管部）
	010－82501766（邮购部）		010－62514148（门市部）
	010－62515195（发行公司）		010－62515275（盗版举报）
网　　址	http://www.crup.com.cn		
	http://www.ttrnet.com(人大教研网)		
经　　销	新华书店		
印　　刷	涿州市星河印刷有限公司		
规　　格	190 mm×240 mm　16 开本	**版　　次**	2013 年 7 月第 1 版
印　　张	14 插页 1	**印　　次**	2016 年 3 月第 3 次印刷
字　　数	236 000	**定　　价**	32.00 元